何云伟 ◎ 著

干事与求是

· 北京 ·

国家行政学院出版社

NATIONAL ACADEMY OF GOVERNANCE PRESS

图书在版编目（CIP）数据

干事与求是 / 何云伟著 . -- 北京：国家行政学院
出版社，2024.6
ISBN 978-7-5150-2740-1

Ⅰ.①干…　Ⅱ.①何…　Ⅲ.①散文集－中国－当代
Ⅳ.① I267

中国国家版本馆 CIP 数据核字（2024）第 102078 号

书　　名　干事与求是
　　　　　　GANSHI YU QIUSHI
作　　者　何云伟　著
责任编辑　曹文娟
责任校对　许海利
责任印刷　吴　霞
出版发行　国家行政学院出版社
　　　　　（北京市海淀区长春桥路 6 号　100089）
综 合 办　（010）68928887
发 行 部　（010）68928866
经　　销　新华书店
印　　刷　中煤（北京）印务有限公司
版　　次　2024 年 6 月第 1 版
印　　次　2024 年 6 月第 1 次印刷
开　　本　170 毫米 × 240 毫米　16 开
印　　张　17.25
字　　数　212 千字
定　　价　68.00 元

本书如有印装质量问题，可随时调换，联系电话：（010）68929022

干事兴求是

浙江省文联副主席、省书法家协会主席赵雁君题写书名

著名书法家沈定庵先生书赠作品

绍兴师专宋六陵校园晨读

（1983年）

绍兴市首届大中专学生"友谊杯"篮球赛

（1983年）

绍兴师专和畅堂校园

（1985年）

绍兴大学（筹）奠基典礼

（1995年）

在越城区灵芝镇一届一次人代会上当选人民政府镇长

（2002年）

灵芝镇所辖村主职干部就职仪式

（2005年）

陪同绍兴市领导在镜湖新区植树

（2003年）

走访农户

（2007年）

德国考察学习

（2007年）

全国第八届残疾人运动会绍兴赛区新闻发布会

（2011年）

陪同领导参观章学诚故居

（2014年）

主编《绍兴市志（1979—2010）》

（2018年）

绍兴市党校系统教职工运动会"三人制"篮球赛
（2019年）

中共绍兴市委党校田径场锻炼
（2024年）

中共绍兴市委党校教学楼综合改造提升工程竣工

（2020年）

办公室查阅资料

（2024年）

代序：干事与求是

弹指一挥间，40年职业生涯即将过去。

我于1964年9月出生在诸暨枫桥，先后就读于新枫学校、学勉中学、绍兴师范专科学校，自1984年7月绍兴师专化学系毕业，经历过多岗位工作后，将于不久后退休，自己的职业生涯将画上句号。我有幸遇上了改革开放的好时代，拥有了干事创业的好舞台，自身努力践行"螺丝钉"精神，做到干一行、爱一行，乃至专一行、成一行。

过去的那些事儿难以忘怀

我的40年干事历程与成果，可以形象地归纳为"那些事儿"。

绍兴师专学本事。1984年8月至1996年5月，我在绍兴师专工作，先后担任系政治辅导员、校团委书记、校党委宣传部副部长，并于1994年晋升讲师。师专毕业后留校工作，是我人生的一个重大转折，也是我职业生涯的起点，面临着如何"开好局、起好步"的考验。我"学"字当头，先当"学生"，再当"先生"，充分利用师专独特的教育资源和学习环境，在职自学、脱产进修、以实践为师，在干中学、学中干，努力调整、充实和改善知识结构，提升马克思主义理论素养，增强组织协调能力和做群众工作的能力。同时坚持知行结合、学用一致，围绕学校培养合格中学教师的目标，发挥共青团组织的优势，开拓创新，努力探索出一条富有师范特色的共青团工作路子。

干事与求是

市委办公室悟政事。1996年6月至1998年10月，我先后在绍兴市委政策研究室和市委办公室（系"两室"合署办公）工作，相继为社会发展处负责人和市委办公室秘书。从学校工作转入机关工作，从相对封闭单一的校园生活走向更广阔丰富的社会生活，是我人生的又一重大转折，面临着再次适应的问题。我以"少说多干常悟"为行事准则，虚心好学，悉心钻研，很快便融入到新机关团队之中，懂得了机关运作的方式、"套路"与规矩，较快地领悟了机关文化和为人处事的准则。同时，我认真履行职能，撰写了一些有分量、接地气的调研报告和重要文稿，为市委、市政府决策服务。

灵芝镇办实事。1998年11月至2005年11月，我在越城区灵芝镇（乡）工作，先后担任乡长、镇长、镇党委书记、镇人大主席。当时的灵芝镇，作为城郊型乡镇，正处于扩、并后的融合重塑期；作为经济强镇，正处于产业转型升级关键期；作为开发重镇，正处于绍兴中心城市核心区块开发建设的全面推进期。我身为独当一面的最基层的"父母官"，认真履行了"富一方百姓、保一方平安"的职责，团结带领全镇干部群众，树立"有限区域，无限发展"的理念，顺势而为，着力发展城市经济，引导发展灵芝人经济，促进灵芝经济转型升级；系统整治镇域环境，大规模实施迁坟、迁蚌工程，大集中实施城中村改造工程，大力度实施违章建筑整治工程，大手笔实施"万亩绿地"生态建设工程，极大地推进了城乡一体化进程，改善了村民的生产生活环境，提高了村民的生活水平，为绍兴中心城市建设作出了贡献。

市残联做善事。2005年12月至2012年5月，我在绍兴市残疾人联合会工作，担任市残联副理事长。我首先积极调整心态，摆正位置，认真履行"代表、服务、管理"职能，整体推进残疾人事业发展。我从小处着手，用情用心用力去解决在分管工作内残疾人最关心、最直接、最现实的利益问题，做到善事办好、好事办实。"一花独放不是春，百花齐放春满园"，我们从大局着眼，多管齐下，虚功实做，大力宣传贯彻《中华人民共和国残疾人保障法》和"平等、参与、共享"的现代文明社会的残疾人观，动员全社会理解、尊重、关心、帮助残疾人，营造了良好的扶残助残社会环境。

市史志办修史事。2012年6月至2017年7月，我在中共绍兴市委党史研究室和绍兴市地方志工作办公室（系"史志合一"机构）工作，担任党史研究室主任和地方志工作办公室主任，从事中共地方党史和地方志的编纂工作。我按照"存史立家、资政兴家、团队建家"的理念，高质量推进绍兴史志工作。秉持守正创新精神，历时多年，主持编纂《绍兴市志（1979—2010）》，使之成为绍兴文化事业一项宏大的基础性工程和标志性工程。充分利用部门特色和优势，挖掘利用绍兴历史文化名城的资源，打造"名士乡胆剑魂"的育人品牌。同时，我们还提高站位，拓宽思路，发挥专业优势，不断提升史志部门的资政服务水平。

市委党校圆成事。2017年8月至今，我在中共绍兴市委党校工作，2021年10月之前，担任党校常务副校长。我在党校办学治校过程中，始终坚守"为党育才、为党献策"的党校初心，坚持从严治校、质量立校、开放办学。认真履行党校职能，以增强学员的获得感、党校的存在感、教职工的归属感为办学目标，不断强化党建引领力、文化凝聚力、科研支撑力，全方位、高品质实施校园综合改造提升工程，多管齐下加强人才队伍建设，持续提升教育培训品质和科研咨政水平，探索出一条具有大雁特质、地方特色的"雁行模式"办学之路。

2021年10月，因年龄原因，我不再担任中共绍兴市委党校常务副校长职务，但仍在党校工作，于2023年8月晋升为二级巡视员。在这三年时间里，我努力做好从行政领导向学者的转型，把主要精力用于对党校办学治校的研究，撰写了《党校办学治校那几年》一文，编写了《党校办学治校的探索与思考》集子；进一步深化了对邓小平生平与思想的学习、研究、宣传，开发了"一代伟人邓小平""领导：知与行"等课程，在市、县级党校和机关部门讲授。此外，还对自己的求学岁月及职业生涯作了系统的回顾与梳理，编写了《干事与求是》一书。

以上是从时间的维度、实践的层面，对自己40年的职业生涯作了较为概略的回顾与梳理。其实，从理论的层面，进一步探求干成事的成因，或许更有价值与必要。

干事是一种机遇

要干成事，首先得树立"干事是一种机遇"的想干事意识。就个体而言，一个人可干事的时间并不长，特别是现行学校教育的学制比较长，用人又呈现高学历化的趋势。再结合国家机关用人的体制机制，体制内人员的职业生涯一般为35年，而真正能干事的时间更少，一般为25年。在这有限的干事时间内，一个人能否拥有干事的平台？即使拥有了合适的干事平台，还存在着干事的阶段性与周期性等不确定因素，使得实际上真正干事的时间面临着再次缩短的可能。当然，从更宏观的视野看，还跟所处的时代息息相关，我们这代人有幸遇上了改革开放的好时代。我参加工作之时，恰逢中央作出《关于经济体制改革的决定》，标志着改革的重点从农村转向城市，使我们拥有了施展才华、干事创业的广阔舞台。而我们的父辈们便没有这么幸运，如我的父亲作为教师，前半生基本上"不务正业"，是在搞"运动"中蹭过来的，既艰辛不易，又蹉跎岁月。

干事也是一种职业操守。"在其位谋其政"是从政的职业道德。实干兴邦，空谈误国。作为领导干部一定要忠诚干净担当，想干事、干成事、不出事，要对自己的"一官半职"抱有敬畏之心，切忌当"多做多错、不做不错、多一事不如少一事"的"太平官"，也不能做"无事开会、有事会（回）开，好事敞开、难事推开"的"聪明官"，更不能当迷恋于"造势一时"而不就"造福一方"的"明星官"。

既然干事是一种机遇和操守，我们就应以"只争朝夕"的态度，真抓实干，造福于民。使自己在回首往事时，"不因虚度年华而悔恨，也不因碌碌无为而羞耻"。正如著名导演张艺谋所说，"我虽年逾古稀，跟我同时代的人已大多退休，而我还有幸碰上导演北京冬奥会开闭幕式的历史性机遇，就得有家国情怀，把它看得比生命还重"。正是凭着他对工作的无比热爱和对事业的执着追求，才有可能演绎出如此精彩圆满的传世之作。这既是对"工作着是美丽的"的最好诠释，也是对"干事可以增强生命厚度"的生动写照。

共事是一种缘分

想干事不等于能干成事。要真正干成事还得具备诸多条件，其中，好共事是必要条件。人海茫茫，能成为同事是一种缘分。中国自古以来就是讲究人情的社会。有两句古训也许是对中国人情社会的生动写照：一是"兄弟姐妹情同手足"，二是"远亲不如近邻"。其实在当今社会，同事如同"兄弟姐妹"。兄弟姐妹一年到头相互见面的机会并不多，但同事之间往往是抬头不见低头见。为了同一个目标、同一个责任、同一项工作，大家一块儿研究、一块儿担当、一块儿取得成绩，然后一块儿高兴、一块儿进步。这种在日常工作中建立起来的同事之情胜似"同胞手足"。同样，在现代社会，人们的生产和生活方式发生了根本性变化，工作和生活的节奏普遍加快，大家上下班总是来也匆匆、去也匆匆，邻居之间再也不是传统意义上的"近邻"，反倒同事胜似"近邻"，"近邻"不如同事。

同事之间，如何共好事，关键是把握好人与事这两个核心问题，正确处理好为人处事。从个体看，首先是要树立角色意识，无论是一个单位的领导、中层干部还是一般干部，都得明白自己在单位中所处的角色，然后清楚自己的角色定位：哪些是自己的职责所在；哪些是该做的，哪些是不该做的；哪些是该说的，哪些是不该说的。其次是扮演好角色，该做该说的要尽心尽力，不该做不该说的要坚决杜绝，真正做到不缺位、不越位、不错位、而到位。同时要提升自身的素养，要有胸怀与格局。一个人既要聪明精明更要高明开明。要正确对待名与利，要学会取舍，懂得谦让，大事讲原则，小事讲风格。要有包容之心，既要严于律己，更要宽厚待人。

从单位来看，首先要加强制度建设，用制度管人管事。重点是要加强民主集中制建设，各级层面都得遵守民主集中制，真正做到心往一处想，劲往一处使。关键在于事前要充分沟通，沟通既是一种方式，也是一种能力，更是一种境界。通常双方经充分沟通以后才能够了解，了解以后才能够理解，理解之后才能消除误解，从而达到谅解与和解。在事中既要讲民主，更要讲集中，重在善于决断。事后重在增强执行力。其次要加强团队建设，培育和弘扬团队文化，努力营造气顺心齐风正劲足的干事创业环境与政治生态。

让求是成为一种行事方式

要真正干成事，不仅需要外部条件，更需要有内因驱动，发挥人的主观能动性，寻求事物的客观规律，并按客观规律办事。要以研究的精神从事工作，要把工作当作事业一样去追求，当作学问一样去研究。把常规性工作做得细致与高效，把探索性工作做得富有特色与创造性。并把以研究的精神从事工作贯穿干事的每一个方面和每一个环节，真正做到事事有研究、时时有研究，让求是成为一种行事成事的工作方式。

要干中学，学中干。这就要求我们先做"学生"，通过干中学、学中干，对自己所从事的工作有较深刻的认识、研究和把握，力求避免"盲人摸象"的现象发生，力求避免"情况不明点子多，胸中无数魄力大"的官僚作风。而要敢于担当作为，虚心好学，拜实践为师，脚踏实地，守正创新，真正做到"想干事、会干事、干成事"。

要学中思、思中进。毛泽东同志说过，"我是靠总结经验吃饭的"。我们要对干成事的具体方法加以概括提炼、总结提升，使之从感性上升为理性、从个别上升为一般、从经验上升为科学。这样，不仅能在干事的过程中积累丰富的实践经验，提高解决实际问题的能力与水平，还能增强自己的理论素养与领导科学素养，进而提升"会干事"的本领。同时，还得把所干成的事，特别是具有普遍意义的事，加以总结提升，形成理论与实践相结合的成果，经适当的宣传推介，用于指导和服务全局，进一步提升干成事的价值与"含金量"，并扩大干成事的影响力与"知名度"。

工作着固然美丽，同样，退下来的感觉真好！

干事与求是

　　此文，一是算对自己40年干事的简要回顾与思考；二是充作拙集的代序；三是与拙集《干事与求是》的书名相呼应。当然，它也融入了党校的元素，有点党校味。

何云伟

于中共绍兴市委党校

2023年8月

目 录 CONTENTS

求学编

求索编

干事与求是

求是编

求学编

—————

　　学校教育对一个人的发展至关重要，在一定意义上起着主导作用。求学编主要通过我对新枫学校、学勉中学、绍兴师专三所母校的回忆，串联起我的求学时光，也从一个侧面再现那个年代既艰辛又欢乐的乡村生活。同样，家教家风对人的成长具有独特的影响与作用。我的父亲，在我的人生历程中，扮演着"父亲、老师、导师"的三重角色。

　　我的求学之路不算漫长，却经历了两种不同的教育：小学和初中所受的是"学生以学为主，兼学别样，既要学文，也要学工、学农、学军，还要批判资产阶级，学制要缩短，教育要革命"的教育；高中和大学接受的是"教育要面向现代化、面向世界、面向未来"的教育。这些在特定时代所受的教育称不上系统正规，却成了我们这代人特有的精神财富，也影响和改变了一代人的命运。

　　当然，我们永远也不会忘记，成为两种不同教育的分水岭是1977年恢复高考，为此由衷地向恢复高考致敬。大而言之，恢复高考改变了国家的命运，在一定意义上说，中国的改革开放是从1977年恢复高考开始的；小而言之，恢复高考改变了我个人和整个家族的命运，通过高考这一制度性安排，使我们有了上升到更高平台的通道，随之改变的不仅是户籍、职业及待遇，还有美好的"诗和远方"。

忆儿时的母校

一个人，对于自己的母亲，无论何时总是无法终止怀念的，对于自己的母校，也是这样。春秋更迭，岁月荏苒，不知不觉，从新枫学校毕业转眼40年了。今年4月应乐贤同学之邀，回老家枫桥与初中同学小聚。餐叙间，大家话旧叙新，满怀深情地追忆着前尘旧事，似乎又回到了那个风华正茂、激情飞扬的青春少年时代，遂达成共识，计划10月在母校举行初中毕业40周年同学会，并作了大致分工，由我负责老师的邀请。由此也唤起了我要把时至今日仍在脑海里保存着的未被时光抹去的记忆，梳理成文的念头。

我大学毕业走上工作岗位后，曾以不同的形式在许多学校培育过和深造过，这些学校在我人生成长的道路上给予了很大的帮助与提高，可以说她们都是我的母校。但学习时间最长、令我印象最为深刻的母校有3所，即读大学时的绍兴师专、读高中时的诸暨学勉中学、读初中和小学时的枫桥新枫学校。绍兴师专和学勉中学的学习生活，应母校之约我已写过文章，本文想着重写一写处于那个特殊年代在新枫学校的学习、生活及思考。这既是对初中毕业40周年同学会的一种态度与交代，也是对改革开放40周年的一种纪念，更是为了表达一个学子对母校的无限感戴之忱。

那时的新枫学校，严格意义上只能算是一所村校，担负着周边的新跃、五一、向阳、红旗4个大队农村适龄儿童的小学和初中教育任务。校园占地6亩左右，主体建筑呈四合院形态，有二层建筑一幢，平房若干。记忆中，学校有十来个教室，一个教师办公室，一个学农牧场，一个运动场，还有一个召集全校学生开会的"露天会场"。后来，为了提高农村教育质量，整合教育资源，政府对学校布局作了调整，新枫学校于2009年停办。之后校舍虽被移作他用，但经多方努力，特别是在2015年作了恢复性维修后，校园得到了较好的保存。

在那个"学制要缩短，教育要革命"的特殊年代，农村普遍不设幼儿园。1971年我读小学一年级时，是在春季开学的，因新枫学校教室紧张，新跃大队所辖的孩子便临时就读于学校附近大队蚕茧室，五一和向阳大队所辖的孩子便临时就读于学校附近的五一大队卫生室。当时的教室实在简陋，连凳子都是同学们各自从家里带去的。教师也是由清一色的文化素养不那么高的代课教师担任。一年后，两个班的学生便搬到新枫学校上学，红旗大队因距新枫学校路程相对较远，所辖的1～3年级学生便在属地就读，实施复式教学，待升至4年级后，才并入新枫学校就读。我在新枫学校小学部上了5年半、初中部上了2年，便完成了小学和初中学业。那时，书本知识学得并不多，更谈不上系统，当然，学习上也没有如今学生的压力。这主要是由"读书无用论""知识越多越反动"的时代大背景所造成的，也跟片面突出"无产阶级政治挂帅"的教育评价制度及招生制度不无关联。同时，跟那时学校的课程设置也有关，如没有开设汉语拼音课程，也没有开设历史、地理、自然课程，当然也受当时教学设施、师资力量等办学条件不足的制约。

在"教育必须为无产阶级政治服务，教育必须与生产劳动相结合"的方针指引下，在"学生以学为主、兼学别样，即不但学文，也要学工、学农、学军，也要批判资产阶级"的要求下，学校的政治活动和劳动教育等还是很多的。如学校组织一年一度深受同学喜爱的声势浩大的清明祭扫革命烈士公墓活动，扫墓用的花圈是师生自己动手制作的。学校还成立了文宣队，在秋冬季赴周边大队演出宣传。

学农活动也是学校的一门主课，每周有一个下午的劳动课，既有劳动常识的讲授，也有劳动技能的操作。学校还建了一个"养羊牧场"，要求我们定期去田畈拔羊草，为养羊场清理粪便、打扫卫生，在寒暑假期间还要轮流值班给羊喂草。学校还开展勤工助学活动。每年在秋季开展一次"小秋收"活动，既有以班级为单位的集体上山采摘柴子（橡子）的活动，也有个人自行上山采摘的活动。在"全党动员、大办农业"的背景下，暑假期间，高年级的大多数学生都参与生产队的劳动。在初一时我也参加了生产队的摊田、拔牛草之类的劳动，一天的劳动报酬开始时为"3分"工分，后来升至"5分"工分，相当于2角5分人民币，当时可以买5根棒冰。同时，按照学校的安排，师生有时也参加义务的支农活动。有一个暑假，我跟何国民老师一道，挑着工具箱，奔走在田间为生产队修理打稻机等农具。那时学校每年还放十几天的秋假，让学校师生支援农村的秋收冬种工作。此外，学校还因地制宜、因陋就简开展了许多体育活动，同学们以组为单位自行组织冬季晨间长跑活动，体育课的跑步活动基本上是在乡村道路上进行的，游泳比赛是在位于学校附近的"西塘"举行的，篮球、乒乓球等运动设施也基本上是师生自己动手制作的。当然，这些活动对学校的正常教学秩序有一些冲击，并挤占了学生大量的学习时间，影响了书本知识的学习，但它在一定程度上弥补了当时农村匮乏的文化生活，也强健了人的体魄、锻炼了人的意志。

干事与求是

当时老师的社会地位并不高，但在我的记忆中，无论是公办教师还是民办教师、代课教师都是很敬业的。如宣国兰老师、楼汉新老师、何国民老师曾先后担任我们班的班主任，对学生既严格要求，又热情帮助。他们特别重视对学生的家庭访问工作，注重形成"学校、家庭、社会"的教育合力，努力把学生培养成为无产阶级革命事业的接班人。还有顾孟彬老师，克服家庭困难，一心扑在教学上，在初二的第二个学期为迎接中考，兼任了数学、物理、化学三门课程的教学，还十分重视学生的思想工作，特别善于做"一对一"的"后进生"工作。

时间过得很快，不知不觉到了1977年底，我本想着半年后初中毕业，即将成为一位名副其实的农民。因为那时上高中是要经生产大队推荐的，推荐的首要条件是家庭成分符合要求，这样，我因"先天条件不足"就不能上高中了。但想不到在这个时间节点上，国家作出了一个足以改变一代人命运的决定。1977年7月，邓小平同志再次复出，并自告奋勇抓教育。在他的领导下，雷厉风行推进教育战线的拨乱反正，于1977年10月作出了正式恢复高考的决定，并明确规定，"招生主要抓两条，第一是本人表现，第二是择优录取"。诸暨也随即决定于1978年正式恢复中考。

这一决定彻底改变了沿袭多年的校园生活和教育状态。学校迅速进入了为期半年的迎中考状态，对原先的两个平行班级作了重新调整，分成了"快""慢"两个班；对任课教师和班主任作了优化组合；课程也调整得十分彻底，只开设中考要考的语文、政治、数学、物理、化学五门课程。在"攻城不怕坚，攻书莫畏难，科学有险阻，苦战能过关""要把过去耽误了的时间夺回来"的感召下，教师和学生的精神状态得到了空前的激发，呈现了"上课满堂灌、下课满天飞""一周一小考、一月一大考"的超负荷教学景象，这种"临时抱佛脚"的窘迫，在当时也算是没有办法的办法。功夫不负有心人，在1978年全县第一次中考中，新枫学校取得了优异的成绩：我和楼灿忠、陈国燕、何仲鸣、楼建荣、楼乐英、楼琼等同学考上了学勉中学；约4位同学考上了枫桥镇中，升至初三学习；还有几位同学考入了那时被称为"农高"的陈家中学。全校师生也因母校在中考中取得优异成绩而欢欣鼓舞。

随着教育改革的深化，1979年开始，初中学制从"两年制"改成"三年制"，学校布局也作了调整，新枫学校改成村校完小，不再设初中教育。这也就意味着，我们有幸成为新枫学校唯一一届直接参加中考的毕业生。这在母校办学历史上可以说是"前无古人、后无来者"了。

"弹指一挥间"，距我们初中毕业已有40个年头，大家已从"同学少年"到了"知天命"的年纪了，怀旧的情绪也与日俱增，而母校承载着儿时的记忆和旧时的乡愁。每当我回老家路过母校时，眼前便会浮现出儿时家乡的美丽景象：春天遍地金黄色的油菜花、紫红色的草籽花与阵阵绿油油的麦浪构成的一幅幅天然的生态画卷；夏天的荷塘月色和朵朵葵花向太阳的无边浪漫；秋天片片绚烂、层林尽染和无限高远的蓝天白云相互交织；冬天皑皑白雪覆盖着村庄，留下一串串深浅不一的脚印。还有那春夏之交的夜晚，在此起彼伏的蛙鸣声陪伴下，伙伴们手持自制的煤油灯，穿梭在田畈之间照黄鳝的场景，以及傍晚观看露天电影的种种画面仿佛就在昨日。每当同学聚会，便会回忆起在母校度过的青葱岁月和"村里的小芳"，带来"涛声依旧不见当初的夜晚"的淡淡伤感。

回顾自己的人生历程，会有许多重要的节点。如果说初中毕业考入学勉中学是我人生的启航，那么新枫学校便是我人生的启蒙地。我由于乘上了恢复中考的"头班车"，才有后来的"步步领先"，行稳致远，最终没有辜负母校的期望，成为一位"无产阶级革命事业接班人"和社会主义事业的建设者。令人高兴的是，我仅是班中一大批为社会作出贡献、实现自己人生价值的普通一员。这首先得感谢伟大的时代，我们有幸碰上了改革开放的好时代；其次也得感恩母校的栽培，让我们有幸遇到了"传道授业解惑"的好老师。

作为学生何以回报？还是引用《母亲》的歌词表达心声："不管你走多远，不论你在干啥；不管你多富有，不论你官多大，到什么时候也不能忘咱的妈。"

（2018年8月）

我那时的暑期生活

今年7月，在市委党校部署的调研月期间，我围绕"乡村振兴"这一主题，去老家——诸暨市枫桥镇考察调研，走访了枫源、楼家等村，目睹了自改革开放以来农村的巨大变迁，感受到了农业、农村、农民赋予的时代内涵。同时就农村教育、孩子培养等问题，走访了几位老同学，并进行了座谈。大家既谈到了当前农村教育存在的问题，也回忆起了我们小时候的教育，特别是对那时的暑期生活记忆犹新、难以忘怀。几个同学还提议，请我写一写我们那时暑期的一些事儿。于是，我就动起了笔，写了这篇文章。

我父亲是一名中学教师，属于非农业户口。我母亲是诸暨市枫桥镇新跃大队（现楼家村）人，在家务农，属农业户口。按当时国家的户籍政策，"一家两制"的孩子户籍，一律落户在母亲一方。这样，我们姐弟三人从小就在枫桥长大，在枫桥读书，也在枫桥农村度过了愉快的暑期生活。

　　1971年2月至1976年7月，我在村里的新枫学校读小学。小学时我的暑期生活，可以说是在渴望与欢乐中度过的。罗大佑的一曲《童年》，唱出了我们小学时对暑假的向往与心声："池塘边的榕树上，知了在声声叫着夏天。操场边的秋千上，只有蝴蝶停在上面。黑板上教师的粉笔，还在拼命叽叽喳喳写个不停，等待着下课等待着放学等待游戏的童年。"

　　小学时的暑期生活，首先得完成一些"规定性"任务。一是完成教师布置的暑假作业。在那个"教育必须为无产阶级政治服务，必须与生产劳动相结合"的年代，知识改变不了命运，读书也没有升学的压力，学校的暑假只有语文和算术两门课程布置一些作业，数量不多，内容大多结合农村实际，没有什么难题、怪题，偶尔也会碰到几个难读难写的农村常用字。我一般只需花10天时间就能完成作业。二是做一些家务活。暑假正值农村一年中最忙的季节，农作物既要"抢收"，又要"抢种"，俗称"双抢"。家里有些劳动能力的人都被动员去生产队参加劳动，不能像平常一样顾及家务。因此，放了暑假的我们都得帮家里做些家务活。比如：到村里的小店去买点儿榨菜、油条、酱油之类的食品；到自家的自留地里摘些茄子、丝瓜、长豇豆和毛豆等蔬菜；有时还要炒菜做饭，喂猪养鸡；每天早晨需跟姐姐一道去村中的井里抬水，供全家一天生活之用；有时还要为在田间劳动的母亲送去点心。三是干一些农活。比如：把生产队分给农户的稻草，从田间挑回自家的道地，晒干后进行捆绑贮存，用作燃料；有时还帮衬在生产队晒谷场劳动的老外婆抬抬稻谷、背背农具等。另外，还有一年一度去西山番薯地里拔杂草，我印象也较为深刻。每年放暑假的第一天早晨6点左右，母亲就把我和姐姐叫醒，匆忙吃完早餐后，父亲就带我俩去离家1000多米的西山番薯地里拔杂草。在炎炎烈日下拔草，开始时往往劲头较足、速度较快，随着时间的推移，体能逐渐消耗，我便有点力不从心，每次的拔草任务都要拖到中午12点才勉强完成，然后拖着疲惫的躯体，汗流浃背，饿着肚子回家。四是去看望奶奶。每年8月下旬"双抢"结束后，我和姐姐步行十几千米，去阮市镇佳山大队（现何家山头村）看望奶奶，陪她待上十几天，让老人家享受晚辈的亲情，感受天伦之乐。奶奶平常独自一人生活，省吃俭用，但每次我们去时便会买这买那，毫不吝啬地招待我们。她还会讲一些朴素的道理，教育我们长大后要做一个有出息的人，为家族争光。

其次，我们还做了大量有趣味的"自选动作"，为自己的暑期生活增添了欢乐，也成为至今难以忘怀的记忆。那时每天的活动可以说是丰富多彩，"好戏"连台。上午，家务活相对比较多，自由活动时间较少，一般是以下陆战棋、象棋，玩扑克，打弹子为主，有时也会出去抓树上的知了。中午是我们活动的"黄金时间"，经常是先去稻田里捉泥鳅、黄鳝和田螺，然后去村里的池塘游泳洗澡。有时趁大人们在家午休，就去村里的荷塘摘莲蓬、捉蜻蜓。到了立秋以后，还去庄稼地里捉蟋蟀。下午，偶尔也会偷偷摸摸爬进人家的园子里摘点葡萄、白葡枣和桃子吃，并充分享受吃的过程和滋味。傍晚，我们还会进行一个多小时的游泳和嬉水活动。晚上，在银色月光的映照下，在"树上的蝉声和水里的蛙声"的伴奏下，我们经常会去村旁的荷塘里摸螺蛳、捉螃蟹，展现不一样的"荷塘月色"。

应当说，我小学的暑期生活是丰富和宽松的，但那时的物质生活比较艰苦，家里除有线广播和电灯外，几乎没有什么家用电器。供电也很紧张，特别是在农忙季节，停电是"家常便饭"。因家里没有钟表，烧饭的时间要看太阳光照射在地面上的影子位置来确定。为备战"双抢"，外婆会杀一只鸡，给家里的主要劳动力妈妈吃，算是补充营养。偶尔我跟姐姐能拼吃一只咸鸭蛋，为体现公平，外婆先将鸭蛋一分为二，然后由我先挑一半，剩下的一半给姐姐。父亲偶尔会从街上买来两个嫩玉米分

干事与求是

给我和姐姐。我对吃玉米非常讲究和珍惜，按隔行的规律，每行从上到下，用手一粒一粒地掰下来，然后逐粒放进嘴里慢慢品尝，因此，我也发现了一个带有规律性的现象：玉米的行数总是呈偶数分布。

那时的农村是纯粹的农业社会，村庄没有工业污染，也几乎没有生活污染和农业面源污染，真正让人能望得见山、看得见水、记得住乡愁，呈现出一幅美丽的原生态画卷。

我的初中也是在新枫学校就读的，暑期生活是在充满辛劳和无奈中度过的。1976年10月，尽管粉碎了"四人帮"，但教育体制改革还来不及展开，教育仍然沿袭着那套"教育要革命"的体制惯性。这意味着我的人生别无选择，只能接受初中毕业后成为一名农民的现实。因此，我的初中暑期生活，除完成学校布置的暑假作业外，把主要精力都放在了参加生产队的农业劳动上，以便挣些工分，减轻家里的经济负担，同时学点职业技能，为将来的就业打些基础。

升入初一的那个暑期，我是以拔牛草的农活从事生产队劳动。那时我劳动一天的工分是3分，折算成人民币为1角5分，在当时可以买3支绿豆棒冰。那时我们生产队有100多亩耕地，全由两头耕牛承担完成。"双抢"期间是耕牛最需出力、劳动强度最大和最繁忙的季节，为此就得为耕牛提供更多更好的饲料，以保证它有足够的营养和体力。这样，也就有了拔牛草这一季节性的劳动岗位。我的任务是每天上、下午各提供25斤左右的鲜草，并送到田间作为耕牛的饲料。要完成这一任务并不容易，因为那时村民们在田间地头都见缝插针地种上了庄稼，同时因肥料十分紧缺，村民把除草作为积肥的一种手段，青草也就成了一种稀缺资源。我为了尽量多拔草、拔好草，走遍了村里的田间地头、角角落落，幸亏得到了父亲的帮助。那时他是枫桥中学的教师，为响应"全党动员、大办农业"的号召，在暑期也要下放到附近的生产队参加劳动。父亲在劳动之余，也会拔些青草，并及时帮我送来。这样就大大减轻了我的劳动压力，使我顺利地度过了那段艰辛的劳动时光。

一年后的暑期，我主要是以摊田的农活从事生产队劳动。那时我一天的工分上升为5分。摊田是一种简单的体力劳动，称不上有多大的技术含量，但能考验人的意志和耐力。我每天要在早晨6点前出工，在骄阳的炙烤下劳作长达10多个小时，等到晚上7点多才收工。从事摊田劳动，手上还得经历从细皮嫩肉到磨成"血泡"，再演变成"硬茧"的过程；脚上也要经受蚂蟥轮番叮咬的考验。值得一提的是，那时我还争取到了一个很享受而又有较高技术含量的劳动岗位——打滚耙。基于我比成人体重轻，又给牛喂过草，对牛的习性比较了解，生产队就安排我从事打滚耙这一劳作。具体的操作是，先把滚耙通过绳子套在牛的脖子上，然后双脚前后站立在滚耙上，一手牵着牛绳，一手握着牛鞭，指挥牛拖着滚耙由外往内一圈一圈地循环运作，直至把整丘粮田的泥土耙平，以便于插秧和稻田灌溉。

1978年7月，我初中毕业参加完全县统一的中考后，就直接参加了生产队的劳动。记得那年我一天的工分仍是5分，但工种发生了质的变化，在继续从事摊田农活的基础上，适当参加了有较高技能要求的拔秧、插秧等农活。插秧既是个技术活和体力活，也是个竞赛性较强的农活。它讲究的是又好又快，既要使插的秧苗保持间距匀称，纵成线、横成行，保证质量，又要讲究插秧的速度，提高作业效率。作为新手的我，一天插秧作业下来，往往是腰酸背痛、疲惫不堪。但当看到自己所插的秧在一天天成长，自身的技能在一天天进步时，无形中增添了一份成就感和自豪感，同时也切身体会到了农民"面朝黄土背朝天"的艰辛和不易。

继1977年国家恢复高考后，诸暨于1978年恢复中考，我有幸参加了这次中考，并被学勉中学录取。这样，我高中阶段的暑期生活就将在

干事与求是

充满希望和压力中度过。中考的成功，给我增添了信心；高考的恢复，给我的人生带来了希望。同时，高考那种"千军万马过独木桥"的激烈竞争，也使我倍感压力。记得有一次父亲语重心长地对我说，"阿伟啊，看来世上最重要和最有用的东西还是读书，读书所获得的知识，小偷偷不去、大火烧不去、洪水冲不去、造反也造不去，所以你得用功读书啊""一寸光阴一寸金，寸金难买寸光阴啊"。我暗暗下定决心，要以实际行动"把被'四人帮'耽误的时间抢回来"。从此，我暑期生活的重心也转到了"以学习为中心"的模式上来，除适当做些家务活外，暑期不再参加生产队的劳动，集中精力完成学校布置的暑假作业，一面在家自学复习，一面参加学校的补习培训班。

在这期间，有两件事使我印象尤为深刻。一是参加齐东中学组织的培训班。经我父亲的学生、齐东中学的楼咨贤老师帮助，我参加了齐东中学为期3周的数学和语文培训班。这次培训不仅让我学到了知识，更是我第一次离开父母，在学校住校，感受高中的集体生活。二是去绍兴旅游。那年暑期我父亲在绍兴参加"全省高中专考试"的阅卷工作。在阅卷工作即将结束之前，他回枫桥把我带到绍兴，在游览了绍兴火车站、绍兴鲁迅纪念馆、绍兴一中鲁迅纪念室和秋瑾纪念碑后，还陪我去绍兴地区人民医院作了眼睛验光。这次经历不仅使我受到了教育，更使我开阔了眼界。这是我第一次外出游览景点，第一次看到火车，第一次住旅馆。在回枫桥的那天，得知绍兴城里的西瓜每斤只要5分钱，实在便宜，我们便买了2个大西瓜带回家，并把它浸泡在家里的水缸中降温，待晚上大家在道地里乘凉时，母亲把西瓜切成多块，让家人和邻居们品尝。

功夫不负有心人。我于1981年考上了绍兴师专。我的大学暑期生活是在充满感恩与担当中度过的。党的十一届三中全会后，我国进入了改革开放新时期，改革率先在农村突破。我家所在的生产队，于1981年8月初实行家庭联产承包责任制，全家包括我在内的4个农业人口，分到了约二亩五分的口粮田。直到1983年底承包政策再次调整时，我和母亲、弟弟已先后由农业户口转为非农业户口，剩下外婆的几分口粮田，也转让给了表弟家。这样，我家便彻底地跳出了"农门"，实现了多年的夙愿。我也由此发自内心地抱有感恩之情。

首先，感谢改革开放的伟大时代。恢复高考，让我考上了大学，跳出了"农门"，改变了自身的命运。实行家庭联产承包责任制，打破了"大锅饭"，调动了村民的积极性，极大地提高了生产效率。"双抢"的农忙季节，从原来生产队劳作长达一个多月，缩短到改革后的一周左右；也解放和发展了农业生产力，切实解决了村民的温饱问题，粮食年产量从原来生产队的每亩1000斤左右，增加到改革后的每亩近2000斤。

其次，也要感恩全家特别是父母对我无私的培养和默默的付出，并把这种感恩内化于心、外化于行。在暑期，我主动挑起了"管好全家二亩五分田"的责任。特别是1983年暑期，我父亲参加了省总工会组织的为期半个月的"劳动模范赴庐山疗养团"活动，无法参加家里的"双抢"工作。因此，我主动挑起"双抢"的重担，既收割又播种，既施肥又治虫，既灌溉又耕耘，忙得不亦乐乎。另外，尽管我家跳出了"农门"，我也会抽出时间，尽力帮助以前曾经帮助和关照过我家的亲戚、邻居和乡亲们。如帮他们插秧种田，晒谷交粮等。还发挥自身的知识优势，帮孩子们辅导作业、复习功课等。

回望自己的暑期生活经历，既体现出个体的特征又有鲜明的时代烙印，既有磨难与艰辛又有欢乐与喜悦，它构成了我人生中一段独特的经历。"社会即学校，生活即教育。"作为一个在校学生，暑期生活是学生走向社会，接受社会教育的机会，也是学校教育的一种延伸和补充，在人

干事与求是

生的成长过程中起着独特的不可替代的作用，值得我们好好珍惜和重视。随着时代的变迁，以及缩小"工农差别、城乡差别、脑力劳动和体力劳动差别"任务的逐渐完成，作为教育的延伸和补充的暑期生活如何理性回归，不迷失方向，真正让孩子们快乐学习，参与生活，"荡起双桨"，全面发展，幸福成长，尚需社会、学校、家长的共同努力。

（2020年8月）

我们拥有同一个母校叫学勉

学勉中学办学120年以来，培养了无数学子，他们的足迹遍布四面八方，并都为拥有一个百年母校而骄傲。我们全家成员，即我的父亲、母亲、姐姐、弟弟和我，都有缘在学勉就读，成为学勉学子，都拥有同一个母校。

我父亲就读学勉（当时称忠义中学）之路，可说是充满艰辛。因祖父早逝，家里缺乏男性劳动力，我父亲高小毕业后，就参加了农业劳动。半年后在村里长辈的劝告下，他克服家庭困难，毅然于1947年9月参加忠义中学的招生考试，结果以全校第13名的成绩被录取。当时国家正处于内战期间，烽火连天，社会动荡，再加上纸币贬值，通货膨胀日趋严重。而那时忠义中学给老师的工资是以稻谷折算发放，薪酬显得相对稳定，这使得学校不仅有一批原籍名师返乡任教，而且还吸引了一批上海、杭州、绍兴等外地名师前来任教。由于教师阵容整齐，学校的教学质量很高。父亲在就读期间，德智体全面发展，第一学年就被评为免费生，即学杂费可以免交。第二学年担任了班长，班主任对他的评价是："班长体育好，劳动也好，学习成绩更好，他带头干好事，也带头干'坏事'，只要管好他就能管好整个班级。"但好景不长，1949年，因家庭经济再次遇到特殊的困难，使他无法完成初中段最后一个学期的学业，被迫于1950年2月再次辍学，重新回家参加农业劳动。到8月下旬，农忙已过，考虑到再读几个月就能拿到终生受用的文凭，他下定了决心，顶着各种困难，再次踏进忠义校园，读完初中最后一个学期的课程，于1951年2月初中毕业。在当了一年多的乡村小学代课教师后，他经县文教局推荐并经过考试，于1952年进入湘湖师范就读。

我母亲就读学勉之路，可说是有始难终。1955年我母亲经考试就读于学勉初级中学，并于1958年初中毕业。碰巧的是，学勉中学在该年增设高中，我母亲参加了中考，并以优异成绩考上学勉中学，录取名单在枫桥镇上最繁华的"十字街口"张榜公布。但不幸的是受家庭牵连，后来硬是被取消入学资格。她最终难圆就读学勉高中的梦，只得回家参加农业劳动。

我姐姐就读学勉（当时称枫桥中学）之路，可说是充满曲折。1974年，为解决教职工子女的入学问题，枫桥中学破例招收了两个初中班。因我父亲已在枫桥中学任教，姐姐有幸进了枫桥中学读初中。两年后，当她初中毕业读高中时，差点重复"母亲的命运"。那时枫桥中学招生采用的是生产大队推荐的办法，推荐的首要依据是家庭出身。当时枫桥中学对教职工子女的就读问题很关心，为方便我姐姐的就读，枫桥中学决定分配给我家所在的新跃大队就读名额，从原来的7个增加到8个，并明确增加的1个名额系我姐姐的"带帽"名额，不得替换。但在实际操作过程中，按当时的新跃大队有8个生产队，恰好每个生产队能分配到一个名额，结果我姐姐没有被推荐上。开学后，在老师们的关心和学校的默许下，我父亲从自己寝室里搬来一条凳子放到教室的最后排，使姐姐有了"一席之地"。后来在村里一位远房亲戚"贫协代表"的帮忙下，悄悄地补写了一张说明书，手续算是勉强齐全，姐姐才拥有了正式的高中学籍，并于1979年考上了杭州大学。

我就读学勉之路，可说是时来运转。随着教育战线拨乱反正的深入开展，继1977年全国恢复高考后，诸暨也于1978年正式恢复中考。这样就延续了我就读学勉的梦想。经过近一年的刻苦学习，我有幸成为诸暨恢复中考后的第一届中考生，并顺利考入学勉中学。那年的中考竞争很激烈，学勉中学只招收4个班，约200人。生源主要来自枫桥区及浣纱区、姚江区部分公社的考生。高中毕业后，我于1981年考上了绍兴师范专科学校。

弟弟就读学勉之路，可说是好事多磨。弟弟初中就读于齐东中学，在1985年的中考中取得了优异成绩，过了中专录取线。那时的区重点初中齐东中学、东和中学和其他初中一样，都是以过中专分数线人数和录取人数多少，作为衡量学校教育质量高低的主要指标，并有"中专录取后不入学者两年内不得在其他任何学校就读"的规定。齐东中学和枫桥区教办的老师多次上门做工作，希望弟弟读中专，为学校争光。但父亲权衡再三，还是决定让弟弟读高中。这样，弟弟以中考第一名的成绩被学勉中学录取。但在就读期间，他因体质较弱，经常生病，半休半读，在1988年的高考中，成绩不尽理想，仅考上了浙江水产学院。

我们全家五口就读学勉中学的时间，从父亲1947年开始，到弟弟于1988年终结，总共41年，占了学校办学史的1/3多，其间还经历了学校发展史上的许多重要节点。我们全家就读学勉中学的历程，可以说是学勉中学校史的一个缩影，也从一定意义上折射出了中国社会的变迁。国家兴，则教育兴；教育兴，则国运昌。

母校之所以能成为百年名校，长盛不衰，其背后有一大批名师支撑着。我们在就读学勉期间，有幸遇到了一批令人难以忘怀的"传道、授业、解惑"的好老师。

对我父亲印象最深和帮助最大的是他的班主任何亚潮先生。他如严父慈母般地关心爱护学生，注重学生的德智体美劳全面发展。在学习上鼓励学生奋发上进，在管理上宽严相济，注重学生的自我教育与自我管理，重在培养学生为人处世和适应社会的能力和素养。

陈炳荣老师至今还让我母亲难以忘怀。陈老师时任学校史地教研组长。他教地理课，采用启发式和谈话式教学方式，上他的地理课是一种享受。他不仅知识渊博，"动口"能力强，而且能理论联系实际，"动手"能力更强。20世纪50年代，在他的带领下，师生们自己动手建立了地理园，并自制地理模型。同时，他还有一手在课堂上快速准确地板绘地图的绝活。

我们姐弟三人在学勉就读期间，先后遇到了赵荣植、车珊珠、陈霞秋、章民生、潘仁延、金寅生、钱龙、汤洁仁、陈杰、杨科军等一大批爱岗敬业、专业精良、富有活力的高素质教师，学勉中学也展现了20世纪80年代的黄金发展期。

值得一提的是，我们姐弟三人在学勉就读期间，还遇到了一位特殊的教师——何章甫。他既是我们的化学老师，又是我们的父亲。作为教师，他曾担任诸暨县化学学科教研大组组长，具有很强的教学和研究能力，我们都喜欢听他教的化学课，并在高考中都取得了好成绩。更令我们钦佩的是他的职业精神。1978年，在诸暨县和绍兴地区的中学化学竞赛中，学勉中学取得了优异成绩。为参加省里的化学竞赛，绍兴地区教育局组织全地区41位中学生在绍兴一中集中培训，从农历十二月十四日至正月十四日，由我父亲担任培训班的辅导老师。除夕那天，由于忙于备课，他到傍晚5点才去一中食堂用餐，一位值班的工友说，"还有一个鏊头，你拿去吃，我要关门了"。他在办公室吃完"年夜饭"，回到绍兴旅社,独自过了一个终生难忘的农历新年。值得提及的是,他这样做完全是尽义务,没有领取任何的报酬。这也许是他"得天下英才而教育之,三乐也"的真实情怀体现吧!

作为父亲,他不仅关心我们的生活、学习,更关心我们的未来发展,给我们很多启示。在我人生中的重要节点上,无论在绍兴师专就读还是留校工作,无论是在乡镇担任主要领导还是在市级机关、市委党校担任主要负责人,他都时时给我以提醒、指点和帮助,使我行稳致远。

父亲一生从教51年。三次在学勉中学任教,长达26年,为学勉的发展作出了应有的贡献,也实现了自己的人生价值。1990年,他被评为浙江省中学特级教师,成为学勉乃至诸暨第一位中学特级教师、绍兴市第一位中学化学特级教师,他还被评为浙江省劳动模范。

时间过得飞快,我们在学勉毕业已有好几十个年头了,人生先后进入了"下半场"。回顾我们各自的人生经历,会有许多重要的节点与台阶。如果说进入高一级学校深造意味着我们人生的启航,那么在学勉中学求学就是我们人生启航的重要启蒙地。母校给予的不仅仅是知识的积累、能力的培养、素质的提升,更为重要的是处于人生转型期的我们,能有条件、有底气地去参与人才的竞争性选拔,通过高考这个制度性安排,优胜者可上升到更高的台阶和通道,随之改变的不仅仅是户口、职业、待遇,还有"诗和远方"。正如父亲所说:"两进忠义中学就读,对我的人生影响最大。若没有这最后一个学期,我的学历不是初中毕业,而是初中肄业。当时湘湖师范招生除年龄有适当的限制外,学历必须是初中毕业,初中肄业我就进不了湘湖师范学习,也当不了中学教师。基于我的家庭出身问题,依据当时的政策,我的小学代课教师几乎没有转正的可能。这样人生的道路不知会偏向何处?"

当然,我们都有幸赶上了改革开放的好时代。如果没有改革开放,我和弟弟不要说上不了大学，就连上学勉中学也不可能，进而再次重复"母亲的命运"，成为一位名副其实的农民。

身为学勉学子的我们，要感恩母校的栽培，有幸遇到了"学高为师、身正为范"的好老师；要感谢伟大的时代，有幸赶上了改革开放的好时代。祝福母校初心永在，砥砺前行。

（2018年9月）

宋六陵校园的篮球情愫

我的3年师专生活，都是在宋六陵校园中度过的。在宋六陵校园这3年里，我一方面以书籍为伴，顺利完成学业，成为一名优秀的大学毕业生；另一方面又以篮球为伴，既学会了篮球运动，又领悟了篮球文化。由于师专毕业后，我没有直接从事专业教学工作，便与所学的化学专业渐行渐远。而篮球运动却一直没有离开过我的生活，使我对宋六陵校园篮球岁月的记忆仍然清晰可觅。

1981年9月17日，我去绍兴师范专科学校报到，上午从诸暨枫桥汽车站乘车到绍兴汽车站下车，然后由学校新生接待处用车接到师专和畅堂校区，下午再统一乘校车，经过约1个小时的颠簸，到达师专的宋六陵校园。映入我眼帘的校园很一般，既没有宽敞气派的大门，也没有醒目的建筑物，唯一引人注目的是数棵经历岁月沧桑的高大古松。

去宿舍安顿好行李后，我便去校园散步，恰好遇上了一场化学系与物理系精彩的篮球比赛。场内球员技术良好，比赛双方分数交替上升，裁判员的素养也好，场外观众热情高涨。比赛的场面固然很热烈，但更让我感到欣喜的是，终于在校园内见到让人大开眼界的东西——一个标准的水泥篮球场地，这极大地激发了我在师专学习期间打好篮球的兴趣和热情。

受父亲喜爱打篮球的影响，我从小学开始就玩篮球。但因小学、初中是在村校就读，苦于没有篮球场地，高中因要参加高考，苦于没有时间，所以在上大学之前没有好好练过篮球，当时还称不上会打篮球，只是喜欢而已。新生报到10多天后，为丰富同学生活，培养一技之长，增强班级集体荣誉感，班级准备组建一支篮球队，并由班里的临时召集人邵国成同学负责，我和高中同学何永、陈杰一道，报名参加了班级篮球队。篮球队成立后，队员们自筹资金统一购买了蓝色运动背心，并请班主任何钦侃老师题写了"绍兴师专81化学"的字样，才算勉强有了球队的队服。不久，组织了一场与81物理班的篮球友谊赛，结果我们以3分的优势险胜对手，赢得了班级篮球队组建后的第一场胜利，这也提升了大家的信心。

提高球队水平，还得从训练抓起。为此我们制订了训练计划，约定每周一、三、五早晨花1个小时进行训练，并聘请刚从杭州大学体育系篮球专业毕业的原杭州大学篮球队中锋金一平老师为教练，每周辅导一次。训练从最基本的队员移动、传接球、投篮、运球、持球突破、抢篮板球、快攻与防守等技术环节入手，显得颇为正规系统。考虑到我身高1.81米，弹跳力好、身体对抗能力强的特点，金一平老师重点教我中锋技术。经过1年大运动量的训练与实战，我的篮球运动技能有了明显提高，并练就了一手"转身投篮"的绝活。

1983年上半年，我被选入校篮球队，参加由绍兴市供销技校承办的绍兴市首届大中专"友谊杯"篮球赛，并获得了冠军，纪念品为一张球队集体彩色照片，这也是我第一次拍彩色照片。是年，我还同球友一道代表绍兴师专诸暨籍在校学生参加"毛竹杯"篮球比赛（由师专学生篮球爱好者自行发起组织，以绍兴市下辖的县为单位参赛），并获得冠军。1984年上半年，又代表化学系队参加全校"三好杯"篮球赛，并获得冠军。同时，我还参加了学校组织的篮球裁判培训班，经过严格的理论考试和临场测试，于1984年毕业前顺利拿到了国家三级篮球裁判证书。这样，我便能以裁判员的身份参与篮球运动，也提高了我观看篮球比赛的鉴赏水平。

其实，篮球并不仅仅是一项单纯的体育运动，还有许多快乐和收获可以分享，有许多有益的"营养"可以汲取。

首先是丰富了大学生活。由于宋六陵校园远离绍兴城区，交通又不便捷，很难吸纳城市文明的辐射，同时校园内设施简陋，再加上当时学校其他专业已陆续迁移到市区，仅剩物理、化学、体育3个专业的学生，使得师专的校园生活显得枯燥单调，唯一能享受的娱乐活动是每周一场免费露天电影。此时的篮球运动几乎成为我每天的必修课，它使我走出寝室、教室、食堂"三点一线"式的乏味生活，快乐地度过了那个校园年代。

其次是提高了学习效率。记得有一次在停课复习的迎考阶段，我独自在篮球场上练球，被路过的教务长张家琨老师叫停，我便向张老师解释：我已形成了动静结合的学习节奏，下午打会儿篮球，晚上学习效率会更高些，学习与打球相得益彰，互补双赢。这样的回答得到了张老师的默许。如何处理好学习与打球的关系？关键是把握好度。只要打篮球的强度不是特别大，时间不是占用得太多，打球对学习是能起促进作用的。因为通过打球，能增强一个人的大脑机能活力，有利于学习时精力充沛、注意力集中、观察敏锐、思维活跃、记忆良好，从而提高学习效率。

再次是广交了朋友。随着不同层次的篮球赛特别是各种擂台赛、跨系科邀请赛的广泛开展，打篮球的人越来越多，观看篮球比赛的人也越来越多。通过比赛以球会友，队员之间场上是对手，场下成朋友。可以

干事与求是

毫不夸张地说，我的篮球朋友遍布全校各个系科，既有宋六陵校区的，也有和畅堂校区的；既有打球的，也有"看"球的。我的知名度也因此有了很大的提高。

最后是增强了团队意识和底线思维能力。篮球是一项集体项目，要战胜对手，赢得胜利，就必须有团队精神。要把个人的角色融入场上整个团队的攻防体系之中。要服从和服务于整个团队，当团队需要你当"配角"时，你得尽心尽力，甘当"老黄牛"；当团队需要你"亮剑"时，你得敢于担当，承担责任。同时，在比赛过程中还得发扬团结协作精神。无论是比赛中的传切、掩护、突分、策应、夹击补防、关门等局部战术，还是综合多变的攻守战术体系，都需要场上队员的密切合作，协同作战才能取得成效。再如底线思维。足球是圆的，所以在比赛过程中任何情况都会发生。其实篮球也是如此，有时会出现该赢的比赛没有赢，不该赢的比赛却赢了，这也许是大球比赛的魅力之所在。所以作为一名球员、一个团队必须有底线思维，要善于运用底线思维的方法。每场比赛，不管对手强弱如何，都要从最坏处准备，往最好处努力，以争取最好的结果。只有做到有备无患，沉着应战，才能牢牢把握比赛的主动权。

弹指一挥间，我从师专毕业已有32年，但宋六陵校园所积聚起来的篮球情结却始终没有消淡和散去。我要再次感谢篮球这项体育运动，让我分享快乐，度过宋六陵难忘的大学生活；我更要感谢篮球文化这部博大精深的教科书，让我汲取营养，稳健前行。

（2016年8月）

难以忘却的和畅堂

我于1981年考入绍兴师专化学系，3年的大学生活是在宋六陵校区度过的。当时的绍兴师专已是"一校两区"，且已将办学重心逐渐转向市区和畅堂校区。这让我与和畅堂有了一定的关联，也参加了和畅堂校区的一些活动，对和畅堂有了些印象，并留下了若干记忆。

印象较深者有三。一是新生报到与毕业典礼。新生报到那天，我从绍兴汽车站下车，学校校车把我送到和畅堂校区的学生宿舍楼，以备集中中转，下午再统一乘校车赴宋六陵校区报到。中午休息时，我和几位中学同学在和畅堂来回走了好几趟，呈现在我们眼前的校园，面积不大，并显得分散零乱，教学设施不多，唯一像样的一幢教学大楼还没有完全竣工，校园西北侧还有一大片蔬菜基地。对毕业典礼的印象比较深，则主要是因为我们虽是宋六陵校区最后一届毕业生，却是在位于和畅堂东侧的绍兴县人民大会堂参加毕业典礼的。毕业时正逢学校搬迁，我们用自身特殊的方式，参与了搬迁工作。记得毕业典礼那天，为保护实验器材，我们全班同学每人手捧一台托盘天平秤，集中乘车从宋六陵到和畅堂，先把天平秤统一放到和畅堂教学楼新建的分析化学实验室，然后再去参加学校84届学生毕业典礼。二是参加学校田径运动会。在师专就读期间，我参加了在城区大校场举办的两届学校田径运动会，参赛项目为800米和1500米跑步，同时兼报4×100米和4×400米接力集体项目。获得几枚金牌已难以忆起，但晚上全班男运动员集中住在位于和畅堂校区的中文班教室，课桌当作床铺睡，被蚊子咬得难以入睡的场景依然清晰。三是独自从和畅堂跑回宋六陵。那年深秋的一个周末，一位在杭州读大学的高中同学来绍兴，我陪他旅游后，晚上住在和畅堂校区的男生宿舍。第二天凌晨，我从和畅堂出发，跑了20多千米的山路到宋六陵，又急匆匆赶到学校边上的茶场小吃部，买了6只肉包子充当早餐，吃完后便跑步赶往学校篮球场，代表系里和前来宋六陵搞联谊活动的数学系同学打了一场篮球友谊赛。真是激情燃烧的岁月啊！强健的体质、充沛的体力，固然源于自己正年轻，但也得益于学校重视体育，倡导晨间长跑运动带来的红利。

我从师专毕业后有幸留在母校工作，便迅速地融入和畅堂校区，对和畅堂也有了更深的理解与感悟。随着时间的推移，用历史眼光去审视和畅堂，确实能挖掘出许多有价值的东西。

和畅堂的变迁，是绍兴城市发展的一个缩影。据《绍兴市志》记载，和畅堂位于"环城西路到解放路段，长510米，原为临河石板路，1952年填河筑路，宽6米，碎石路，后改沥青路面"。待我们就读绍兴师专时，和畅堂样貌依旧。随着绍兴城市化的推进和"退二进三"城市产业发展战略的实施，和畅堂发生了很大的变化，路幅从原来的6米拓宽至16米，路旁的行道树由落叶的梧桐换成了常绿的杜英，道路两侧除全国文保单位秋瑾故居外，其他建筑物形态和功能都发生了变化。原有的民宅已改建成商业用房。绍兴茶厂等国有企业和市消防支队易地搬迁，原绍兴高专和绍兴师专校舍已于2007年停用，取而代之的是一座现代商业综合体——金帝银泰城。昔日的校区已成了繁华的商业区。和畅堂成为绍兴古城与城南新区的重要连接带，并起着对城南区域经济的引领和辐射作用。

从绍兴师专的办学历程看，和畅堂校区是学校承上启下的一个重要发展阶段。绍兴师专办学经历了宋六陵—和畅堂—严家潭的"三部曲"发展阶段。

首先是宋六陵—和畅堂阶段。1977年底，绍兴地区提出把位于宋六陵的绍兴地区师范学校改建成绍兴师范专科学校的设想。1978年3月，绍兴地区师范学校以浙师院绍兴分校的名义开始招收77级学生，并于5月在宋六陵校区开学，学校也随之由原来的中师升格为师专。1980年5月，经国务院批准同意，绍兴师范专科学校正式成立。

由于宋六陵校区位于攒宫山区，远离城镇，信息闭塞，交通不便，很大程度上制约了作为一所高等学府校区应有的发展，学校便于1977年底向绍兴地委呈送了创办师专的规划方案，提出了先在绍兴城关镇建立函授部和学校分部的设想。1978年底，根据学校的发展要求，绍兴地区教育局同意把绍兴县第四中学改为浙师院绍兴分校附属中学，并于当年，在附中内建造一幢实习大楼。由于有了附中这一依托，1979年，绍兴地区行政公署便决定学校逐步从宋六陵校区迁至绍兴城区和畅堂办学。学校随即在和畅堂设立分部并正式办公，和畅堂校区建设全面展开。随着学生食堂、学生宿舍、教学（行政）大楼的先后建成，1979年，数学系率先搬到和畅堂附中实习大楼上课，1981年10月，中文、政史、英语3个系和学校党政机关搬到和畅堂教学楼，1984年7月，宋六陵校区所有系科和处室搬迁到和畅堂校区，绍兴师专正式在市区和畅堂"安家落户"，全校师生员工也由此"安居乐业"。

其次是和畅堂—严家潭阶段。学校迁址和畅堂校区后，由于当时实行的是地县分家的行政运行体制，和畅堂校区规划中的90多亩土地，部分已被用于绍兴县茶机厂等单位建造厂房，供校园可发展的面积只剩下40多亩，学校总体规划已无法落实，严重制约了学校的进一步发展。为了学校的长远发展和校园规划的整体性，1983年，绍兴市政府决定，同意在位于和畅堂西侧的严家潭畈新建校园，规划占地135亩。1984年，浙江省计经委批复同意绍兴师专的总体规划方案。1985年新校园内的教工集体宿舍、家属宿舍和综合服务楼率先建成使用。1986年第一幢学生宿舍建成。1987年教学大楼建成，中文、数学、政教、历史专业和函授部等搬到新教学大楼。1988年学校田径场建成使用。1989年图书馆和综合行政大楼建成，学校党政机关于1990年搬入综合行政大楼，标志着学校的办学重心已从和畅堂校区转向了严家潭新校园。至1994年，随着多幢学生宿舍和学生食堂等设施的先后竣工，严家潭新校园基本建成，它从根本上改善了办学条件，为学校跨越式发展打下了坚实的基础。

和畅堂校区的"承上启下"，不仅体现在校区建设的物质层面上，而且体现在对学校文脉基因的延续和传承上，并集中体现在艰苦创业、发愤图强的办学精神上。1984年学校搬迁至和畅堂校区后，经历了一段艰苦创业期。1984级学生和从宋六陵校区搬迁到和畅堂校区的物理、化学、体育专业中的男生，统一暂住在位于教学楼南面的简易宿舍区。简易宿舍实在简陋，地面由五孔水泥板简单拼接而成，凹凸不平，晚上入睡时经常能听到老鼠在宿舍间来回穿梭，个别宿舍顶棚竟然筑起了燕子窝。但是大家还是能理解学校的困难，发扬革命的乐观主义和艰苦奋斗的精神，顺利度过了为期两年左右的艰苦岁月。值得一提的是，全校学生特别是体育专业的学生，克服学校体育场地和设施严重不足的困难，利用简易的风雨棚和学生餐厅，"土法上马"、因陋就简地开展训练。还在课余时间借用相关单位和城市公共体育设施，刻苦训练，取得了学校体育运动的优异成绩。在1984年10月举行的浙江省第五届高校运动会上，学校体育专业组取得团体总分第3名，普通组名列团体总分第6名的好成绩。在1987年举行的浙江省第六届高校运动会上，学校获专科组团体总分第1名。

有人戏称和畅堂办学是"螺蛳壳里做道场"。但是，经过全体师专人的不懈努力，"螺蛳壳"里竟然出现了奇迹。学校于1988年成为国家教委表彰的全国26所师专之一，1989年被国家教委师范司确定为全国9所主干师专之一，并为社会培养了一大批名师名家。同样，学校迁到严家潭新校园后，艰苦奋斗的精神继续得到了弘扬，1990年，由校团委发动共青团员自己动手，建造"共青团篮球场"的感人场景，至今仍历历在目。

和畅堂也见证了绍兴地方高等教育事业的大发展。除作为绍兴市第一所高校的绍兴师专落户和畅堂外，绍兴高专于1986年也选址和畅堂，随后办学规模越来越大，办学质量逐年提高，并于1995年与绍兴师专合并筹建绍兴大学。在此基础上，1996年经国家教委同意成立绍兴文理学院，成为绍兴市第一所本科院校。同样，1981年创办的绍兴市第一所民办学校——绍兴越秀外国语学校，曾位于和畅堂路西侧，它于2001年升格为绍兴越秀外国语职业学院，成为全市第一所高职院校。并于2008年更名为浙江越秀外国语学院，成为全市继绍兴文理学院之后的第二所全日制普通本科院校。可以毫不夸张地说，和畅堂是孕育绍兴地方高等教育发展的"摇篮"。

对我个人而言，和畅堂是我成长的一个重要节点。1984年我毕业留校任化学系政治辅导员，1988年当选校团委书记，1993年任学校党委宣传部副部长。我在母校工作的12年，其中约6年是在和畅堂校区度过的。它既是我人生新的起点，又是一段难忘的经历，所学的许多东西终生受用，并为我个人的发展奠定了良好的基础。在和畅堂校区工作期间，我始终围绕学校中心工作，创新工作载体，努力做到自己所从事和负责的学生工作、宣传思想工作能为学校的培养目标服务，为学校的改革、发展和稳定服务。始终坚持干中学、学中干，努力提升自身素养。十分珍惜校园良好的学习环境，静下心来认真学习书本知识，努力改善自己的知识结构，提升学历层次。在实际工作中能虚心向宣柏均、吴耘等前辈讨教学习，不断提高实际工作能力，特别是组织协调能力和做群众工作的能力。同时在马兆掌、陈荣昌等老师的悉心指导下，力求理论与实践相结合，对所从事的工作作些思考探索，写点文章，努力提升自己的理论素养。总之，我在和畅堂校区度过的岁月虽然很忙碌，却过得很充实和快乐；在和畅堂校区度过的岁月虽然很平凡，却过得很有价值和意义。

弹指一挥间，30多年过去了，和畅堂作为一条路，变宽阔了；和畅堂作为一条街，变繁华了；和畅堂作为一个校区，不复存在了；但和畅堂作为一种文化，得到了延续和传承。

（2018年6月）

向恢复高考致敬

出于众所周知的时代原因，父亲的前半生基本上是在不断地搞"运动"中蹚过来的，艰辛而不易。但在人到中年的时候，赶上了改革开放的好时代，使他切实地务上了"正业"，实现了当教师应有的人生价值。

前几年，我曾跟父亲提起，请他把自己的人生经历作个梳理，留下点文字资料，但他没有答应，理由是回忆并不都是愉快的旅程。去年我调到绍兴市委党史研究室工作，出于职业的原因，我就此事再次跟父亲作了沟通与交流，他便答应试一试。想不到父亲虽年逾80高龄，并且刚住院动过手术，但还是一贯地雷厉风行，在不到两个月的时间里，竟写出了近十万字的初稿。随后又陆陆续续写了些不同题材的文章。我拜读后不仅非常感动，深受教育，而且对父亲有了更深的了解。

受父亲的影响，我也有了动笔写一写父亲的冲动，但一直难以找到合适的角度和主题。时间过得很快，随着一年一度的高考到来，有关高考的新闻也随之增加，在不经意看着这些新闻的过程中，便有了启发，从高考的角度来写父亲，不失为一种好的视角。为了高考，父亲付出了很多，但同时也得到很多。可以说高考是父亲人生的一个重要节点，他身上结聚并蕴含着明显的高考情结。为此，我大胆地选取了这个主题鲜明的题目——向恢复高考致敬。

我们这代人都知道，从国家的层面来看，向恢复高考致敬，就是向改革开放致敬。因为从某种意义上说，中国的改革开放是从1977年恢复高考开始的。不过，按照当时的说法，叫作教育战线上的"拨乱反正"。1977年8月，邓小平在北京主持召开了科学与教育工作座谈会。在这次会议上，邓小平当场拍板，改变"文化大革命"时期靠推荐上大学的高校招生做法，当年，中国恢复高考。从此，中国再次迎来了"科学的春天"，开启了"尊重知识、尊重人才"的新时代。

从社会层面来看，向恢复高考致敬，就是向社会公平致敬。高考是调整各阶层利益格局公平竞争的平台。高考从恢复至今，对绝大多数考生而言，依然是守住教育公平的最主要的底线，依然是普通家庭孩子改变命运的最大希望。

从我们家庭的微观角度看，向恢复高考致敬，就是向父亲及其家庭致敬。高考改变了我们全家人的命运，而之所以改变得如此彻底，是因为父亲在改变自己命运的同时，也彻底改变了我们全家人的命运。

高考，让父亲自身实现了读大学的梦想。父亲从小因家庭等原因，只能就读于中师的湘湖师范。参加工作后，他在职函授杭州大学化学系课程，但因"文化大革命"而被迫中断学业。恢复高考后，才得以继续函授学业，读完余下课程，并以优异成绩拿到了迟来的大学文凭。

高考的恢复，"尊重知识、尊重人才"风气的逐渐形成，使父亲有了实现自身价值的舞台，也使他的主人翁意识得到空前的激发，个人才能得到充分的施展，并结出了丰硕的成果，取得了事业上一连串的成功。业务上他成为一位名师，成为诸暨市第一位中学特级教师，绍兴市第一位化学特级教师；他一生桃李满天下，培养了一批有用之才，也带出了一批优秀年轻教师。作为一名普通中学教师，他还被评为浙江省劳动模范，当选为浙江省人大代表，成了当时诸暨教育界的标杆性人物。

从学生的角度看，父亲作为一名教师对我影响最深的就是"敬业"二字。这首先体现在"八小时内精益求精"、努力提高课堂教学质量上。他在教学方法上注重启发式教育，着力培养学生的学习能力；板书设计上注重科学严谨，工整美观；语言表达上注重形象生动，深入浅出。同时，他还做到"八小时外加班加点"的无私奉献。他为了辅导学生参加省化学竞赛，1978年除夕放弃与家人团聚，正月初一照常给学生上课辅导。功夫不负有心人，他所辅导的学勉中学学生张铁军、傅继华在当年浙江省中学生化学竞赛中分别获一、二等奖，并以优异成绩考入浙江大学和北京大学。1981年春节，学校在正月初三就开始给毕业班补课，而这一天的课几乎由父亲一人包下，除给学生上化学课外，还替距校较远的数学、物理老师代为监考，而这些补课在当时是没有一分钱报酬的。这也许就是教师"红烛"精神的生动写照吧！

高考，使我们姐弟三人全部成为大学生，从而彻底改变了我们"穿草鞋，修地球"的命运。这也得益于父亲的悉心教育与培养。

姐姐一鸣上高中时，还是采用以生产大队为单位推荐读高中的招生办法。由于当时父亲已在枫桥中学任教，枫桥中学当年给我们大队读高中的分配名额原来为7个，后因考虑到我姐姐也要上高中的情况，故特意增加了1个"戴帽"名额，变成了"7+1"名额；但到了生产大队落实指标时，这个名额已被家庭出身好的子女占用了。后来在枫桥中学领导的关心下，破例在计划外让姐姐就读枫桥中学。或许是遗传的因素，加上平时的刻苦训练，姐姐在体育方面、特别是在女子中长跑项目上表现出了良好的天赋。那时，她凭借1500米跑的优异成绩，可以选送到省体工大队，成为一名专业运动员。但由于父亲的坚持，她放弃了这一机会，还是参加了高考，并于1979年8月1日接到了杭州大学录取通知书，总算圆了"国家供应户口"的梦，成为村里第一个本科大学生。为此，父亲还在学勉中学分了喜糖，在家里办了3桌简单的酒席。

我是通过中考进入学勉中学学习的。在学勉中学学习期间，父亲在我身上也花了许多心血。如为了拓宽我的知识面，提高语文水平，父亲每次晚自修下课后，就从办公室里带来一些报纸，让我阅读。为了培养我学化学的兴趣，增强感性认识，有时在节假日期间父亲带我去化学实验室，手把手地教我做实验。我在读高一时，由于少不更事，爱玩贪玩，学习并不用心。有一次晚自修，我在教室里跟同学下陆战棋，被父亲发现，他"越权"处理，当场就把陆战棋掷到窗外，然后把我叫到办公室，严肃地批评教育一番，并责令我写出深刻检讨。后来回想起来，此事确实对我有所触动，使我的学习比以前用功了许多，成绩也有所进步。我于1981年考入绍兴师专化学系学习。在去绍兴师专报到的前一天晚上，父亲嘱咐我："好好学习，珍惜时光；讲话不可随便，要有分寸。"在毕业前夕，由于我是班级里唯一的优秀毕业生，学校团委、系领导征求我的意见，问我是否愿意留校从事学生工作，我说最好征求一下父亲的意见。随后校团委领导就跟我父亲联系，父亲在电话里说："感谢组织关心，是否留校由云伟自己决定。"这样，我就服从了组织安排，于1984年留校从事学生工作。经过自身的努力，组织的推荐，民主选举，我于1988年12月任绍兴师专团委书记。几年后，我去了绍兴市越城区灵芝镇（乡）担任主要领导，记得那时父亲对我讲得最多的有两句话：一是要重视教育，教育大而言之是国家和民族的希望，小而言之是一个家庭的希望。二是要谦虚、务实、廉洁。我也因此在乡镇领导岗位上获得了浙江省"绿叶"奖、绍兴市优秀乡镇干部等荣誉。正是父亲这些及时的提醒、朴实的语言，使我受益匪浅。

　　弟弟云明比我小6岁，从小学习优秀，他在小学考初中时以优异成绩考入枫桥区重点初中齐东中学；在中考时，又以第一名的成绩考入学勉中学。但好事多磨，由于他的中考成绩已远远超过中专录取线，按照当时的政策他必须读中专，否则有可能取消高中的入学资格。父亲经过努力，坚持让他读了高中。在读高中时，弟弟因身体原因而半休半读，最后考上了浙江水产学院。上大学后，又因水土不服，休学一年。弟弟是块读书的料，要不是身体上的原因，凭他的天赋与勤奋，在学业上搞出点名堂来是很有可能的。

　　另外值得一提的是，在父亲的关心、培养和帮助下，我的大表哥傅铁民于1978年以优异的成绩考入浙江大学，小表哥傅铁华于1980年考入河南郑州粮食学院。这样，在当时"千军万马过独木桥"、竞争异常激烈的高考形势下，我们家族连续四年出了4个大学生，在家乡引起了不小的轰动。父亲也引以为豪，感到很有脸面。

　　高考，也让父亲的晚年生活更加充实。晚年的父亲，谈论最多的话题是高考，最乐意谈的是学生，最看重的是曾经工作过并为之自豪的学勉中学的师生去看望他。

　　高考，让父亲的人生更精彩，生活更美好。感谢高考，祝福父亲。

（2013年8月）

追思父亲

　　今天，是父亲逝世100天之忌日。这既短暂又漫长的100天，对我而言，是在"等待与忙碌，追思与感恩"之中度过的。

　　父亲何章甫于2022年12月28日8时因病逝世，享年91岁。父亲走得很突然，也很仓促。基于当时受新冠疫情的影响，家人商定，父亲的后事"分两步办"：12月30日先把父亲的遗体火化，骨灰盒暂时存放在诸暨殡仪馆；翌年清明节前夕，再举行父亲的追思会和骨灰安葬仪式。后来经与学勉中学商定，于2023年4月1日为父亲举办了追思会和安葬仪式。随后不到一周时间，恰逢清明节与父亲逝世百天忌日。

　　我在父亲追思会这一特殊场景所作的答谢词中，曾动情地对来宾说："今天父亲的追思会能有如此的场面，是我们事先没有预料到的，令我们动容。究其原因，或许追思的是我父亲，而感恩的是那批老师，怀念的是那个时代，传承的是百年学勉之精神。我们始终怀着一颗感恩的心，父亲之所以能取得些成就，是有幸赶上了改革开放的好时代，遇到了一群志同道合的好同事，碰到了一批勤奋学习的好学生。严师出高徒，高徒扬名师，同时，还拥有了学勉中学这一干事创业的好舞台。"今天，趁处在思念的叠加期，我想换个视角，对父亲作些追思与感恩。

一

父亲于1932年12月出生于诸暨县人和乡（今店口镇）何家山头村，终生从教，教龄长达51年之久。1951年2月从忠义中学（今学勉中学）毕业后，当了两年小学代课教师，开始走上教育岗位。1951年2月至8月，他在佳山学校任教，1952年2月至1953年8月，应邀在阮市小学任教。1953年，因国家建设急需大量人才，许多大中专学校扩大招生，经诸暨县文教局推荐并通过考试，父亲于1953年9月至1955年8月在湘湖师范就读。按照那时的国家相关政策规定，上述两段的连续经历可视作教龄。

父亲从湘湖师范毕业后，听从组织安排，先后在不同学校任教，成为一名在编教师。1955年9月至1956年8月，在诸暨大西区校任教；1956年9月至1962年4月，在学勉中学任教；1962年5月至1971年8月，在店口中学任教；1971年9月至1972年8月，在视北高中任教；1972年9月至1992年8月，在学勉中学（1972年8月至1977年，该校曾被称为枫桥中学）任教并光荣退休。

父亲退休后，怀着对教育的热爱，凭着出色的专业素养，他再次成为多地争相聘请的"香饽饽"人物。他先后去多地任教，成为一名更为忙碌的、"退而不休"的教师。1992年8月至1993年8月，在嵊县（今嵊州市）补习班任教；1993年2月至1994年8月，在诸暨中学任教；1994年9月至1999年8月，在杭州之江高中任教；1999年9月至2001年8月，在诸暨天马中学任教；2001年9月至2002年10月，再次在学勉中学任教。父亲十年"退而不休"的岁月，延长了自己的教育生命。

教师在父亲的心中，已不仅仅是一种职业，而是升华为一种崇高的事业。在他人到中年的时候，赶上了改革开放的好时代，迎来了"尊重知识、尊重人才"的新时代。特别是国家高考制度的恢复，教育改革的深化，更使他浑身活力焕发，在教师这一岗位上实现了自身的人生价值。他忠诚于党的教育事业，全身心扑在教育事业上，具有崇高的职业精神和价值追求。

父亲尽管自身家庭经济负担并不轻，但还时常默默地为家境贫困的农家子弟代交学费。1980年，他患上了肝炎病，医生要求他在家养病，但考虑到任教毕业班责任重大，一时无法请到代课教师，家长也十分焦虑，他就采用"隔离式"上课方式，自带揩刷和粉笔，暂不批改学生作业，只在教室的墙上贴上参考答案。为了支持地方经济发展，1981年，应当地企业——征天集团之邀，父亲免费为企业职工培训。他精心备课，努力做到理论联系实际，学以致用，每周三个晚上为企业职工上培训课，历时半年才按时完成培训课程。1985年10月的《浙江日报》，以《在学校与家庭的天平上》为题，对父亲教书育人的事迹作了专题报道。

父亲以研究的精神从事教学工作，教学与研究一体化推进，使之具有精湛的专业素养。他践行有教无类、严教厚爱，理论联系实际、学以致用的教育思想，在丰富的教学经验的基础上，注重教学的改革与创新，不断提升课堂教学质量与教学水平，让学生更快更活更好地掌握知识与技能，形成了"严、实、活、新"的教学风格。严：体现的是一丝不苟，率先垂范，为人师表；实：体现的是以学习的循序渐进和教学的因材施教，夯实学生的知识结构；活：指的是方法灵活科学，致力于启发性、形象化的立体教学；新：指的是随时引进学科领域最新的研究成果，关注学术界的最新动态。在1979年的浙江省中学化学竞赛中，他所辅导的学生获奖数占全省总人数的1/5。在历年的高考中，他所教学生的化学成绩总是在省、市名列前茅。他在国家级和省级刊物上发表论文20多篇，出版《元素及化合物的推导》等多本专著。同时，父亲还甘愿做铺路石，在他担任诸暨县化学学科教研大组组长和学勉中学化学学科教研组组长期间，培养和帮带了一批教学名师和骨干。

二

父亲严教厚爱，教书育人，为社会培养了一大批人才，既受到了学生的敬重，也得到了组织的肯定。在父亲的追思会上，悬挂着由父亲的两位现已年过八旬的学生陈佐天作家、骆恒光书法家花了整整一周时间创作的巨幅挽联："恩德无涯春风四海播桃李，渊源有继步武三贤立楷模"。这副挽联既寄托了学生对老师的深切哀思，也真实体现了学生对老师的由衷感谢。浙江大学中控集团、浙江可胜技术公司董事长，浙江省特级专家金建祥教授在父亲的追思会上发自肺腑地说道："何老师是大家心目中的一代名师！对学生的影响是深远的，当年从学勉中学毕业考上大学的化学或化工类专业的学生特别多，我们有机会受到何老师的教诲，都是幸运的一批人。古人云，'师者所以传道授业解惑也'。何老师，不仅仅是传统意义上杰出的化学名师，更是我的人生导师和恩师。在我人生最迷茫的时候，给我鼓励，给我信心，也给我指明了一条光明大道；在我得意忘形、目无尊长，暴露出为人处世缺陷的时候，又及时地敲打我，让我警醒，让我不断提高修为。我一生中有幸得到很多恩师的帮助和教诲，如果要问谁对我成长影响最大，那非何老师莫属！"追思会当天，1981年考进浙江大学的学生陈国强既动情又形象地说："在高考恢复之初，是何老师等一批学勉老师，把我们'抬'进大学的！"

1979年考入北京大学的傅继华同学在《悼念恩师何章甫先生》一文中写道："恩师严教厚爱，一心扑在中学教育事业上，不遗余力地让更多的寒门学子登上高等学府的殿堂。恩师的功德是有目共睹的，足为后世楷模。"枫桥中学1976届的俞宝鑫同学在去年中秋节看望我父亲后，发微信对我说："46年前我受教于您父亲，何老师教我们化学课，他严谨的治学态度，严肃的课堂纪律，生动形象、深入浅出的教学方法深深地影响了我，也一直是我关于母校学勉的最美好记忆。"

作为父亲的学生和同事的何永，在《教书育人的楷模》一文中写道："何老师是年轻老师的良师益友。他全方位地关心爱护年轻教师，既如师傅带徒般培养年轻教师，让他们懂得如何站稳讲台，又如父亲教子般教育年轻教师，让他们懂得如何为人处世。""好老师可让学生变得聪明、高尚，生活充实有意义；好老师能教化一方百姓，直接影响两三代人。何老师就是这样的好老师！曾受教于何老师，是我们身为学生的幸运！学勉中学有何老师，是枫桥百姓的福祉！"

除了受学生的赞誉，父亲也得到了业界与各级组织的充分肯定，他集多项荣誉于一身。1982年被评为浙江省劳动模范，并被选为浙江省六届人大代表。连续担任诸暨市六届、七届、八届政协委员。1990年被评为浙江省中学特级教师，成为诸暨市第一位中学特级教师，绍兴市第一位化学特级教师。还被聘为浙江省中小学教材审定委员会委员，并被收入《当代教育家名录》。

三

父亲尽管没有给我们留下多少物质财富，却给我们留下了一份厚重的精神财富。父亲用自己是"知识改变命运"的幸运者身份，教育我们要相信知识的力量，督促我们勤奋学习。记得我在学勉中学就读期间，他曾语重心长地对我说："阿伟啊，看来世上最重要和最有用的东西还是读书，读书所获得的知识，小偷偷不去、大火烧不去、洪水冲不去、造反也造不去，所以你得用功读书啊！"正是受惠于他的教育和培养，在恢复高考之初，我们姐弟三人相继考上大学、跳出了"农门"，改变了各自的命运，也由此改变了整个家庭乃至整个家族的命运。

父亲用自己连续几年参评特级教师的经历和体会，教育我们要自强不息。当我们全家四代同堂沉浸在祝贺父亲九十寿辰的欢乐氛围中时，他也不忘家庭教育，对在座的子孙们逐一作了点评，俨然开成了家庭民主生活会。令人欣慰的是，我们将父亲的这次点评作了录音，并将长期保存。父亲总是不断地提醒我们，人的一生既有顺境，也有逆境。当身处逆境时，要不自卑、不泄气；当身处顺境时，要不骄傲、不漂浮。

父亲用自己前半生历经磨难的艰辛，教育我们既要严于律己，又要学会宽容，懂得感恩，与人为善。他平时教育我们要多做好事、少做错事、禁做恶事。去年12月4日，全家为父亲过生日，聚餐结束后，他把我们叫进书房，作了语重心长的"集体谈话"，并留下了短短的一页文字，其中写有"我在世九十余载，为人处事感触良多，劝人与人为善，良言一句三冬暖，恶语伤人六月寒"。令人想不到的是，这竟成了父亲留下的最后遗稿。

在我们的人生历程中，父亲扮演了"三重"角色。他既是我们的父亲，一生省吃俭用，养育我们成长；也是我们的老师，我们姐弟三人在学勉中学就读时，他严教厚爱、教书育人，为我们的人生启航打下了良好的基础；同时，他更是我们的人生导师，当我们走出校门、迈向社会，在不同岗位履职时，他总是及时地给予提醒与指导，使得我们的人生行稳致远。记得我在乡镇担任主要领导期间，几乎每次与父亲见面，他总会提醒教育我：要严于律己，做到廉洁自律；要谦虚谨慎，善于听取多种意见，尤其是反对意见；要重视教育，努力形成尊师重教的社会环境。

还有一件让我终生难忘的事。2014年，在我担任绍兴市委党史研究室主任期间，配合父亲编写出版了《教师春秋》一书。在编写过程中，我俩难免会产生不同的意见以及观点上的分歧，也因此使他能近距离观察到我身上存在的问题与不足。为避免父子当面交流的尴尬，他通过书信，严肃地指出了我存在的问题："阿伟，你长期担任领导职务，就是讲错或讲了模棱两可的话，群众或下属也不会或少有提出反对意见，因此你已养成了自以为是、主观性极强的个性。你还年轻，我作为父亲，不得不向你提醒。……从我的经历可知道，领导主观性较强，不听群众意见或不尊重群众会带来灾祸的，请你反思一下。"父亲还专门在信封上注明了"并请您反复地读几次"的字样。这封信确实触动了我的心灵深处，真是受益匪浅。我至今像对待珍宝一样，把它珍藏着，并"反复地"学习之、对照之、践行之。

四

父亲用91年的时间，给自己的人生画了一个大圈，可以说是功德圆满。从社会角色来看，父亲终生从事"太阳底下最光辉的职业"，作为"人类灵魂的工程师"，他甘为"人梯"，一生桃李满天下，为社会培养了一大批人才，是一位享有盛誉的教师。从个人角度来看，父亲终生在他所热爱并擅长的中学教育事业上尽情释放能量、挥洒热情、收获果实，在业务层面提升自我、在精神层面超越自我、在价值层面实现自我，是一位永不止息的奋进者。从家庭视角来看，父亲始终注重家庭教育，对晚辈言传身教、耳提面命、循循善诱，深刻改变了我们这个家庭乃至整个家族的命运，树立了可代代相传的优良家风家教，是一位可亲可敬的好家长。

父亲历经磨难、自强不息，并最终取得成功，其原因是多方面的。父亲练就了较强的社会适应能力。他凭着严谨低调的处世方式，前半生有惊无险地从各种"运动"中蹚了过来，实属艰辛不易。在人到中年的时候，他赶上了改革开放的好时代，在全身心高调做事的同时，仍秉持着低调做人的原则。20世纪80年代，绍兴师专曾先后两次诚邀父亲去该校任教，尽管成为大学教授是父亲从小追求的目标，但因诸暨县教育局和学勉中学的再三挽留而未能成行。父亲对此毫无怨言，依旧全身心扑在中学教育事业上，从而造就了日后更大的辉煌。

父亲以实际行动诠释了什么是工匠精神。他总是以高标准严要求去对待自己所从事的工作，努力做到精益求精，追求完美和极致。他把中学化学学科教到了极致，同样，在那个特殊的年代，他也把教育与生产劳动相结合的劳动课教到了极致。他教学生所种的庄稼，无论是产量、品质还是观赏性都是一流的，成了校园里大家争相观摩的开放式课堂。他晚年在家，无论是种蔬菜还是养花，都达到了"专家级"的水平，我也从中学到了许多技能与诀窍。

父亲具有很强的"寓研究于学习之中"的能力。他记忆力超群，又善于博闻强记；他自学了高等数学、大学物理等高校教材，还在职函授杭州大学化学系课程并顺利毕业。最为突出的是他的理论联系实际、学以致用，"寓研究于学习之中"的能力。他在湘湖师范就读期间，就编写了《日常生活中的理化知识》书稿。在店口中学与视北高中任教时，能运用所学的专业知识，结合农村实际，持续开展"920"培育实验，并取得了较好效果。在恢复高考后，他坚持教学与科研一体化推进，形成了"严、实、活、新"的教学风格，极大地提高了教学质量与科研水平，也因此带动了一大批年轻教师快速成长。

也许，生死只是时空的转换，但愿在那个超现实的世界里没有疫情，父亲依旧可以教书育人、打球健身、谈天说地。

（2023年4月6日）

求索编

———

　　干事是一种机遇。我有幸遇上了改革开放的伟大时代，也努力用好组织提供的干事创业平台。求索编对我40年的职业生涯作了较为系统的回顾和梳理，贯穿着改造客观世界和改造主观世界的两条主线。

　　改造客观世界，主要体现在如何干事上。既有对自己在不同岗位上工作思路的确立、工作载体的设计、工作动力的激发、工作环境的营造、工作业绩的盘点及干部队伍建设的记述，更把重点聚焦在如何解放思想，实事求是，因地制宜，创造性地开展工作上。比如，怎样探索富有师范特色的共青团工作路子；如何借鉴"经营城市"的理念，创造性实施"经营村庄"战略；新编《绍兴市志》如何做到百尺竿头更进一步，既继承前志的严谨和规范，也体现从实际出发面向未来的创新性；如何探索出一条具有大雁特质、地方特色的高质量办学之路，形成新时代地市级党校发展的"雁行模式"。

　　改造主观世界，主要体现在自身的素养提升与成长上。"实践出真知，斗争长才干。"我十分注重从干事创业实践中吸取丰富的养料，涵养人生，提升自身。在领导素养上，增强了驾驭全局的才能，提高了处理实际问题特别是复杂问题的能力；也提升了人生境界，特别是在格局、胸怀等方面。从而使自己在职业生涯之路上行稳致远，不断谱写人生新的精彩篇章。

用青春拥抱时代

——绍兴师专工作"三部曲"

我自1984年大学毕业后，有幸留校在绍兴师专工作12个年头，相继在生化系、校团委、校党委宣传部三个不同部门工作，其间经历了"适应""提升""再适应"的"三部曲"。

一

1984年8月，我自绍兴师专化学专业毕业后留校，被安排在生化系工作，担任系团总支书记兼政治辅导员。这对我来说是一个全新的起点，也是人生的一个重要转折点。我从过去的学生时代过渡到工作时期，面临着尽快适应的问题。如何尽快转换角色？从过去就读期间的师生关系转变成为同事关系，从过去就读期间的同学关系转变成为师生关系。全系学生工作局面如何尽快打开？要实现这诸多的"尽快"，就得提升自己各方面的素养，做到勤学、勤干，必须从干中学、学中干。

干事与求是

　　勤学，首先得重建知识结构，以提升从事学生工作的素养。在自己就读过的系里从事学生工作，固然有着专业知识方面的优势，但要做好学生工作，需要构建"π"型知识结构，其中的"一横"指广博的知识面，"两竖"分别指所在学科的专业知识和思想政治教育方面的相关知识。

　　为此，我努力利用学校良好的学习环境，开展了多种形式的学习。一是随班听课。能经常去本系所在的班级，旁听"马克思主义哲学""中共党史""教育学"等课程。课后还会就有关专业问题虚心向夏盛元等授课老师请教。二是脱产进修。在学校的关心下，我于1986年参加了国家教委委托华东师范大学举办的为期半年的"高等教育管理进修班"学习。通过听取名师名家的讲授、与来自全国的同人研讨交流、结业论文的撰写与答辩以及浓郁的校园文化熏陶，我不仅学到了知识，更重要的是学会了方法，扩大了视野乃至提升了境界。三是在职函授。我于1986年参加了浙江教育学院政教专业的函授考试，并以高出录取分数线70分的优异成绩被录取，3年后顺利完成学业，获得本科文凭。这也标志着我的知识结构得到了根本性的改变，并为进一步提升理论素养打下了良好的基础。

　　同时，我十分注重在实践中向他人学习。能主动向系里的余子青、蔡秀华、朱文青、宣光荣、沈铭高、何钦侃、李益民、商志才、陈瑛等领导和同事学习讨教，并努力取得支持与帮助。我特别注重以能者为师、教学相长。那时，我有幸遇上了83级化学公师班这批特殊的学生。他们都是中师毕业在学校工作几年后再考取绍兴师专的，有着较为丰富的工作经验。我把他们看作兄长，在实际工作中虚心向他们讨教，请他们帮我出谋划策，并主动取得他们的支持与配合。他们也把我当作师兄，相互之间那种亦师亦友的关系十分融洽。这个班级的学生师专毕业后，出了一批拔尖人才。如浙江镇海中学校长吴国平、中学特级教师王金福、画家方本幼、企业家宣建耿等。

勤干，首先得善于谋划与思考。要干好工作必须明确定位，明白干什么，处理好线上工作与面上工作的关系。学生工作要围绕学校中心工作，为培养合格的中学教师作出应有贡献；要处理好局部与全局的关系，以全局谋划局部，以局部服务全局，系里的学生工作要为全校的学生工作作出贡献。

怎么干？还得从学校的具体实际出发。当时的绍兴师专尚属初创，办学规模比较小，学校设有中文、数学等7个科系，在校生只有1000多人，如生化系一般为3个班级150人左右。校园也比较小，教学设施也不多。学校实行的是校、系、班"紧密型"的管理体制。这就要求全系的学生工作须从班级、系级、校级三个层面同时发力、整体推进。

从事班级工作重在引导。我曾先后兼任84级化学班和85级化学班两个班的班主任。我做班主任的理念是努力发挥学生的主体作用，把班主任工作的立足点放在挖掘学生的长处方面，并把学生的积极性调动好、利用好、发挥好，从而增强班集体的凝聚力和战斗力，把功夫放在引导学生自我教育、自我管理、自我服务上。通过师生的共同努力，84级化学班成为全校有较高知名度的"明星班级"。该班的学风好，学习刻苦，勤于思考；班风正，积极要求上进，集体荣誉感强，有5位同学发展成为学生党员；能人多，多才多艺，能文能武，班级充满活力，在学校举办的大型活动中屡屡获奖，如在学校田径运动会上，连续两届获班级团体总分第一名。尽管在当时这届学生的毕业分配算不上理想，但他们能坦然面对现实，自强不息，几年后许多人都拼出了一片新天地。陈育德、沈旭东成为中学特级教师，魏祥考上了重点大学的研究生，秦伟国、钱

千事与求是

江南、陈国新等成为中学校长、书记，谭红等成为企业家。还有何建坤等在毕业分配时响应国家号召支援西部，扎根边疆。他们都作出了优异的业绩和贡献。

从事系级工作重在"自转"。我着力加强系团总支和学生会建设，注重体现专业特色，努力发挥教育、管理、服务的功能，开展形式多样的学生活动，为培养合格的中学教师这一总目标服务。一是注重专业思想教育。通过开展"五讲四美三热爱"教育活动和改革开放形势教育等活动，加强对学生的思想政治教育。把专业思想教育放在突出位置，通过征文活动、演讲比赛、主题团日活动、报告会等形式和"请进来、走出去"方式，加强对学生的专业思想教育，激发学生的学习动力。二是注重专业实践。引导和组织学生在完成学业的基础上，开展家教活动。跟市区的中学团组织开展结对活动，为学生教育见习提供平台。在暑期还组织多种形式的中学课程辅导班等社会实践活动和勤工助学活动。这些活动找到了各方需求的结合点，达到了受教育、长才干、作贡献的目的，得到了多方的肯定。

配合校级工作重在"公转"。我在主持和引导系团总支、班团支部的工作中，注重围绕校团委、学生处的总体部署开展工作，在活动上积极主动参与，在工作上认真完成分内任务，力争取得好成绩，作出应有的贡献。如积极参加校团委组织的一年一度的"三好杯"篮球赛、"迎新杯"越野跑比赛、元旦文艺汇演，以及演讲、班报设计和暑期大学生社会实践等活动。同时还发挥我系学生在书画和体育方面基础较好的优势，多次承办全校性的书画展览和群众性体育活动。

值得一提的是，我连续两届兼任校团委的文体部长，按照校团委的统一部署，组织开展了一系列文体活动，活跃了校园文化，丰富了学生生活。特别是配合校体委组织了一系列大型体育活动，如1988年的校田径运动会，该届运动会是在学校新建成的标准田径场举行的，也是学校搬迁至和畅堂校区以来第一次在自己的校园内举办的运动会。当时学校提出了"隆重、精彩、难忘"的办会要求，而最能体现这一要求的运动会开幕式和闭幕式的组织工作，是由我牵头组织的。为集中精力投入到开幕式的排练之中，呈现一台高水平的开幕式，我跟爱人陈瑛老师商量后，把婚假推迟了半个月。

经过4年多的学习和实践，我对所从事的学生工作有了较好的适应，也较快地打开了工作局面，实现了"开好局、起好步"的目标。

二

在组织的关心和培养下，我于1988年11月在校第六次团代会上当选为校团委书记。这意味着，我将站在更高层面的新起点上，面临着更大的使命、更多的挑战、更广的平台，需要作出新的努力与提升。

应当说，绍兴师专的共青团工作在宣柏均、吴耘等前辈的带领和努力下，已有了自己的特色，达到了一个相当高的水平。对我来说，既需要"一任接着一任干"，又需要与时俱进，处理好继承与创新的关系，探索出一条富有师专特色的共青团工作路子，全面提升学生综合素质，为培养合格的中学教师服务。

一是"面"上团建引领，活跃校园文化，培养学生的综合素质。经过实践与思考，校团委确定了团建引领校园文化发展的思路，以更好地发挥校园文化在陶冶学生情操、丰富学生生活、培养学生素质等方面的综合功能，特别是在促进思想教育的功能。在实际工作中，校团委注重载体的建设，每年举办"团支部工作活动节"，为展示和检阅校园文化提供了平台，为引导和活跃校园文化提供了抓手。同时，还注重基础的培育，把活跃校园文化的重心放在学生社团的培育上。全力做好和畅书法社、青藤画社、话剧团、演讲协会、舞蹈协会、星星诗社、野草文学社、体育协会等学生社团的基础性工作，每学年招收约30%在某方面有一技之长的学生成为社团的成员。对那些没有明显特长和爱好的学生，尽量通过多种基础性的培训班、选修课、兴趣小组及同学之间的互帮互学等形式，努力培养他们的兴趣爱好和特长，引导加入社团组织，推进社团的扩面提质工作，使社团组织具有广泛的群众基础，并成为校园文化建设的主力军。

二是"线"上注重融合，开展师范技能培训，提升学生职业技能。校团委以学生需求为导向，积极推进"第一课堂"和"第二课堂"的深度融合，拓展和深化师范技能培训，培养学生的一技之长。在实际工作中努力取得方方面面的支持，尽力解决在师范技能培训办班过程中遇到的困难，通过校内外结合的方法，组建师资队伍；采取因陋就简的办法，开辟教学场所；利用晚上和休息日时间，保证教学培训顺利进行；采用"多条腿走路"的办法解决培训经费。在此基础上较为系统地开设了美术学、美工设计、摄影、电化教育、电影放映技术、家电维修、口才技巧、乐器演奏、舞蹈、艺术体操、体育裁判、医学保健等18个类别的培训班，极大地拓展和提高了学生的教师基本素质与技能。

三是"点"上拾遗补缺，拓展工作空间，创设中学共青团干部培训专业。绍兴师专作为一所地方性师范专科学校，在绍兴市的中学共青团工作领域有着特殊的地位和作用。据调查，在当时的绍兴市中学团干队伍中，绍兴师专的毕业生占了75%左右。基于此，绍兴师专为中学培养合格的团干部已显得责无旁贷，并十分迫切。校团委在实际工作中，主动取得各方支持，拓宽思路，大胆实践，建立中学团干部培训基地——业余团校，每学年招收一个班，对学员进行较为系统的共青团理论与知

识的培训。创设了中学共青团干部培训专业，并会同学校教务处开设了
"中学共青团理论与实践"的兼修课，使更多的学生接受较为系统的共青
团理论教育。校团委与市区的中学建立联系，推广中学团干部见习制度，
推荐学生干部去中学共青团岗位上实习锻炼。还建立了中学共青团工作
研究室，编写《中学共青团工作指南》一书。在师专学生中开展培训中
学团干的创举，既拓宽了师专共青团工作的路子，又为中学输送了一大
批合格的共青团后备干部。

　　值得一提的是，1990年既是绍兴师专成立10周年，又是学校主体从
和畅堂校区搬迁至严家潭新校园的元年，校园尚处于建设之中，体育场
地和教育活动设施十分缺乏。为此校团委开展了"学雷锋、迎校庆，我
为师专添光彩"活动。在校党委书记傅澄超，党委副书记董慰祖，副校
长张树建、许学刚等领导的直接关心和重视下，校团委组织发动广大青
年教工团员和学生团员，利用课余时间，开展热火朝天的劳动竞赛，自
己动手建体育场地。经过近半年的努力，建成了两个标准的水泥地面篮
球场，并命名为"共青团球场"。此举不仅为学校节省了建设经费，还使
学生受到了艰苦创业的教育，大大激发了学生的爱校热情。

　　通过上述"面、线、点"的持续推进，进一步提升了绍兴师专共青
团工作的水平，走出了一条更富师专特色的共青团工作路子。《中国青年
报》曾对绍兴师专举办的首届团支部工作活动节等作了专题报道。《师范
院校共青团工作新视野》一文被收入共青团中央编的《青年马克思主义
者的追求》一书。校团委连续多年被团省委评为省级先进团委，被团中
央授予"全国大学生社会实践先进集体"称号。

　　在工作推进的同时，我自身的素养也有了较大的提升。在谋划工作
时，我感到自己的站位更高，思路更为开阔，组织协调能力也有了较大
提高。我在1989年获得政教专业本科文凭的基础上，1993年上半年去

杭州大学进修，获得政治专业研究生课程结业证书，自身的理论素养有了较大的提升。同时也能在理论与实践相结合的层面上，对所从事的共青团工作展开思考与研究，撰写了多篇论文，并在《绍兴师专学报》等刊物上发表。其中《师专教育面临的一个新课题——浅谈如何为中学培养合格的团干部》一文，在《中国青年政治学院学报》上发表。

1993年底，组织决定，我在该年的学校共青团组织换届大会上不再担任校团委书记。我于1988年11月27日在学校第六次团代会上当选为团委书记，在1993年11月28日学校第八次团代会上不再担任团委书记，如此算来，我在绍兴师专团委书记的岗位上工作了5个整年。

三

1993年12月，校党委任命我为校党委宣传部副部长，主持工作。这对我来说，意味着再次面临新的挑战，在新的岗位上，需要再次适应。在工作性质上，要从过去从事群团工作转变为从事思想宣传工作；在工作对象上，要从过去以学生为主转为面向全体师生。同时工作的方式方法也得随之转变，自身的领导素养也需作进一步提升。

我在绍兴师专党委宣传部的岗位上工作了两年半。其间，1994年4月至6月参加了绍兴市委党校中青班学习；1995年8月至1996年4月，因绍兴师专与绍兴高专合并筹建绍兴大学，我不再主持学校宣传部工作。我在校党委宣传部工作期间，虚心向陈荣昌、梁涌等从事思想宣传工作的前辈讨教学习，从思想宣传工作的线长、面广、量大、渗透性强等特点出发，注重虚功实做，着力在统筹上下功夫。

一是统筹推进育人工作。按照《中共中央关于进一步加强和改进学校德育工作的若干意见》的精神要求，校党委宣传部在面上统筹推进全校教书育人、管理育人、服务育人工作，形成各级各部门齐抓共管的育人环境的同时，重点加强马列理论课和思想品德课的教学，深化教学改革，创新教学方式，努力增强课堂教学的吸引力、感染力和有效性，发挥"两课"教学在学生思想政治工作中的主渠道作用。

二是统筹推进校园文化建设。校园文化作为一种环境教育力量，对学生的健康成长有着巨大的影响。我们开展了爱国主义、重大节庆、改革形势和专业思想等方面的主题教育，弘扬主旋律；加强课余文化建设，丰富校园生活，营造"使每一个人都能找到发挥、表现和确立自身力量和创造才能的机会和场所"的氛围；加强舆论文化建设，形成优良的校风、学风和教风。在注重校园文化建设的同时，加强校园规章制度的管理，出台了《绍兴师专校园文化活动管理的若干规定》，加强对宣传舆论阵地的管控，以净化校园环境，引导正确舆论，传播正能量。

三是统筹推进文明校园创建。校党委宣传部会同有关部门筹划组织了一系列文明创建活动。在创建层面上，开展了文明学生、文明寝室、文明班级等系列创建活动。在创建内容上，开展了"学雷锋精神，做'四有'新人"主题教育活动，进行养成教育补课活动，通过义务劳动等形式让学生参与净化、绿化、美化校园活动，提升学生的文明行为规范。同时，还发挥学校优势，积极参与绍兴市的文明城市创建活动，在首届绍兴市创建文明城市电视辩论赛中学校辩论队荣获冠军。

值得一提的是，我们还十分重视对学生宣传思想骨干队伍的培养，组建起以学生为主的《绍兴师专报》编辑、记者队伍，绍兴师专广播台记者、编辑和播音员队伍。通过较为系统的专业知识培训和实践锻炼，队伍的业务素养和组织协调能力得到了较快的提升。他们在校学习时，已成为学校宣传工作和校园文化建设的一支生力军。这些学生毕业后，许多人走上了学校领导岗位乃至当地党委政府宣传文化部门的领导岗位。

在做好学校思想宣传工作的过程中，我自身的综合素质也得到了提高。对思想宣传工作的重要性和规律性有了更深的认识，大局意识和服务意识有了明显的增强，从事文字工作和思想宣传工作的能力也有了较快的提升。

还需要提及的是，我在绍兴师专工作期间，不仅遇到了一批好领导，还碰上了郭理桥、鲍永强、宣仕钱、沈刚、马寒萍、金一波、张晓红、黄加宁、竺洪亮、马立远、刘志校、寿建人及许孟飞、章山山、何宁德、何国永、朱莲芳、金苗、盛锡红、华东、濮志江、胡保卫、陈均土、安华等一批志同道合、多才多艺的好同事。他们不仅为学校的学生工作贡献了青春和智慧，而且从中吸取养料，日后大多成为各自领域的专家和领导。

在绍兴师专工作的12年，从我人生的历程看，既是一个重要的转折期，更是一个重要的过渡期。它给我在前行的征途上充了电、加了油，让我自信、从容地走出校园、奔向社会。此时，我要再次由衷地感恩母校的培育，祝愿母校早日圆梦绍兴大学。

（2020年5月）

承前启后的那两年

—— 初涉机关工作

　　在绍兴师专经历多岗位锻炼后，随着参与绍兴市里活动的不断增加，特别是先后两次参加市里"双推双考"公开选拔处级领导干部活动，并取得较好成绩后，我渐渐萌生了到更大平台工作的愿望。到了1996年，这一愿望总算实现。一方面，是由于绍兴市委政策研究室急需招录对社会发展方面有一定研究能力的人员，而我在这方面有一定的研究基础；另一方面，碰巧时任市委政策研究室主任是我参加1995年绍兴市"双推双考"面试时的主考官，对我有一定的印象。这样，市委政策研究室便把我定为选调对象。同时，由于1995年绍兴师专与绍兴高专合并筹建绍兴大学，干部资源变得相对充裕，学校也同意我的调动要求。但因当时市级机关正处于机构改革"三定"方案实施阶段，人事调动一律"冻结"，于是就采取先借调再调动的过渡方式。这样，我于1996年4月，带着《绍兴城市文化发展战略的思考》一文去市委政策研究室报到，直至1997年2月，才正式被调入录用。

在市委政策研究室工作期间，我主要是围绕三个方面从事社会发展方面的研究。一是按照市委的总体部署，对全市社会发展的全局性、战略性问题和改革开放中的重大问题进行调研和咨询论证，为市委决策提供依据以及建议和方案；二是起草市委有关重要文件；三是撰写宣传阐释党的路线、方针、政策的文章。

在领导和同事们的指导帮助下，我努力在干中学、学中干，尽快适应新的环境，尽心尽力地工作。其间，我参与制定了《绍兴市党的建设规划（1996—2000）》《绍兴市社会主义精神文明建设规划（1996—2000）》等重要文件。时任市委宣传部调研员的陈瑞苗同志是市精神文明建设规划的牵头人，他思维敏捷，文笔简洁，理论功底深厚，给我留下了深刻的印象。我作为他的助手，在和他共事的3个月中，从他身上学到了不少东西。同时，我还撰写了《绍兴城区金融业发展布局研究》等城市建设方面的研究文章。其中，我执笔的《一条城市精神文明建设的成功之路——浙江省绍兴市创建文明城市活动的调查与启示》的调研报告，在省委《决策参考》上刊登，得到时任省委副书记刘枫同志的肯定性批示，并在《浙江日报》头版全文刊登。

值得一提的是，1997年3月开展的"关于绍兴城市建设体制改革"课题的调研，给我留下了较为深刻的印象。首先是感觉这次调研很有成就感。该课题是绍兴城市化进程中碰到的一个亟须解决的问题，事关千年古城绍兴的保护和发展，市主要领导相当重视，亲自点题，并要求调研组在一个月内提出可操作的建议方案。随后由市政府办公室牵头，组建了一个调研组。我作为市委政策研究室的一员参与了调研。调研组先后赴大连、烟台、威海、温州等地考察调研，形成的调研报告认为，加快城市化进程，推进绍兴中心城市建设，提升城市品质，必须遵循城市发展规律，顺势而为，着力推进城市建设体制改革。调研报告提出了"一分为三"的建议，即把原建设局分设为规划局、建设局、管理局，还大致划分了各自的主要职能及应注意的几个问题。调研报告得到了市主要领导的充分肯定，所提的建议被市委、市政府采纳并付诸实施。

对我个人而言，从这次调研中学到了许多东西，受益匪浅。应当说城市建设是我一直在关注的领域，从媒体上也看到过有关大连、威海等城市建设的经验介绍，但百闻不如一见。冬未尽春已来的大连，映入人们眼帘的便是一座整洁、大气、开放、充满活力的花园城市，让我们大开眼界。在调研交流时，我着重就"经营城市"问题作了深入细致的探究，并从中切身感受到"理念一转天地宽"。后来，我去绍兴城郊乡镇任职，受"经营城市"的启发，创造性地提出了"经营村庄"的理念，实施了"经营村庄"的战略，取得了明显的成效。它使农户得益，村庄变美，集体经济增强，村级政权巩固，推进了城乡融合发展。我撰写的《"经营村庄"的实践与思考》一文，在《城市论坛》上刊发。时任绍兴市市长的王永昌对该文作了"作者能结合实际作些思考和探索，这对提高工作水平是很有好处的，文章可刊登有关刊物"的批示，不久该文便刊发在《绍兴通讯》上。另外，让人记忆犹新的是，因那次调研的时间紧，外出考察选择了快捷的交通方式。我们去时是从上海虹桥机场乘坐飞机去大连市，再从大连市乘坐快艇去威海市、烟台市。这是我第一次乘坐飞机和快艇，感受到了"天上飞""海上驰"的滋味，也算是实现了人生的一大心愿。

在市委政策研究室工作一年多后，经组织安排，1997年8月至1998年11月，我调到中共绍兴市委办公室工作，担任市委办公室秘书，有幸在时任市委副书记陈章方同志身边工作。其间所做的工作主要有领导日常性服务保障工作、相关事宜的联络协调工作、调查研究和文字处理工作。

虽然我在市委政策研究室和市委办公室工作只有两年的时间，但学到的东西还真是不少。我基本熟悉了机关运作规则，感悟了机关文化；提升了研究问题的能力，观察和分析问题时的站位得到了较大提升，思路更为开阔，所提出的对策建议更有针对性和可操作性；学到了一些从政的经验与方法；对绍兴的市情也有了更深入的了解。

幸运的是，在这期间，我不仅碰到了一位开明的、学者型的好领导，更是遇上了一位具有长者风度的良师益友——陈章方同志。尽管我在他身边工作的时间不长，但他对我的影响和帮助却是长远而持久的。

说他是良师，源自我在他身边工作时，从他身上学到了许多有益的东西。就从政层面而言，他具有求实的品格和务实的作风。他坚持实事求是，尊重规律，尊重科学，尊重群众首创精神，不跟风，不漂浮，不作秀，不搞形式主义。1998年夏天，我跟陈章方同志去上虞指导防台救灾工作，他坚持以人为本，秉持"台风惹不起，但躲得起"的理念，既不蛮干，不作无谓的牺牲，又顺势而为，"以时间换空间"，争得抗台工作的主动权，便是生动的一例。又如在日常的办会办文方面，他再三强调要少开会、开短会。他对我们起草会议讲话稿有明确的规定，要求有的放矢，重点突出，简明扼要，讲稿的篇幅原则上控制在20分钟左右。就为人层面而言，他是一个既实在又高尚的人，最可贵之处在于他的换位思考、将心比心。他在职场上能严于律己，宽厚待人；与人为善，合作共事；有滴水之恩当涌泉相报的情怀。

说他是良师，还源自我走上领导岗位后，仍然得到他的点拨与教育，特别是我在灵芝镇担任镇长、党委书记的7年。灵芝镇是城郊乡镇，又是经济强镇，开发重镇，也是经过合并后新组建的乡镇，可以说是一个情况复杂、矛盾众多、难题丛生的地方，而我作为毫无基层工作经验的"空降兵"，身上的压力可想而知。为此，我经常就实际工作中碰到的问题向他讨教，例如怎样当好"班长"、如何处理职场上复杂的人际关系、如何把握"入乡"与"随俗"之间的尺度等问题，他都会与我倾心交流商讨。同时，当我在工作中碰到困难时，他也经常给我以鼓励与帮助。在廉洁自律方面，他更是及时给予我提醒与警示。

说他是益友，源自我与他的"以球会友"。我和陈章方同志都十分喜爱篮球运动，他有一手精准的三分球投射能力。陈章方同志从金华调回绍兴工作后，组建了以他和他的堂哥家庭成员为主的篮球队——"太阳队"。不久，他便率队来绍兴师专共青团球场与学校教工篮球队打了一场友谊赛。赛后应他之邀，作为绍兴师专教工篮球队一员的我加入了"太阳队"。这样，我跟随他先在市区打比赛，后来利用节假日或休息时间陆续去县市打比赛。可以说，"太阳队"足迹几乎遍及全市学校、企业、机关、乡镇。同时，我们还积极参加一年一度的全省中老年篮球赛，并取得优异成绩。在1998年市级机关篮球赛中，陈章方同志和我等组成的市委办代表队获得了第三名的好成绩。在"太阳队"里，在比赛场外我主要是负责组织联络和服务保障工作。在比赛场上我更多地是一名角色球员，主要是通过定向掩护配合和内外策应配合等方式，努力为陈章方同志创造投射三分球的时机，从而帮助球队获胜。这样的运动状态一直持续到2008年，后来由于他的年龄和身体原因，篮球比赛越来越少，最后我只能偶尔陪他打几场养生篮球。2012年后，他告别了心爱的篮球场。

在这期间，有一次赛事留给我的印象较为深刻。1998年，为纪念周恩来总理诞辰100周年，我们组队赴江苏淮安参加"恩来杯"中老年篮球友谊赛，有两个细节至今我还历历在目。一是那次比赛的第一场，我们面对的强劲对手为东道主淮安队，在加时赛时，陈章方同志发挥出色，连续投进2个三分球，最终我们以微弱优势战胜对手。比赛刚结束，组委会就通知我，要求出示陈章方同志的身份证，再次核实他的出生年月信

干事与求是

息，对他是否属"60岁以上"参赛选手的资格产生怀疑。二是经过5天的激烈角逐，我们一路过关斩将，终于获得冠军。凯旋时，球队在市政府大院受到时任市委主要领导的接见并合影留念。

也许是一种缘分吧，我俩的友谊源自篮球，但又高于"球友"，后来逐渐成为"忘年交"。我很敬重他，把他当作自己的长辈，他也把我当作自己的晚辈，不断给予关心帮助。在他告别球场，享受晚年生活后，我经常去家里拜访他，去医院探望他，听他聊自己的人生经历和从政历程，话当官与为人之道；听他谈对时局的关注与分析；听他讲对孩子的培养与教育，当然也少不了篮球运动的话题，我俩共忆篮球运动的精彩时光，共叙篮球运动带来的欢乐、友谊和荣光。

初涉机关工作的两年时光虽然短暂，但对我的影响是很大的。从学校工作转入机关工作，从相对狭小封闭的校园生活走向更广阔丰富的社会生活，是我人生中承前启后的一大转折。"承前"，是我跨出了学校大门，走向了行政机关，面对的是一个全新的环境，但从之后所从事的工作性质看，具有很大的关联性。"启后"，是指经过两年机关工作的学习、历练及其所带来的改变与提升，为从一名普通机关干部成长为一名乡镇主职领导，乃至后来成为局级领导作了良好的铺垫。

（2020年4月）

激情燃烧的那一年

—— 乡镇的历练与提升

1998年11月至2005年11月，我先后在越城区灵芝乡和灵芝镇履职，相继任灵芝乡乡长和灵芝镇镇长、镇党委书记、镇人大主席。其间经历了灵芝乡和梅山乡合并建立灵芝镇，原绍兴县齐贤镇大庆寺村等15个行政村划入灵芝镇的行政区划调整。2002年12月，绍兴市在位于古城、袍江、柯桥的中心设立镜湖新区，其功能定位是融生态调节、休闲观光和行政管理等于一体的复合型城市绿心和核心，并代为管理灵芝和东浦两镇。

我在灵芝工作长达7年，印象最深的是2003年，本文以该年为主展开叙述，以窥见我在灵芝的7年干事与求索。

那一年，是镜湖新区开发建设的元年，无论是开发建设的强度、广度还是力度，对灵芝镇而言，可以说是脱胎换骨、重整河山；那一年，对许多灵芝人来说，改变的不仅是户籍与身份，还有生产、生活方式和生态环境；那一年，我们激情燃烧，气吞山河，打出了一系列精彩的开发建设组合拳，当时被称为"五大战役"。

战役之一，大面积统一征用村级集体土地。为推进镜湖新区核心区块的开发建设，新区管委会决定对原梅山乡14个行政村的7000亩土地实行一次性统一征用。随即我们会同国土部门在广泛宣传、走村访户、做好深入细致的思想工作的基础上，对土地统征工作作了科学安排，统一设定当年6月30日为该次土地统征截止日。同时，我们分析因统征可能出现的各种情况，及时制定相应对策，协调解决各种问题。如村与村之间补偿政策的平衡性、各村补偿方案的连贯性等问题，积极配合有关部门及时出台因土地征用而产生的村集体资金的管理、使用、投资等有关规定，制定失土农民养老保险实施细则，从而平稳、快速地完成了土地统征工作。此外，为了确保柯桥袍江快速干线、群贤路等交通工程建设的顺利推进，镇里克服了土地征用补偿政策"一镇两制"带来的困难（当时涉及从绍兴县齐贤镇划入的15个村的土地征用补偿政策，仍是执行低于越城区的绍兴县的相关政策），平稳征用了涉及从绍兴县齐贤镇划入的林头、后诸等6个村的1300亩土地。

战役之二，大规模推进城中村改造。面对繁重而复杂的城中村改造任务，镇里举全镇之力，成立了3个工作组，队伍从干中学、学中干，不断提高工作水平，确保思想工作、服务工作、保障工作到位，并积极主动地取得广大村民的理解与支持，拆迁工作得到了顺利推进。相继完成了大树江、后墅、界树村累计30.59万平方米的拆迁任务，还实施了横湖、永兴、安心、段家汇等村的拆迁编号、丈量、确权等相关拆迁工作。同时，我们发扬"四干"精神，克服了线长、面广、量大、情况复杂、政策不一等困难，完成了解放北路等城市路网建设中所涉及镇域范围内的20个村和20多家企业的11.5万平方米的拆迁任务。

战役之三，大集中迁移梅山区块的坟墓。因镜湖城市绿心和梅山开发建设的需要，位于梅山上的1.8万穴坟墓亟待迁移。镇里按照"考虑得周到一些，组织得严密一些，人情味体现得浓一些，搬迁得快一些"的迁坟总体思路，在广泛发动与细致调查的基础上，制定了切实可行的搬迁政策和搬迁实施方案。整个迁坟工作体现了"准备充分、组织严密、工作务实、快速平稳"的特点。在前期准备工作充分的基础上，经过一个多月的日夜奋战，终于在当年清明节前，把位于梅山上的1.8万穴坟墓统一迁至镇里专门新建的位于原绍兴县平水镇的陶家山公墓。梅山迁坟切实可行的政策和深入细致的思想工作，消除了村民的顾虑，改变了村民对迁坟的固有观念；卓有成效的组织工作和"以人为本"的务实作风，体现出浓浓的人情味，赢得了村民的充分理解与认可。整项梅山迁坟工作没有接到一个群众举报电话，也没有一起上访事件和安全事故。省、市有关新闻媒体对此作了专题报道，并加以充分肯定。同时，镇里还一鼓作气，按照梅山迁坟的模式，把位于原灵芝乡张市、灵芝等村周边的近5000穴坟墓统一迁至陶家山公墓，解决了多年想解决而一直没有解决的难事。

战役之四，大力度治理生态环境。灵芝镇位于绍兴中心城市的核心区块，生态环境建设至关重要，镇党委、政府为此作出了持续的努力。一是实施迁蚌工程。灵芝是典型的水乡，河蚌育珠、网箱养殖历史悠久，养殖业既是一个特色产业，也是村民收入的一个重要渠道。为了推进镜湖新区核心区块的开发建设和水环境的治理，镇里实施了镇域范围内相关水域的河蚌、网箱清理工作，专门成立工作班子，摸清底子，做到"无情清理、有情操作"，尽力取得村民的理解与支持。通过采用由点带面、点面结合的工作方法，顺利完成了一期水域6000亩河蚌、网箱的清理工作。二是整治违章建筑。为了有效遏制违章建筑蔓延的势头，维护开发建设正常秩序，同时保持和改善镇容镇貌和村民的生产、生活环境，镇里专门成立工作班子，以铁的决心、铁的纪律和铁的手段，对镇域范围内的违章建筑进行集中整治，全年共拆除违章建筑1.2万平方米。三是实施土地流转工程，新增绿地7600亩。根据镜湖新区万亩绿地系统建设的规划，当时按照每年每亩500元的土地流转补偿款的政策，对镇域内涉及的17个村的7600亩土地进行了连片流转，用于植树造林，建造各有特色的生态主题公园，推进镜湖新区绿心建设，改善镇域生态环境。

战役之五，大格局发展灵芝人经济。随着镜湖新区开发建设的推进，镇域内企业的发展空间碰到了"天花板"，有的企业在镇域内难以扩建，有的还要实施易地搬迁。为此，镇里一方面组织企业家外出学习考察、座谈研讨，转变观念，引导企业家树立"男大当婚、女大当嫁""不求所在、只求所有"的观念；另一方面政府顺势而为，树立"请进来是发展，走出去同样是发展"的理念，及时实施"顺应绿心建设、拓展发展空间、实施二次创业"的经济发展战略，积极鼓励企业外迁，把工作的重点从发展灵芝经济转向发展灵芝人经济。当年就有浙江冠友集团、大荣纺织厂等16家企业实施易地搬迁，为新区开发建设腾出了空间；还有喜临门集团、灵芝印染、金时针织等19家灵芝企业在镇域外投资项目20个，总规划用地面积达2100亩。同时我们及时创新工作方法，进一步加强企业家队伍的凝聚力工程建设，努力谱写"形散神不散"的篇章，继续发挥企业家在灵芝的改革发展稳定中的重要作用。

2003年，从灵芝镇机关所承担的工作量看，是开发建设前的常规年份的数倍；从工作的效果看，对灵芝的改变几乎是全方位的，也为镜湖新区乃至绍兴中心城市的建设奠定了基础。同样，灵芝人在其中所呈现出的激情燃烧的力量，也值得思考总结，值得彰显弘扬。

重改革，激活机关效能的力量。随着政府职能的转变，面对繁重的开发建设任务，镇党委政府把改革作为发展的动力，强化机关效能建设。首先，对镇机关职能科室的设置作了重大调整，并优化人力资源配置，岗位安排实行双向选择。取消原农业办公室和工贸办公室，合并组建经济发展管理办公室；强化开发建设职能，新增两个开发建设办公室，人员配备占全部机关干部的1/3。其中"一办"主要从事"大拆迁"事务，"二办"主要从事"大建设"事务；整合社会事务管理办公室，升格来信来访办公室，在此基础上，优化党政办公室，强化财政办公室职能。配强北片办事处（为位于北片的从齐贤镇划转的15个村单独设立的一个办事处），配备5名机关干部，镇党委副书记、副镇长兼任办事处主任。

同时，改革奖金分配制度。借鉴企业计件工资的做法，实行多劳多得，并向一线岗位倾斜，把奖金拉开于日常工作考评之中；按照"三公"原则，把奖金拉开于年底考评之中，机关干部的奖金额＝奖金基数×职务系数×测评折数。测评折数的组成为全体机关干部互评占40%，分管领导测评占20%，班子测评占40%。此外，基于开发建设的许多工作需要镇村两级相互合作才能完成，镇里对村干部实行捆绑式的考评，实施开发建设工作和社会稳定工作责任包块，把村干部、联村干部、联片领导捆绑在一起，实行责任到人的综合考评和奖惩机制，努力形成镇村干部"心往一处想、劲往一处使"的体制机制。

重方法，释放社会和市场的力量。政府的一些管理职能，由于受到人力、财力、精力等因素的制约，一时难以管理到位，我们想办法延伸工作"手臂"，把原先属于政府的一些职能，让渡给社会，特别是让渡给有优势、有能力的外部组织去承担。镇党委、政府在实际工作中很好地发挥了协会的作用。如为了顺利完成梅山的迁坟工作，镇里积极发挥老年协会的作用，请村里一些德高望重的长辈一道参与墓地的选择、迁坟日子的确定及必要的传统仪式的举行，并请他们挨家挨户帮政府去做坟主的工作，取得了令人满意的效果，达到了平稳快速迁坟的目的。又如在搬迁河蚌的工作中，镇珍珠协会发挥了独特的作用。在镇里实施河蚌搬迁之年，正值珍珠市场价格下跌之时，这给河蚌的搬迁带来了更大的难度。基于珍珠协会负责人是行业的"龙头"大户，具有信息灵、底子厚、抗风险能力强的优势，镇政府经多方引导和工作，较好地发挥了行业"龙头"的作用。他们有的按适当高于当时市场的价格收购了一些散户养殖的河蚌；有的把自己在镇域外的水域暂时腾出来，让渡给散户养殖，帮助部分散户度过养殖周转期，从而推动了迁蚌工作的顺利完成。再如在城市绿心开发建设中，灵芝镇域内的一批企业需要外迁，镇企业家协会在其中也发挥了很好的作用。协会通过组织企业家外出学习考察，相互交流启发，形成企业外迁共识，并抱团在滨海、袍江等地连片投资创业，达到了既降低投资成本，又营造了"仿佛在自己家乡创业"的环境。

在社会主义市场经济条件下，一些本来应该由政府做的工作，镇里大胆让市场在政府的宏观调控下发挥作用，进行有效运作。如在城中村改造过程中，村民旧房的拆迁和新房的安置有一个时间差，需要给村民建一些周转房进行临时安置。考虑到政府的人力、财力有限，又加上时间紧迫及管理上的难度，镇政府除了在宏观方面作些调控和规定，创造性地把周转房的建设与经营推向市场，吸引民间资本去投资管理，达到了"政府不出一分钱办成事，村民有房子住又满意"的效果。同时我们还把城中村改造过程中一些专业性强的事务，让渡于市场，让专业机构做专业的事。此外，我们还大胆采用"建设 – 经营 – 转让"（build-operate-transfer，BOT）的投资方式，加快推进镇域内基础设施建设。

重精神，汇聚文化的力量。灵芝镇是经合并后新成立的乡镇，需要通过文化的力量，加快融合，增强大家的认同感与归属感。灵芝镇又是开发建设重镇，需要通过文化的力量，鼓舞士气，增强大家的凝聚力和战斗力。为此镇党委、政府把文化建设放在突出的位置，开展了一系列丰富多彩的文化活动。在2001年8月灵芝镇成立大会上，我就指出，"灵芝与梅山地域相连、产业相融，历史相源、人缘相亲，风俗相近、使命相同"，并号召大家"心往一处想，劲往一处使，共建一个大灵芝"。随后我们举办了灵芝镇首届文化艺术节，开展了"风雨三十年、榜样在眼前"的建设功臣评选表彰大会等活动，陈阿裕、沈云来、丁富根、丁阿良、马祥林等资深企业家受到表彰与奖励。更为重要的是，经镇党委、政府的教育引导、宣传阐释，全镇机关干部、村干部和企业家践行了"共事是一种缘分，干事是一种机遇"的镇域文化，引导大家把注意力和精力聚焦在唱好灵芝开发建设"同一首歌"上，使大家体会到人海茫茫，能成为同事很不容易，要倍加珍惜；也使大家认识到人生短暂，真正能干事的时间并不多，真正能干成事的岗位更不多，要珍惜机遇和岗位，多干事，干成事，实现自己的人生价值。全镇上下在"一年一个样、三年变新样、五年大变样"的目标感召下，在土地征用、城中村改造、迁坟迁蚌、企业发展等开发建设主战场上，呈现出一派"比学赶帮超"的动人景象，"5+2""白＋黑"成为工作常态，奏响了干事创业的主旋律。

2003年，既是灵芝改革和发展比较特殊的年份，也是我7年乡镇履职岁月的一个缩影。我在乡镇履职的7年，经历的是经风雨、见世面，收获的是受教育、长才干、作贡献。

实践历练，提升素养。灵芝镇作为城郊乡镇、经济强镇、开发重镇，为我的实践锻炼提供了难得的舞台。我以研究的精神从事工作，通过干中学、学中干，各方面都有了较大的提升。特别是在领导素养方面，增强了大局观念，能"以全局谋划一域、以一域服务全局"的站位，处理好局部与全局的关系；增强了驾驭全局的能力和面对问题敢于担当的勇气和底气；增强了辩证思维，提高了处理实际问题特别是复杂问题的能力，能更加注重原则性与灵活性的统一；也增强了做群众工作的本领。为全力支持配合镜湖新区建设，我牢牢把握"顺绿心、重调整、促发展、保稳定、强队伍"这一工作主题主线，紧紧围绕"前线——开发建设""中心线——经济建设""民心线——社会事业""底线——社会稳定"和"保证线——队伍建设"开展工作，奏响了经济社会发展协奏曲。同时也提升了自己的人生境界，特别是在格局、胸怀和包容性方面，有了长足的进步。

实践洗礼，悟通理论。故乡先贤陆游有言："纸上得来终觉浅，绝知此事要躬行。"许多东西仅从书本上去理解往往只是停留在获取知识的层面上，而要真正悟通其中的深刻内涵，还须亲身躬行实践。7年的乡镇工作实践，使我真正懂得了什么叫相信和依靠群众。镇村两级发生的许多事情，使我切身体会到群众的力量。这力量是"铁"是"钢"，足以"载舟"，亦可"覆舟"。干事创业要尊重群众的首创精神，重在"问计于民"，要做群众的"先生"，先做群众的"学生"，因为，在现实生活中，经常是"高手在民间"。当然，作为领导，要善于通过适当的途径和方法，集中群众的正确意见，把群众引导好、发动好、组织好，真正取得群众的理解与支持。同时，我在工作实践中也深深体会到了什么是坚持实事求是。实事求是不仅是个哲学问题，也是个实践问题。在实践中，要真正做到实事求是并不是一件容易的事。因为它涉及你想不想实事求是、敢不敢实事求是、会不会实事求是、能不能实事求是等复杂的综合因素。同样，民主集中制的贯彻执行，对各级领导干部而言，也是一门大学问。

实践平台，成就事业。在乡镇工作期间，我感觉最有成就感的是，能运用所学的理论与所悟的理念，结合当地实际，创造性地开展工作，推动当地的经济社会发展，乃至影响当地长远持续的发展。如我运用城市经济理论，抢抓机遇，顺势而为，引导灵芝经济转型升级。先是发挥灵芝位于城郊的区位优势，谋划创建家私工贸园区，并引导镇域企业由工业为主，转向工业与服务业并重，大力发展服务业；接着，我们顺应城市绿心的功能定位和开发建设的要求，按照"不求所在、只求所有"的理念，引导企业家实施二次创业，有序推动企业抱团向镇域外发展，进一步做大做强企业，由灵芝经济向灵芝人经济转变。又如，我们借鉴"经营城市"的理念，在理论和实践的层面上，对如何"经营村庄"作了积极的探索，不仅促进了城乡融合发展，改善了村容村貌和村民的生活质量，还盘活了一些资源、资产，壮大了村级集体经济。我撰写的《"经营村庄"的实践与思考》一文，被刊登在《城市论坛》上，并得到了时任绍兴市市长王永昌的肯定性批示。

还值得一提的是，或许是出身于教师之家，我对灵芝的教育格外关注与重视，提出了把灵芝的教育办成与其经济发展相适应的教育目标。在实际工作中，乡（镇）党委、政府在市级有关部门的支持下，下决心调整师资队伍，2000年一次性内退学历不合格的教师11名，引进一批优秀中青年教师；乡（镇）努力营造尊师重教的社会环境，让辖区内的学校领导参加乡镇人代会、年度总结表彰大会和春节团拜会等重大活动，要求乡（镇）、村领导在教师节开展慰问活动，并为学校发展献计献策、出资出力；还理顺中小学管理体制，加大对教育事业的投入，改善教育设施，设立教育事业发展奖，奖金与年度的中考成绩挂钩，并在乡（镇）域内的醒目位置张贴年度中考成绩单。

同时，我自己也以身作则，经常深入学校，明察暗访，多次为教师作报告，提要求、鼓士气，推动学校教风学风建设，并及时协调解决办学过程中遇到的问题。我还带头结对帮助贫困学生就学，其中，对一名品学兼优的贫困学生一直资助至研究生毕业。经过几年的努力，灵芝的教育质量有了明显的提高。2001年，灵芝中学的中考成绩从1998年越城区的第五名跃升为第二名。2003年，灵芝中学共有62名学生上普高并轨生录取分数线，比上年增长51.2%。同时我个人也荣获了浙江省"绿叶奖"。

当然，我在灵芝镇工作期间，也留下了一些遗憾。如在涉及国家、集体、村民三者利益关系的处理上，还可以努力做得更好些。在镜湖新区开发建设之初，借鉴上海、杭州等城市的做法，曾向上级提议出台"按村所占土地的一定比例，给行政村预留建设用地，用来发展村级集体经济"的政策，但后来因多种原因，一直没有落实。又如在实施城中村改造、加速城市化进程中，缺少对村落文化的保护。在大规模拆迁村庄时，没有留住有较大保护价值的历史建筑，也没有留下多少影像资料，没有很好地保护村落文化，致使人们难以留住和唤醒乡愁。这些遗憾恐怕也是许多乡镇融入城市化过程中的共性问题。

同时，还需提及的是，我有缘能在灵芝镇工作，得感谢时任越城区委书记王加兴同志。由于王加兴书记的推荐，我才有机会从绍兴市级机关去越城区乡镇工作并担任灵芝乡乡长；由于王加兴书记等区领导的关心与包容，周仲南等一批灵芝的镇、村干部和企业家的帮助与支持，我才在灵芝这方热土上站稳脚跟，并补上了去基层锻炼的厚重一课。

总之，乡镇履职的7年岁月，是我职业生涯中的一个重要驿站，谱写了我人生历程的一个精彩篇章。而2003年更是其中一段激情燃烧的岁月，使我终生难以忘怀。

（2019年8月）

平凡而难忘的经历

——残联的慈爱情怀

　　我虽然离开绍兴市残疾人联合会的工作岗位已近10个年头，但"残联"的"情结"依然没有消退。邓朴方同志著述的《人道主义的呼唤》三卷本，一直放在我办公室书柜的醒目位置上。这不仅能方便阅读，温故而知新，更能时常唤起我对6年多既忙碌又充实、既平凡又有意义的残疾人工作岁月的回忆。

　　2005年12月至2012年5月，我在绍兴市残疾人联合会工作，担任副理事长。我是在一个岁末年初的时段去市残联上班的。全新的工作环境、全新的工作岗位、全新的服务对象，与以前在乡镇的工作岗位相比，反差实在有点大。但我还是能够面对现实，积极调整心态，努力做好从"乡镇到机关"的转变，从"正职到副职"的转变，从"面上工作为主到线上工作为主"的转变，尽快适应新岗位，履行好"残联"的"代表、服务、管理"职能。在市残疾人联合会谢振江、钟宝坤两位理事长的领导支持下，做好自己所分管的工作。

康复是残疾人平等参与社会生活的基础，是残疾人事业永恒的主题，是人道主义最生动的实践。在实际工作中，我们脚踏实地、开拓创新，按照点、线、面相结合的思路，整体推进残疾人的康复工作。

"点"即机构康复工作。市康复中心机构能坚持与时俱进，不断加大设施投入，注重师资队伍建设，并出台优惠政策，拓宽康复领域，探索地方特色，提高康复服务能力与水平。特别是在2009年底与复旦大学附属儿科医院合作建立了儿童康复基地，有效地弥补了市康复中心专业技术人员不足的短板，进一步提升了服务品牌，也为服务对象——残疾儿童带来了实实在在的好处，使他们能在绍兴"家门口"享受到便捷、廉价、高层次的服务。同时，市残联按照"重抓本级、指导全市"的工作思路，市属各县市康复中心遵循因地制宜、开拓创新的思路，逐渐形成了公有民营、民有公助、医残合作等各具特色的机构康复模式。

"线"即康复重点工程。按照"整合资源、提档扩面"的要求，全面完成视力残疾康复、听力语言残疾康复、智力残疾康复、肢体残疾康复、精神残疾康复等工作。从2009年开始，康复重点工程纳入全省残疾人共享小康工程中的康复子工程。2006年，我们率先在全省农村开展盲人定向行走工作，并取得实实在在的效果，受到残疾人及其家庭的欢迎，在社会上也引起一定的反响。绍兴还创建成首批"全国白内障无障碍市"。

"面"即社区康复工作。市残联出台了《绍兴市"人人享有康复"残疾人社区康复规划》，并会同市卫生局召开了全市残疾人社区康复工作会议。在各级政府关心重视下，经广大残疾人工作者的共同努力，我市的残疾人社区康复工作得到较为顺利的推进，做到了组织有网络、设施有保障、服务有内容，初步形成了可听、可看、可用、可持续的可喜局面。2007年，上虞市被批准为首批"全国社区残疾人康复工作示范区"，并探索出了一条富有农村特色的社区残疾人康复工作路子，有关经验在中残联的《残联工作通讯》上予以专题报道，并加以推广。2010年，绍兴县在更高层面上成功创建"全国农村社区残疾人康复工作示范县"。我在工作中十分注重问题导向与目标导向的统一，在理论与实践相结合的层面上，撰写了《绍兴市残疾人康复人才队伍建设的调查与思考》一文，并在《浙江残联》上刊发。经层层推荐，我还被中国残疾人联合会评为全国"十一五"康复工作先进个人。

要改善残疾人生存生活状况和残疾人平等参与社会生活的环境，就必须强化宣传，形成共识。20世纪80年代，针对有些地方对残疾人工作没有引起足够重视的现状，邓朴方同志曾语重心长地指出："不是人家不人道，而是人家不知道。"残疾人工作只有通过大张旗鼓的宣传，才能取得社会各方面更多的理解与支持。为此，中国残疾人联合会先后两次专门制定和印发的《残疾人工作宣传提纲》指出，人类社会的发展史表明，残疾是在人类繁衍及社会发展过程中不得不付出的代价，是一部分人的残缺，换来了更多人的躯体和心智的健全，换来了人类文明，社会进步。理解、尊重、关心、帮助残疾人，不仅是一种道德要求，一种文明的表现，也是人类良知的表现。同时，占全国人口6.34%的残疾人特殊困难群体，事关整个社会的和谐稳定，事关全面建成小康社会的进程和质量，也事关整个社会的文明程度。

在开展残疾人事业宣传工作的实践中，市残联围绕弘扬人道主义精神，宣传平等、参与、共享的理念，多管齐下，整体推进。首先是做深媒体宣传。在绍兴电视台公共频道开播新闻双语节目，在绍兴人民广播电台开设"残疾人之声"专栏，在《绍兴日报》开辟"全国助残日"专版。其次是做精集中宣传。通过举办各种形式的残疾人工作培训班，专题宣讲残疾人事业。我先后十多次主讲"在新的起点上推动残疾人事业又好又快发展"等专题。再次是做大社会宣传。每年在绍兴城市广场组织大型的全国助残日和国际残疾人日系列教育活动，在绍兴城市的主入口制作"发扬人道主义精神、发展残疾人事业"的大型公益广告牌，在城市公共交通车辆上制作流动的残疾人宣传标语。最后是做好文体宣传。于2009年精心组织了绍兴市首届残疾人综合性运动会，丰富了残疾人的文体生活，展示了残疾人自强不息的形象，选拔了一批体育苗子，进一步扩大了残疾人事业的影响。同时，还多次承办全国、全省残疾人游泳、羽毛球等体育赛事和文艺汇演。

其间我印象较为深刻的是2011年举办的第八届全国残疾人运动会。这届运动会是由浙江省人民政府承办的，其中的游泳项目放在绍兴赛区。我花了两年多的时间，全程参与了第八届全国残疾人运动会的有关筹备和组织工作。市残联会同市体育局、建设局等部门做好绍兴市游泳馆、位于市委党校内的学苑宾馆、绍兴市火车站等公共场所的无障碍改造工作；牵头做好第八届全国残运会倒计时一周年和100天等重大节点活动的组织宣传工作；做好在我市举行的第八届全国残疾人运动会火炬传递点火起跑仪式中的火炬运行组工作，负责对40名绍兴籍火炬手的招募、培训及当日的传递工作；会同市体育局做好游泳项目的竞赛、裁判组织及欢送晚会组织等工作；做好绍兴赛区新闻发言人工作，对绍兴市残疾人事业发展状况作了新闻发布，多次接受媒体采访和一次专访，并为志愿者授课培训，扩大了绍兴残疾人事业的影响；同时做好绍兴籍运动员的选拔训练和参赛等协调工作。15名绍兴参赛选手在第八届全国残疾人运动会上，共获得13枚金牌、8枚银牌、2枚铜牌，3人6次打破全国纪录，取得了历史性的突破。在市委、市政府的高度重视下，经多方面努力，这一赛事取得了"办会出彩、参赛出色"的预期效果。我自己也被浙江省委、省政府评为第八届全国残疾人运动会筹备组织工作先进个人，在省人民大会堂举行的全省表彰大会上，时任浙江省省长夏宝龙亲自为我颁发荣誉证书。

值得一提的是，第八届全国残疾人运动会的游泳项目在绍兴举办，对绍兴残疾人体育事业的发展产生了深远的影响。记得那时，市残联把游泳赛场作为励志教育的生动课堂，组织相关残疾人及其亲属去游泳馆观赛。残疾人照样可以游泳、照样可以争金夺银、照样拥有鲜花和掌声的动人场面感染了现场观众，还使现场观战的蒋裕燕等一些残疾孩子萌发了想学游泳的念头。市残联顺势而为，积极取得市少体校支持，为残疾儿童游泳训练提供指导与帮助。同时，基于绍兴选手在杭州千岛湖先期举行的"八残会"赛艇项目中有不俗的表现，从中得到的启示是，绍兴作为水乡，发展水上运动项目有着良好的群众基础与资源条件。为此，市残联作出了重点发展残疾人水上运动项目的决策，并出台了相关扶持政策，为残疾人训练参赛创造了良好的环境，并取得了明显的成效。在一年后的伦敦残奥会上，绍兴籍选手娄小仙获得赛艇项目冠军，实现了绍兴市在残奥会上金牌零的突破。在第十一届全国残疾人运动会上，蒋裕燕、沈珈慧等一批绍兴籍选手在水上项目中取得了13金2银4铜的优异成绩。在2021年的东京残奥会上，绍兴籍选手蒋裕燕在游泳项目中获得了2金1银1铜的骄人成绩。她在赛后接受记者采访时说："我觉得自己的努力坚持，也可以向其他残疾朋友证明，只要你努力，你有梦想，你有方向，你去为之付出行动，那一定会看到希望。"这番话，也许是10年前她现场观看残疾人游泳比赛时心声的再次流露与升华吧！

残疾人信访工作，事关残疾人合法权益的保障，事关改革发展稳定的大局，也事关党委、政府的形象。当时由于普惠加特惠的残疾人社会保障体系尚未建立，加上工作上的一些原因，残疾人的信访量还比较大。受理的信访件大致可划分为点、线、面三类。

"点"即分散于各类残疾人不同的个体诉求。如对残疾程度的认定，残疾人证的使用与管理等方面的诉求；因处于低保边缘户的残疾人享受的优惠补助政策实施的是动态调节体制而引发的诉求；等等。

"线"是指不同类别中的同一类残疾人具有相同的上访诉求。如有关肢体残疾人的残疾人专用机动车辆管理问题，成为当时影响最大、处置难度较大的群体性上访事件。究其原因，一是车辆本身的使用与管理显得较为混乱。如车辆使用的主体、车辆规格型号及使用的范围都超越了相关规定，导致了不少交通安全事故，冲击了正常的交通运输市场，影响了文明城市的创建。二是国家相关部委没有作一刀切的规定。相关文件指出："残疾人机动轮椅车是下肢残疾人的代步工具，原则上不应用于运营。鉴于目前我国许多残疾人就业困难和社会保障制度尚不健全的实际，各地应本着从实际出发、区别对待、规范管理、逐步淘汰的原则，妥善解决现有残疾人机动轮椅车运营问题。"这样就造成了各地不同的做法，也给处置工作带来了难度。为妥善解决这一问题，绍兴市人民政府相当重视，多次召开协调会。记得在2010年下半年召开的市政府专题协调会上，有的职能部门提出了尽快予以取缔的建议。我代表市残联也谈了想法与建议，并被绍兴市人民政府采纳，认为处理这一问题的关键是要找到一个平衡点。基于上级对这类问题的处置没有明确的要求，处置对象是一个特殊的群体，尤其是一年后浙江还将举办第八届全国残疾人运动会，绍兴作为游泳赛区的承办地将引来广泛的关注，当前已进入残运会倒计时阶段，残运会火炬传递、点火仪式等活动将在绍兴市陆续展开，为营造一个平稳欢庆的环境，建议暂缓取缔，待第八届全国残疾人运动会结束后再作进一步处置。近期工作的重点是要统分结合，守土有责，要在规范管理、从严管理上下功夫。

"面"是指不同类别的残疾人带有共同的信访诉求问题。这些问题很多是由政策的不平衡、不协调所造成的。如绍兴市所属的各县（市、区）

因经济发展水平的差异，有时在落实上级政策和出台补助残疾人优惠政策方面存在力度上不一的状况，造成相关地域的残疾人群体上访。还有的在出台残疾人优惠政策时，很难做到使不同类别的残疾人平等享受优惠政策而引起的信访问题等。对于这些信访件，我们总是尽心尽力乃至任劳任怨地给予答复，并配合相关县（市、区）给予妥善处置。

邓朴方同志指出，残疾人工作是国际社会最容易找到共同语言的领域。我也有幸先后随浙江省残疾人国际交流中心赴英国、瑞士、德国、法国等发达国家考察学习，并留下了深刻的印象。我们无论在这些国家的大街小巷、公共场所，还是在庇护工场、福利机构，看到的残疾人都充满自信与快乐，呈现出良好的精神状态。还有那些完善的人性化和精细化的无障碍设施，为残疾人走出家庭融入社会提供了便利。在英国曼联足球场，最好的停车位专供消防用车和残疾人车辆使用；在商场、超市，两个货柜之间至少留出让两辆残疾人轮椅车互通的距离，以方便残疾人购物等。通过深入的考察交流，我们发现这些现象的背后，主要有两大因素在支撑着：一是这些发达国家普遍建立起了完善的普惠加特惠的残疾人社会保障和服务体系。他们在不断提高普通社会保障水平的基础上，为残疾人设计制定专项福利政策，有的还建立了残疾津贴制度，实施了灵活多样的残疾人就业政策。二是通过建立完备的法律制度，切实保障残疾人的生存权和发展权。通过考察学习，我们既清醒地认识到我国残疾人事业尽管在改革开放后发展很快，但和发达国家相比，还存在很大的差距。同时我们在考察中也得到一些借鉴与启发，有利于更快更好地推动我国残疾人事业的发展。

通过6年多的残疾人工作实践，我也积累了几点粗浅的体会。

体会之一，从事残疾人工作既要有高度，也要有温度。从事残疾人工作，政治上要有高度，要树立"以全局谋划一域，以一域服务全局"

干事与求是

的意识，要从全面建成小康社会、建设社会主义现代化强国，从改革发展稳定的大局，从建设现代文明社会的视角去审视残疾人事业；理论上要有深度，要按照马克思关于人的全面发展学说，把促进残疾人全面发展、更好地融入社会作为残疾人事业的发展目标；行动上要有温度，要有大爱情怀，设身处地，带着感情去做工作，要从大处着眼、小处着手，围绕残疾人最关心、最直接、最现实的利益问题，久久为功，持续推进，积小胜为大胜。

体会之二，残疾人工作虽然平凡，但能催生许多人生的感悟。平等、参与、共享是残疾人事业的奋斗目标，但我觉得它也是一种社会理想，也适用于整个社会，应该成为社会各行各业的基本遵循和准则；许多残疾人经受并顶住了残疾的不幸打击，展示出了乐观进取、热爱生活、自强不息的精神，这也是我们每一个健全人在改造主观世界与客观世界时所应抱有的人生态度和价值追求；一切生命都有尊严和潜能，生命的潜能是可以发掘的，只要多一份爱心，多一分理解，多一点支持与帮助，残疾人也能成为有益于社会的人，这对挖掘利用好人力资源也是一个有益的启示。

体会之三，残疾人事业既需顺势而为，也得有乘势而上的领路人。中国残疾人事业的快速发展得益于改革开放的伟大时代，得益于党委领导、政府主导、社会参与、残疾人组织发挥积极作用的体制，也离不开邓朴方同志的推动和努力。1983 年，经邓朴方等残疾人倡议发起，于1984 年成立了中国康复研究中心和中国残疾人福利基金会。他也由此走上了中国残疾人事业的领导岗位，我国新时期残疾人事业由此走上了健康发展之路。1987 年，中国残疾人福利基金会和中国盲人聋哑人协会合并。1988 年，中国残疾人联合会成立，邓朴方任残联主席、执行理事长。随后，全国各地纷纷成立地方残联组织。在邓朴方的带领和推动下，人道主义精神得到了弘扬和普及，残疾人事业从康复、教育、就业到福利保障、维权、文化生活、无障碍环境建设等方面全方位推进，相关残疾人工作体制、政策法规逐步建立，残疾人参与社会生活的环境不断改善。"事非经过不知难"，这一过程是何等曲折和艰辛。如在改革开放初期，一名残疾考生连续3年参加高考，成绩超过录取分数线，但因残疾终是不被录取。邓朴方得知后，四处游说，甚至拜访了当时主管教育工作的一位副总理，终于帮助这位考生进入了北京大学数学系。进而，他又与教育主管部门一起，共同拟订残疾人入学标准，随后相关部门又制定了《残疾人教育条例》。又如从1984年开始起草的保障残疾人合法权益的法律草案，历时6年，前后几易其稿，于1990年将《中华人民共和国残疾人保障法（草案）》提交全国人大常委会审议。为使法律顺利通过，他和同事拜访相关委员，讲述残疾人的苦难，呈送联合国制定的《残疾人世界行动纲领》，介绍国际社会的文明进步潮流，反映广大残疾人平等参与社会生活的强烈愿望。艰苦细致的工作换来了意外的惊喜，在七届全国人大第十七次常委会上，这部法律一次性全票通过，邓朴方为此喜极而泣。基于邓朴方为发展中国特色残疾人事业所付出的艰辛探索和作出的杰出贡献，2003年邓朴方被授予"联合国人权奖"，成为获得此奖的第一位中国人，也是世界上第一位获得此奖的残疾人。

6年多的残疾人工作岁月，正值我年富力强之际。它既是对我人生的一种历练，也可以说是一种考验。同时它使我的从政理念中融入了更多的"兜底"思维与"大爱"情怀。

（2022年3月）

史志岁月不寻常

——存史资政开新篇

　　我从事史志工作长达5年多，经历了一段不寻常的岁月。我于2012年6月至2017年7月担任中共绍兴市委党史研究室（绍兴市地方志办公室）主任。绍兴市委党史研究室是一个"史志合一"的部门，同时承担着中共地方党史和地方志编纂的任务，履行"存史、资政、育人"的职能。

　　在我5年多的史志工作岁月里，绍兴市的地方志工作有了重大突破，二轮修志（新一轮修志）工作得到了又好又快的推进。我团结带领全室史志工作人员，除做好一年一鉴的《绍兴年鉴》编辑出版等工作外，把主要精力放在了二轮修志即《绍兴市志（1979—2010）》的编修工作上。

　　按照2006年国务院颁布的《地方志工作条例》中"每20年左右编修一次地方志书"的规定，绍兴市的二轮修志工作几年前已列入了单位的工作计划，并做了大量的前期工作，但因种种原因一直没有实质性启动。直到2012年，二轮修志工作被写入了《政府工作报告》，成为史志部门一项必须开展的刚性工作。身为一名刚进入史志系统的新兵，我不得不仓促上阵、积极面对。事实也是如此，我去市委党史研究室上班不到一周，市政府就下达了督查通知单，要求我们上报二轮修志项目的进展情况及下一步实施计划。接着，浙江省人民政府地方志办公室对我市的二轮修志工作进行了专题督查，时任市长钱建民在专题督查会上作了表态发言，并承诺"绍兴作为方志之乡，一定会加大力度、加快进度，编修出一部高质量有特色的地方志书，按时完成二轮修志工作"。

这样，我到市委党史研究室（市地方志办公室）上班后，在已有的基础上随即举全室之力，全面启动《绍兴市志（1979—2010）》的编修工作。首先是组织室层面的篇目研讨会和市级层面的篇目评审会；其次是修改制定编纂工作的实施方案和起草编纂工作动员大会的文稿。同时我们发扬绍兴人的"四千"精神，花了相当大的精力来争取追加修志启动经费，四处寻找合适的修志办公场所，并登门拜访物色修志人员，组建修志编辑部等前期筹备工作。在此基础上，绍兴市委、市政府于2012年10月召开《绍兴市志》续志编纂动员大会，编纂工作正式拉开序幕。随后修志工作经历了四个阶段：2013年1月至2015年3月为资料搜集和志稿撰写阶段；2015年3月至2017年5月为总纂合成阶段；2017年6月至2018年6月为评审修改阶段；2018年9月，《绍兴市志（1979—2010）》终审定稿，10月正式出版。

在整个二轮修志过程中，面对线长、面广、量大的志书修编项目，加上全市127个部门、单位需要面对面协调的艰巨修志任务，我们在继承既往经验的基础上，与时俱进，创新工作方式方法，更加注重开门修志，努力壮大修志力量；更加注重对接环节，努力凝聚修志共识；更加注重统筹协调，努力提高修志效率，从而使修志工作得到了又好又快的推进。同时，把这些创新经验，在理论与实践的结合上加以总结提炼，多次在全省二轮修志工作会议上作典型交流，并发表在《浙江方志》等刊物上。

2017年8月，当我离开市委党史研究室（市地方志办公室），去市委党校工作时，修志工作刚好完成了一个标志性的阶段和环节——《绍兴市志（1979—2010）》初审稿的评审。2017年5月初，《绍兴市志（1979—2010）》总纂合成，形成初审稿，共47卷，总文字量约360万字，图片1570幅。同年6月底，绍兴市地方志办公室组织了《绍兴市志（1979—2010）》（初审稿）评审会。经评审，由省、市10位专家组成的评审组一致认为："《绍兴市志（1979—2010）》初审稿坚持继承和创新相结合，全面、客观、系统地记述了党的十一届三中全会以来绍兴市自然、经济、政治、文化、社会等方面的历史与现状，达到了观点正确、特色鲜明、体例规范、归属得当、内容充实、资料丰富、行文流畅的编纂要求，是一部质量上乘的初审稿。"中国地方志学会副会长、浙江省地方志办公室主任潘捷军研究员在评审时指出："这已是一部具有相当质量水准的志稿，这也再一次印证了'方志之乡'的厚重传统和现实水平。……总之，尽管还是初稿，但无论是内容还是形式，这部志稿已具备了创精品佳志的基础和条件，即便就初审稿来说，也可成为市县志的范本。"

为更好地吸收评审会上专家提出的意见建议，进一步提升志稿质量，经过近一个月的分析梳理和消化研究，编辑部于2017年7月出台了《〈绍兴市志（1979—2010）〉初审稿修改工作实施办法》，明确了初审稿修改工作的阶段，初审稿修改工作的分工，初审稿修改工作的要求。后经整个修志团队为期一年多的不懈努力，《绍兴市志（1979—2010）》于2018年10月正式出版，为改革开放40周年献上了一份厚礼。

《绍兴市志（1979—2010）》有哪些特色和亮点、创新和突破？2018年10月30日《绍兴日报》的专题报道，作了很好的诠释。

　　一是新志书(《绍兴市志(1979—2010)》)门类齐全，纵向贯通，基本覆盖了绍兴32年来各行各业改革开放和变化发展的全貌，忠实记录和客观展现了绍兴改革开放后的历史轨迹。新志书正文47卷，加上大量的图片、附录、附记等，是覆盖完整、设置合理、编排得体的一部新志。二是为突出志书主干重点，彰显特色和亮点，慎重处理好两大关系：遵循志书体例和实现志书创新的关系；志书资料性与著述性的关系，实现两者的平衡。地方志是资料性文献，遵循的是"述而不论"，让资料数据说话。但是地方志又要有学术含量，提高学术品位，增强方志的著述性。为达到两者的统一，续志采取了多种措施，如重视卷首概述（小序）的撰写。在卷首概述中，除记述该卷纵向变化发展外，适当施以画龙点睛式的点评；又如在志文中，围绕重点、特点、亮点，彰明事物、事件的特点和因果关系，同时，注重在记述中"见物、见事又见人"，以揭示事物的本质和规律性。再如设置一批附记、专记，以增强志书的著述性和学术含量。三是志书编纂更加开放多元。四是志书的形式更加活泼，体裁更加多样，图文并茂，使志书更接地气，力求使志书从"小众产品"走向"大众产品"。

　　中央文史研究馆馆员、复旦大学资深教授葛剑雄也对《绍兴市志(1979—2010)》作了较高的评价。他在为该志书作序时认为"尽管已有典型在前，新编《绍兴市志(1979—2010)》还是百尺竿头更进一步，既继承了前志的严谨和规范，也体现了从实际出发面向未来的创新性"。《绍兴市志(1979—2010)》紧扣改革开放的主题、绍兴的自然和人文地理环境，具有鲜明的时代特征和地方特色，并据以安排篇章结构和记述内容，通过升格、前置、专记及新创体例等做法突出重点。

　　《绍兴市志(1979—2010)》的编修，可以说是7年磨一剑。"事非经过不知难"，作为主编的我，要对编辑部的赵玲华、金燕、李能成、朱立元、蔡人灏、黄昕、王烨、李鹤翔等同人，特别是在我离开后一年多的

干事与求是

时间里所做的大量工作和付出的辛勤劳动，表示衷心的感谢。当时我是带着复杂的心情离开为之付出5年多心血的修志岗位，也是带着内疚告别朝夕相处的编辑部各位同人，更是带着期待，鼓励大家把《绍兴市志（1979—2010）》修成精品佳志。

编修志书是一项复杂的系统工程，也是一个多元开放的工作过程。我在主持修志工作时，注重发挥整个团队中的三支队伍、三股力量的积极性和团结协作精神。首先是发挥好史志部门牵头抓总的统筹作用。修志未动，调研先行。为了完整准确反映和忠实记录绍兴改革开放32年来的发展变化全貌，我们在深入调研座谈的基础上编写了志书修编纲目，并多次组织省市专家和相关部门单位审议修改，形成较为成熟完备的志书"四梁八柱"。在修志过程中，我们依托修志编辑部，及时协调修志过程中的各种矛盾和问题，既充分发挥志书参编人员的主动性和创造性，更增强整个修志团队的协调性和凝聚力。

其次是发挥好参与修志的相关部门和单位的积极作用。在志书的资料搜集和专业志稿撰写过程中，我们多次与127个部门和单位沟通对接，推进了志稿撰写的质量与进度，并在对接和协调中做好志书编修的各项服务工作。

最后是注重开门修志，发挥"外援团队"的专家修志作用。修志工作启动后，我们先后聘请了十多位学有专长、文字功底扎实的退休人员参与志书的编纂工作。他们中有前志编撰的参与者，更有绍兴改革开放的亲历者，并均抱有热爱家乡的桑梓之情，把续修志书作为后半生的重要职责。这里特别要提到的是章玉安老先生。章老先生是前志教育卷的编修人员，此次续修市志，他虽已年逾古稀，却仍是自告奋勇、主动请缨，在接受教育卷的编撰任务后，多次主动调整完善教育卷篇目结构，反复核实资料数据，并积极参与其他专业志的修改完善工作。在志书即将完成时，他突然病倒住院，但仍念念不忘手头志稿的充实完善工作。病重期间，我抽空去病房探望，见他躺在病床上，仍在翻检和校阅教育卷志稿，此情此景，令人动容，真是生命不息、修志不止。另外，还有曹生华、沈海铭、张关鑫、那秋生、沈建乐、张显辉、纪建国、贾晓茵、余一苗、袁云、黄永洁等多位编撰人员，都为志书的最终完成作出了自己的贡献。

有缘的是，我在二轮修志的过程中再次有幸与陈荣昌老师合作共事。我与陈荣昌老师曾在绍兴师专共事多年，他在担任师专党委宣传部部长、校党委副书记时，一直是我尊敬的分管领导。后来他还担任过绍兴市委党史研究室主任等职，成为我的前辈。基于陈荣昌老师理论功底深厚，为人谦逊低调，熟悉绍兴地情，并多次参与市里改革开放过程中重大决策的调研和咨询工作，绍兴市人民政府聘请他为《绍兴市志（1979—2010）》执行主编。他在二轮修志期间，克服困难，一心扑在工作上，恪尽职守，一丝不苟，任劳任怨，业务精湛，为顺利编纂《绍兴市志（1979—2010）》贡献了智慧和力量。他也成为我在史志部门的良师益友。

值得一提的是，在全力推进二轮修志工作的同时，为了履行史志部门弘扬地方志文化的职责，我们还对位于市区塔山北侧的章学诚故居作了重新布展。基于章学诚故居的现状与章学诚作为方志学奠基人的影响，与绍兴作为"方志之乡"的地位并不相称的状况，市委党史研究室于2013年向市委、市政府提出了对章学诚故居作重新布展的建议。市委、市政府相当重视，采纳了我们的建议并划拨了专项经费。2014年，我们按照"方志之乡绍兴""章学诚生平与事迹""章学诚学术成就及后世研究"三大板块重新布展，受到了业内专家和领导的充分肯定。

在我5年多的史志工作岁月里，绍兴地方党史编研工作也上了一个新

干事与求是

台阶。其间，高质量编辑出版了《中国共产党绍兴历史》二卷本。按照上级要求，还启动了《中国共产党绍兴历史》三卷本的编写工作。同时，市委党史研究室提高站位，拓宽思路，发挥专业优势，以《史志参阅》为平台，在资政服务方面作了有益的探索。

一是开展围绕中心、服务大局的资政服务。2013年在省委、省政府作出关于推进农村文化礼堂建设的决定以后，绍兴市党史系统发挥自身优势，积极作为，主动当好农村文化礼堂总体建设的设计员、具体建设的施工员、先进文化的宣传员、工程建设的验收员。2014年4月，省委党史研究室主办的《党史研究参考》，专题刊发了绍兴党史部门《服务大局 履行职能 当好"四员" 助推农村文化礼堂建设》的做法和经验总结，引起省委领导的高度重视，时任省委常委、宣传部部长葛慧君，时任省委常委、省委秘书长赵一德作了肯定性批示。2014年，围绕省委、省政府作出的"五水共治"重大决策和市委、市政府提出的"重构绍兴产业，重建绍兴水城"重大战略，市委党史研究室开展了"绍兴水城治水纪事"和"绍兴城镇化述要"等课题研究，为有关方面提供了历史借鉴和咨询服务。2017年4月，在市委党史研究室主办的《史志参阅》第4期上，刊登了《关于强化管理，发挥府山革命烈士墓作用的建议》的咨政文章，并指出"还烈士墓庄严肃穆的环境十分必要，建议对府山公园的整体功能作重新规划，将烈士墓、纪念碑作为纪念区域，对相关设施进行改造，作为一个独立的区域"。时任绍兴市委书记彭佳学对此建议作了批示。2017年8月《史志参阅》第8期，结合将要实施的府山公园景观整治提升工程，就弘扬府山"革命文化"提出了4条建议："一、原址恢复仓颉祠，并在原址设立纪念中共绍兴第一个地方组织成立地纪念碑及纪念亭。二、结合对烈士墓周边改造，增设革命纪念设施。三、设计'红色'游线。其中一条从大通学堂至风雨亭、秋瑾纪念碑，展示近代革命先驱抗争史；另一条从仓颉祠至越王殿、革命烈士陵园，展示中国共产党绍兴地方党组织领导绍兴人民的斗争史。四、烈士墓及纪念碑周边景观设计须考虑烈士纪念设施的特殊性及烈士墓周边现状。"这些建议得到了市有关方面的高度重视，大多已被陆续采纳并实施。

二是开展回顾历史、以史鉴今的资政服务。2013年，是绍兴"撤地建市"30周年，市委党史研究室推出了《撤地建市：点燃绍兴人的大城市梦》《城市让生活更美好——绍兴城市发展30年大事记》等资政文章和文献资料，为绍兴的行政区划调整造了声势。2013年，是毛泽东同志批示"枫桥经验"50周年，我们推出了《50年来"枫桥经验"的发展与启示》《"枫桥经验"大事记》等一批资政文章。2015年，是中国抗日战争胜利70周年，我们出版了《绍兴抗战图志》和《红色地图——绍兴市党史胜迹分布图》等一批资政成果。

三是开展着眼未来、即时跟进的资政服务。按照中央党史研究室提出的"一突出、两跟进"的要求，围绕浙江是习近平新时代中国特色社会主义思想的重要萌发地这一主题，市委党史研究室在资政服务方面作了大胆的探索。2014年，在开展第二批党的群众路线教育实践活动之际，全室党员干部在认真学习《之江新语》的基础上，对该书中的99条诗词古语的出处、原文、注释、心得等内容加以浅解，编印了《〈之江新语〉诗词古语浅解》一书。该书在我市开展党的群众路线教育实践活动中发挥了很好的作用，在广大党员干部中产生了良好的反响，也得到时任省委常委、省委秘书长赵一德等领导的充分肯定。时任绍兴市委书记钱建民也作了肯定性批示。中国共产党历史网以"浙江省绍兴市委党史研究室编印《〈之江新语〉诗词古语浅解》"为标题作了专题报道。2014年，绍兴市委党史研究室还开展了习近平、张德江、赵洪祝三位党和国家领导人在浙江工作期间来绍兴调研考察的资料征集工作。梳理出习近平、张德江、赵洪祝来绍兴考察调研的次数依次为27次、17次、33次，征集到照片200余幅，视频资料70余件，领导讲话材料和批示各10余件。厘清了习近平同志在浙江工作期间，对绍兴的发展定位、产业转型升级、生态保护、古城保护、文化建设、坚持和发展"枫桥经验"、党的建设等诸多方面作出的重要指示批示。

在我5年多的史志工作岁月里，我们按照"存史立家、资政兴家、团队建家"的理念，不仅整体上推进了史志工作，而且还提升了我市史志工作的知名度和影响力。在2014年底召开的全省第九次党史工作会议上，绍兴市委党史研究室作了"服务大局　履行职能　努力做好党史的资政工作"的典型交流发言，并被评为先进集体受到表彰。2015年，在全国地方志系统先进集体和先进工作者表彰大会上，柯桥区地方志办公室被国家人力资源和社会保障部、全国地方志办公室授予"全国地方志系统先进集体"的荣誉称号。2016年，在全国党史系统先进集体和先进工作者表彰大会上，中共绍兴市委党史研究室被国家人力资源和社会保障部、中共中央党史研究室授予"全国党史系统先进集体"的荣誉称号。这也是"十二五"期间浙江省史志系统仅有的两个全国先进集体。

有所作为，才能有所地位；有所地位，才能更有作为。绍兴市委对全市史志工作十分重视和关心，为认真贯彻落实全省第九次党史工作会议精神，经市委常委会研究，在市委常委、秘书长魏伟的协调下，至2016年底，全市的区、县（市）党史机构均从原来的副科级部门升格为正科级部门。同时，市委党史研究室的干部队伍建设也得到了加强，全室上下形成了气顺、心齐、风正、劲足的风气和良好的学术氛围，整支队伍形成了合理的梯队结构，干部得到了较快成长，提拔了4名科级干部，培养了2名局级领导干部。

5年多的史志工作岁月，就我自身而言，也是个不断学习锤炼和提高的过程，从中汲取了许多成长的"营养"。一是加深了对绍兴地情的认识。地方志是全面系统地记述本行政区自然、政治、经济、文化和社会的历史与现状的资料性文献，素有"百科全书"之称。通过对《绍兴市志（1979—2010）》的编纂，我对绍兴地情的了解更为透彻。对绍兴40多年的改革开放历程和发展脉络有了更为清晰的认识，对其中所蕴含的规律性东西也有了一定的把握，达到了修志问道以启未来的目的。二是领悟了"其苦也乐"的修志精神。修志犹如修"四库（苦）全书"，即艰苦、辛苦、清苦、痛苦。"事非亲历不知难"，志书可以说"卷卷看来皆心血，七年辛苦不寻常"。我觉得修志虽然有"四苦"，但很充实；修志虽然很平凡，但很有价值。其实，"其苦也乐"何止是修志，人生也是如此。三是增强了历史思维。我能以研究的精神从事史志工作，做到干中学、学中干，学用结合，注重学习的积累和理性思考，并培养了学习研究历史的兴趣，特别是对中共党史、新中国史和改革开放史方面。在工作实践中，逐渐养成了历史思维的习惯，增强了运用历史思维分析问题、解决问题的能力。

5年史志岁月不寻常。从我的人生历程看，主持了绍兴历史上第14次修志，主编了《绍兴市志（1979—2010）》，做成了一件很有价值的事，为绍兴的文化建设作出了实实在在的努力。而更为重要的是，涵养了自己的历史思维和时空意识。

（2020年7月）

党校办学治校那几年

——履职生涯"收官"之作

或许是因为出身教师之家，我的职业生涯与教育有着特殊的情缘。1984年我大学毕业后留校，在绍兴师专从事高校教育工作，1996年才调离学校，先后去了多个机关部门和乡镇工作。时隔20多年后，我于2017年重返校园，到绍兴市委党校从事干部教育工作，直至今日。这也意味着，从事教育工作既是我职业生涯的起点，同时也是终点。

我在党校工作的7年多时间，可分为两个阶段：2017年7月至2021年9月，担任党校常务副校长；2021年10月至今，因年龄原因不再担任领导职务，主要从事党校办学治校的研究，并适度承担中共党史和领导科学的教学工作。本文主要从办学治校的视角，对我主持党校日常工作4年多的办学理念、办学实践作些梳理与总结。

一、办学目标

办学目标至关重要，明确的办学目标能对办学治校起到导向和牵引作用。过去几年，绍兴市委党校（绍兴市行政学院）办学目标的设定，经历了一个不断演进、逐渐完善的过程，大致分为三个阶段。

（一）增强"三个感"

2017年8月2日，我去市委党校报到，在全校教职工大会上作表态发言，初次提出了党校办学的"两个感"：提升教育培训质量，让学员有更多的获得感；做好科研咨政工作，让党校有更多的存在感。

经过一个多月的深入调研，在9月8日召开的学校庆祝教师节教职工座谈会上，我作了《统一思想，推动学校高质量发展》的报告，完整地提出了"让学员有更多的获得感、让党校有更多的存在感、让教职工有更多的归属感"的"三个感"的办学目标。并着重指出，学员的获得感主要来自课堂教学，同时也体现在后勤的服务保障上，还体现在校园环境的熏陶上；党校的存在感主要体现在高质量的培训、高水平的服务上。

在2018年2月6日召开的学校2017年度总结表彰大会上，我着重就如何更好地体现"三个感"之教职工的归属感作了阐发。认为教职工的归属感是多方面、多层次的，也是一个动态的过程。要努力做到事业留人，须充分发挥党校的综合性优势，尽力为教职工搭建更多的干事创业平台，让教职工在职务、职级上有更多的晋升空间；要待遇留人，须大胆探索"两个不同于"的体制机制，让教职工特别是教研人员享受更多的激励政策；要感情留人，须开展凝聚力建设工程，让教职工得到更好的关心关爱；要环境留人，须在改造提升校园品质的同时，努力营造气顺心齐风正的氛围，让教职工拥有良好的干事成才的人文环境。

（二）提升"影响力"

影响力涵盖了"获得感"与"归属感"的部分要素，也是"存在感"的升级版。2019年以来，校委把提升影响力作为学校的主要办学目标之一。2019年10月，为配合正在开展的"不忘初心、牢记使命"主题教育，我给全校中层干部上了"提升地级市党校影响力的实践与思考"的党课，

干事与求是

着重阐发了三方面的内容。

一是影响力的构成。教育培训的影响力，主要体现在课程出精品、新品和特品方面；科研工作的影响力，主要体现在学术成果的产出和科研平台的搭建；服务社会的影响力，主要体现在智库和服务参与重大活动的影响力；校园文化的影响力，涵盖物质和精神两方面。

二是影响力的传播。从空间角度，可分为地域内和地域外。地域内影响力的传播，在地方党委、政府的领导层面，主要是通过决策咨政、参与重大活动等途径传播；在地方党委、政府的部门层面，主要是通过教育培训、服务保障途径传播；在高校系统层面，主要是通过学术成果、科研活动和科研平台等途径传播；在社会层面，主要是通过名师的宣讲和媒体上的发声传播。地域外的影响力传播，在党校系统，主要是通过办学特色、科研水平、对外培训以及相关媒体上的对外宣传进行传播；在哲学社会科学系统和高校系统，主要是通过学术成果、科研活动和科研平台传播。

三是影响力的打造。可以着重从发掘自身的比较优势、精准办学定位，立足苦练内功、提升办学质量，推进开放办学、增强办学活力，注重平台搭建、提升知名度等方面下功夫。

（三）实现"三个更"

在坚持、传承既有影响力的办学目标基础上，2020年10月，绍兴市委党校（绍兴市行政学院）在编制"十四五"发展规划时，制定了一个更为科学、整体和可操作的办学目标——立足固根基、扬优势、补短板、强弱项，综合发挥党建引领、学术创新、文化聚力的协同效应，切实推进学校高质量建设"红色学府、新型智库、示范窗口"的步伐。到"十四五"末，校（院）建设实现更高质量、更具特色、更有影响，综合实力位居全国地市级校（院）"第一方阵"的前列。并对"三个更"作了进一步的阐发与表述。

更高质量——把握"党校姓党"的根本属性，高标准建设队伍，高层次办学治校，高质量教育培训干部，高水平服务党和国家事业发展。

更具特色——突出党的理论教育和党性教育主业主课地位，打造富有特色的课程和培训品牌；充分挖掘利用绍兴地方元素，打造富有特色的学术团队；体现办学的层次性，打造富有特色的校园文化。

更有影响——充分发挥科研在校（院）发展中的基础支撑作用，提升开放办学水平，推进教研咨一体化，增强核心竞争力，提升服务保障力，全方位提升校（院）的知名度与美誉度。

二、办学动力

办学目标的实现，需要有办学动力作为驱动和支撑。我对党校的办学动力，在实践上经历了一个不断探索的过程，在认识上经历了一个不断深化的过程，在表述上经历了一个不断完善的过程，直到2021年才得到了较好的提炼概括，并把它表述为"三个力"，即党建引领力、文化凝聚力、科研支撑力。

（一）党建引领力

通过全面提高党的建设质量，引领党校事业高质量发展。校委坚持以政治建设为统领，深入学习贯彻习近平总书记关于党校办学治校的系列重要指示精神，牢牢把握"党校姓党"的根本原则，把旗帜鲜明讲政治融入党校工作的全过程和各方面，模范遵守党的政治纪律和政治规矩，始终把握正确的办学方向；坚持改革创新，大胆探索"既区别于公务员又不同于普通事业单位、符合党校发展特点"的体制机制，调动多方面积极性，增强办学活力；坚持质量立校，注重党建活动与业务工作的深度融合，努力做到"两促进"，不断提高教学、科研、咨询和管理水平；

坚持党管干部的原则，努力建设一支政治合格、素质优良、结构合理、适应新时代干部教育培训要求的党校干部队伍，形成风清气正干事创业的政治生态。

（二）文化凝聚力

积极向上的校园文化，能增强教职工的认同感、归属感、成就感，能提升学校的凝聚力、战斗力、创造力。党校是党领导的培养党的领导干部的学校，是党委的重要部门，是培训党的各级领导干部的主渠道，是党的思想理论建设的重要阵地，是党和国家的哲学社会科学研究机构和重要智库。这一多重属性和职能，决定了党校文化的独特性和重要性。市委党校在三个层面上加强文化建设，增强全校教职工的凝聚力。

一是学校文化。党校姓"党"，名为"校"。尽管它有别于一般的学校，但本质上还是一所学校，必须大力弘扬学校文化。在办学治校过程中，学校坚持以教学为中心、教师为主体，遵循学校教育规律；坚持用课程化的理念去统筹一切办学活动，确保办学路子不偏；坚持严以治校、严以治教、严以治学，大力弘扬学习之风、朴素之风、清朗之风，形成良好的学风校风。

二是机关文化。党校是党委的重要部门，具有机关的属性和职能，需要弘扬和彰显机关文化。作为党校，核心是要在全校教职工中树立"共事是一种缘分，干事是一种机遇"的文化，努力做到"家和"与"事兴"。学校十分珍惜共事的缘分，既注重事业身份群体与参公身份群体及不同职能处室群体之间的融合，又注重不同个体之间的融合，努力营造气顺心齐风正而又有归属感、自豪感的和谐大家庭。并想方设法，引导鼓励大家把心思与精力聚焦在如何干事与成才上。

三是红色文化。党校被喻为"红色学府"，红色是党校的鲜明底色，党校必须大力弘扬红色文化。学校在课堂教学中突出党的理论教育和党性教育的主业主课地位，在实训教育中注重地方红色元素的挖掘利用、场景的设计及品牌的提炼，致力打造"名士乡·胆剑魂"的党性教育品牌。在服务保障方面，注重融入红色教育元素，彰显党校特色。在开展校园文化活动中，注重思想性、艺术性、专业性和乡土性的统一，真正做到寓教于乐。同时还注重校园的建筑设计，在校园景观、绿化美化等物化形态中塑造红色校园的风貌，发挥环境育人的独特作用。

（三）科研支撑力

学校从原先"科研是党校教育的基础"的定位明确为"科研是党校发展的基础支撑"。从中可以看出科研在党校的干部培训、思想引领、理论建设、决策咨询乃至队伍建设等方面，发挥着独特的基础性、广泛性、深厚性的作用。党校要办成一所高质量、有特色、有影响力的名校，需要科研的有力支撑。党校的教学需要"用学术讲政治"，就必须提高讲政治的学术含量。党校教学如果离开了科研，就没有了根、没有了魂、没有了生命力；理论创新、思想引领需要用深厚的学术底蕴和朴实的大众语言，用深入浅出的方式向人民群众传播好党的创新理论，引导好社会舆论。同样，高质量的决策咨询，既要"接地气"、可操作，也要"仰望星空"，有科学的学理作支撑；同时，教学科研咨政一体化既是党校的教育和办学规律，也是党校教师的成长规律，显然，科研在一体化中扮演着基础与关键的角色。

三、办学载体

办学目标的实现，不仅要有办学动力的激发与释放，还需要通过有效的办学载体去推进。在学习考察、调查研究的基础上，我代表校委在学校2017年度总结表彰大会上提出了实施"两建设两提升"工程。通过办学设施建设和教职工队伍建设，为提升教育培训品质和科研咨政品质创造条件，从而整体上提升办学水平。

（一）办学设施建设

绍兴市委党校校园是2006年在原绍兴南洋中锐学校的基础上改建而成的。经过十多年的使用，学校设施已显得较为陈旧落后，还存在着一些结构性、功能性缺陷。为此，学校从2017年开始，按照"一环三区"的总体规划，对整个校园实施了全面改造提升。"一环三区"分别为环校园景观带，教学核心区块、生活配套区块、运动健身区块。

环校园景观带建设。校园北侧在2016年对后山整治和绿化的基础上，又对草坪和步道作了新的优化和提升；校园东侧于2017年拆除封闭围墙后，经过两年的努力，建起沿河亲水景观带，使千年若耶溪与绿色校园融为一体；校园南侧于2018年在围墙内侧统一种植常绿冬青，并在学校大门两侧建起绿化带和建筑小品，提升了校园的亲和力；校园西侧于2020年拆除绿化暖棚等建筑物后，重新规划建设校园西北侧步道，形成环校园绿色通道，并新建成清白泉广场。同时还配套实施了环校园照明的改造提升工程。环校园绿色通道的建成，构筑起了一条建筑、山水与文化相融的环校园景观带，极大地提升了校园的品位。

教学核心区块建设——教学楼综合改造提升工程。从2017年开始，学校用4年时间分批实施教学楼综合改造提升工程。2017年，在外出学习考察和充分征求教职工意见的基础上，按照整体推进、分步实施的原则，制订教学楼综合改造三年计划，并积极争取市里的支持，落实改造经费，按照政府采购的方式逐年改造；同时果断地处置教学楼的出租房，统一按协议逐一收回4200多平方米（面积占整幢教学楼建筑面积的1/6）的13处出租用房，为教学楼改造腾出空间。2018年重点对教室和卫生设施及教学楼外立面等实施改造。2019年重点对报告厅及实训场馆、教研办公区域实施改造，并提升配套的信息化设施。2020年重点对教学楼主入口及走廊等公共区域和行政办公区域实施改造。

改造后的教学楼面貌一新，并显得更为庄重大气，也极大地改善了办学条件。教学楼在布局上，形成了"一轴四片"的空间格局。"一轴"即形成由学校大门—马克思广场—教学楼大厅—求是厅（报告厅）—知行馆（党性教育主题馆）所构成的中轴线。"四片"即东南片成为对外培训区域，西南片成为实训教学区域，西北片成为教研办公区域，东北片成为行政办公区域。教学楼在功能上也得到了进一步的完善，主要体现在实训教学设施的增强与完善上。2018年建成了占地1000平方米的干部心理健康关爱中心（养心馆）和模拟法庭，2021年建成了占地1000平方米的党性教育知行馆与按校史馆理念建造的"十三五"办学成果展，改建了报告厅、情景模拟、新闻发布等功能性教室。同时教学设施也得到了全面的改善，特别是在信息化配套建设方面得到了较大提升。新建改建直录播教室6间，实施校园视频监控和Wi-Fi全覆盖工程。大力推进数字化改革，开展核心业务梳理，探索多跨场景应用，建成了数智党校2.0平台。

生活配套区块建设。2017年完成了对学苑宾馆1、2号楼及一幢专家楼的改造，同时对5号楼进行了外立面改造。2018年对餐厅和员工宿舍楼实施了外立面改造，并对教工餐厅实施了扩建改造提升工程。2019年对宾馆3号楼实施了外立面改造，并对室内作了局部改造提升。同时还先后对配电房、锅炉房及电力线路进行了改造提升。通过改造，极大地改善了办学条件，提升了服务保障水平。

运动健身区块建设。按照学校总体规划，把位于校园东南角田径场周边地块定位为运动健身区块。2021年，高标准新建建筑面积为1661平方米的综合性体育馆，内设一个篮球场，一个羽毛球场，两个乒乓球场，一个台球室。同时还对田径场作了整修，重新铺设了塑胶跑道。对室外篮球场地也作了改造提升。此外，2019年对文体楼实施外立面改造，并对室内作了局部改造提升。这一区块的建成，为在校培训的学员和教职工运动健身、开展文体活动创造了良好条件。

在实施"一环三区"建设的过程中，我们紧紧围绕学校的办学功能，尽力处理好"破"与"立"的关系，高质量谱写了校园建设的新篇章。

一是注重风貌的协调与传承。在设计教学楼主入口与大厅改造规划时，我抱着十分慎重的态度，在多次主持召开教职工座谈会的基础上，认真听取市内规划专家的意见。这样，尽管教学楼的改造力度很大，但改造后的教学楼不仅显得庄重大气，而且与校园的建筑群十分协调。新建成的体育馆在风貌上既与周边的环境相协调，又融入了现代元素。环校园景观带的建成，不仅使校园业已形成的风貌得到了传承与发展，还丰富了校园文化的内涵，极大地提升了校园的品位。

二是注重保护。在整体上做好风貌保护的同时，重点加强了对树木的保护。在新建体育馆时，为最大限度地保护周边近20棵树木，特别是位于学苑宾馆一侧的香樟行道树，学校不惜付出相应成本增加、工期延长等代价。印象最为深刻的是，保护了位于若耶溪旁田径场东侧的30多棵风景树。随着校园沿河亲水景观工程的建成，一排沿河而植、茁壮挺拔的香樟树构成了校园一道独特的亮丽风景线。但意想不到的是，在2020年5月，位于田径场东侧的30多棵香樟树出现了长势不良甚至行将枯死的现象。学校对此高度重视，先后邀请4批次市园林专家现场踏看，实地评估。专家评估认为，沿河亲水景观工程的建成，改变了树木原有生长环境，树木根部覆盖土层太厚，且铺设了根系极发达的马尼拉草种，草皮长势过好，造成土壤透气性差，影响了树木根系生长，导致树木整体长势不良甚至枯死。学校根据专家意见，全力以赴进行抢救，将树的根部作半径1米的地面覆盖物剥离，在开挖区域重新填入营养土并在表层覆盖松树皮与陶粒。同时，在开挖区外围再打入若干PVC塑料管作为土壤透气孔，增加土壤透气性，促进树木根系生长。那年的春夏秋冬，我几乎每天都会自觉不自觉地去现场观察树木救治后的生长态势。经过近一年的用心救治，终于成功救活了其中的33棵树木。如今我每到田径场散步，望见由33棵树木构成的一道常绿风景时，就会情不自禁地联想起曾经读过的《为了六十一个阶级兄弟》的课文。

三是注重留白。在校园文化建设特别是在环校园景观带建设过程中，我们对一些并不成熟的创意、有争议的项目，并没有仓促上马，而是保持了历史的耐心，给今后的建设留下了空间。同时，在校园建设的布局上，也借用了艺术品创作中的"留白"手法，旨在达到"此处无物胜有物"的意境。

校园"一环三区"工程项目建设的总投资为1亿元左右，其中约1000万元为学校存量资金，约2000万元为学校通过对外培训所得的配套资金，其余绝大部分是市财政拨款。这得益于市委、市政府对党校的关心支持，也得益于我们善于抓住机遇。一是借2018年开始实施的全省党校系统办学质量创优评估的机会，取得市里对学校学苑宾馆、教学楼等设施改造的投入。二是乘2019年11月学习贯彻新颁布的《中国共产党党校（行政学院）工作条例》的东风，取得市里对体育馆、党性教育主题馆及修学绿道等设施建设的投入。

"一环三区"工程的建成，极大地改善了办学条件，把校园建成了功能布局合理、富有江南特色的绿色校园、红色学府。在改善硬件的同时，学校还十分注重对校园设施管理水平和服务质量的提升，特别是在涉及学员学习和生活的一些"关键小事"上舍得花费，提供精细化服务。学校十分重视安全工作，牢牢守住了学校安全这一办学的底线。

（二）教职工队伍建设

《中国共产党党校（行政学院）工作条例》指出："人才队伍建设是党校（行政学院）事业发展的关键。应当根据教学科研、行政管理、后勤服务工作的需要，建立一支政治合格、素质优良、规模适当、结构合理、适应新时代干部教育培训要求的党校（行政学院）工作人员队伍"，"党校（行政学院）人才队伍建设的重点是教师队伍建设。制定和实施人才强校战略，实施'名师工程'，培养造就一批政治强、业务精、作风好的高素质教学科研人才"。我们在办学治校实践中体会到，一所学校发展得好不好关键在校委班子，工作实不实关键在中层干部队伍，办学质量高不高关键在教师队伍，形象佳不佳关键在全体教职工队伍。为此，学校按照系统观念分门别类地推进教师队伍、参公队伍及编外职工队伍的建设。

多管齐下切实加强教师队伍建设。一是壮大教师队伍。不断加大人才引进力度，扩大教师队伍规模，全面改善队伍的年龄、专业、职称结构，使党校教师队伍的规模、结构和素质有了明显的提升，教师队伍建设走在了全国同类党校的前列。2016—2021年，全校教研人员从46人增加到50人，有博士生学历的教研人员从5人增加到18人，正高职称的教研人员从1人增加到5人。二是在严管厚爱的基础上引导教师走正确的成才之路。党校的教师不同于普通高校教师，有着自身特殊的要求，也有着不同的成才路径。我在多种场合下引导教师特别是年轻教师，要正确处理好"三对"关系：从发展定位的角度，要处理好教学、科研、咨政之间的关系。如果一位教师的教学、科研、咨政能够一体化全面推进，是属于"全能型选手"，那是最为理想的。如果一时难以全面推进，对大多数年轻教师而言，一般还得从科研这一基础支撑入手。从知识结构的角度，要处理好绍兴、党校、专业之间的关系。要从绍兴、党校的角度去审视、拓展专业领域。要对绍兴地情有较好的了解，特别是对与自身专业相对应的地情要有较深的研究，并对马克思主义理论和党的创新理论有较好的把握。从综合素质的角度，要处理好学历、阅历、定力之间的关系。党校教师授课需要有很高的站位，既要向学员传授知识、讲授方法，更要让学员开阔眼界、提升境界。这就要求教师有渊博的书本知识、丰富的人生阅历和久久为功的意志品质。三是注重发挥政策的激励作用。2016年7月，市里下发了《关于加强和改进新形势下党校工作有关事项的协调会议纪要》，同意学校设立每年50万元的教研奖励基金。由于学校的教研奖励基金使用管理办法直到2017年3月才印发等原因，我到党校任职时这一政策尚未兑现，成为教研人员关注的"热点"问题。我在反复学习领会会议纪要精神的基础上，统一班子成员思想，决定教研奖励基金制度从2016年下半年开始执行。同时考虑到学校"十三五"期间将引进若干高层次人才，教研人员将会不断增加的趋势，2018年5月，我向市委主要领导汇报党校工作时，建议从2018年开始，教研奖励基金从每年的50万元调整到80万元，并得到同意。2019年5月，在市委分管领导的直接关心支持下，经多次沟通，市财政局与市人力资源社会保障局联合发文，出台了《关于明确〈绍兴市委党校计划外培训班次中列支校内教师讲课费有关问题〉的通知》，使这些政策得以实施，从而更好地调动了教研人员的工作积极性，也增强了学校办学的活力。

还有一件"好事多磨"的事值得一提。经过多年的努力与期待，学校总算在2019年度荣获绍兴市工作目标责任制考核优秀单位。按照当时市政府的统一规定，获奖单位的公务员人均可享受3000元的考核奖，其他身份的在编人员一律不得享受。这意味着党校的教研人员不能享受这一政策。该规定对于党校而言，显然有失公平，也不利于学校"两支队伍"的融合发展。党校不同于机关部门，属"一校两制"的单位，本身就由行政和事业两种不同身份的人员组成，况且，年度考核任务主要是由教研人员完成。为此，我多次通过书面和口头的形式，向分管领导、市考评办及相关职能局办作沟通与对接，据理力争党校教职工应全员享受考核奖政策，但市里最终还是坚持不开口子。在实在没有办法的情况下，我向市委分管领导提议并经校委会同意，决定作变通处理，即教研人员的考核奖在学校相关的教学科研奖励经费中列支。这样，总算勉强办成了好事。

以学干研一体化加强参公队伍建设。我们充分发挥党校优势，努力营造党校干部爱学习的氛围，鼓励干部多读书，多听课，特别是多听名师名家的课。倡导以研究的精神从事工作，努力培养会写会讲会干的干部。每年调研月，要求45周岁以下的参公人员结合党校工作撰写一篇调研文章，然后汇编成册，请校外专家作评委，评出一二三等奖，并召开研讨培训会，请获奖作者作交流发言，邀请评委专家作现场点评。学校要求参公人员提高站位，在围绕中心、服务大局中找准位置，担当作为、锻炼能力、提升素养。学校还积极创造条件，鼓励年轻干部去乡镇街道、机关部门、重点专班、县级党校挂职锻炼，让他们在不同岗位上提升本领，丰富人生阅历。学校牢固树立"使用是最好的培养"的理念，大胆选拔使用年轻干部。2017—2021年共提拔中层干部24名，提拔时的平均年龄为36.3岁；还培养了处级领导3名。同时根据党校教职工身份"一校两制"的实际，努力打通事业人员与参公人员的身份界限，促使两支队伍融合发展，其中有4名综合素质好、行政能力强的年轻教研人员转任为参公人员，加强了参公队伍建设。

以凝聚力建设工程加强编外职工队伍建设。因历史原因，学校的餐厅、宾馆经营尚未采用服务外包的方式，仍然由学校经营管理。这支由近百人组成的编外职工队伍，成为学校不可或缺的重要力量。近年来，学校持续开展编外职工凝聚力建设工程。首先是立足素质提升。以队伍建设为统领，把"党校姓党"贯穿管理服务之中，做好在优秀员工中发展党员的工作，提升员工的政治素质；组织开展岗位业务培训和劳动竞赛，提升员工的技能素质。其次是加强岗位激励。根据职工岗位职责和要求的不同，设置重点岗和普通岗，及时调整在岗员工年薪，按20%的比例设置工作勤奋奖。最后是注重人文关怀。在重要节庆及员工大病住院、生日等重要节点进行慰问；开展健康体检和文体活动，关心员工的身心健康。

在队伍建设中，我也清醒地认识到，要真正建好三支队伍，除作出上述努力外，还得再下功夫。"功夫在诗外"，重点在校委班子建设，关键在作为"一班之长"的自身，必须以身作则，"其身正，不令而行；其身不正，虽令不从"。为此，我努力践行陶行知先生倡导的"捧着一颗心来，不带半根草去"的办学初心和情怀。

努力成为懂业务的领导。党校既是一个综合性较强的机关部门，同时也是一个专业性较强的业务单位。作为业务单位的主要负责人，必须懂业务、有学养。只有这样，才能在全校教职工中树立威信。为此，我努力处理好工作与学习的关系，把学习放到突出的位置。一是认真学习研究党校办学治校的规律。能以研究的精神从事工作，系统学习习近平总书记关于党校办学治校的系列重要指示精神和《中国共产党党校（行政学院）工作条例》，注重学以致用，坚持正确办学方向，把握党校办学定位，创新办学理念，探索办学特色，在实践中形成"雁行模式"，提升党校办学水平。我能从理论与实践相结合的层面思考，先后撰写了8篇办学治校方面的文章，并在《学习时报》等刊物上发表。同时我还多次给全校中层干部、教职工作专题报告。二是深化党史党建专业知识的学习。我通读了《毛泽东年谱》《邓小平年谱》《邓小平传》等大量党史方面的

干事与求是

重要文献和书籍，并把学习研究的重点聚焦在"邓小平与中国改革开放"课题上。我还以联系领导的身份，参加党史党建教研室集体备课、外出考察调研等教研活动。深度参与党性教育主题馆——知行馆的展陈工作。作为市委宣讲团成员的我，也高质量完成了党的十九大及历次全会精神的宣讲工作。我还连续四年获绍兴市领导干部调研文章一等奖。

努力成为尊重和关心教师的领导。我在刚来党校报到作表态发言时曾说过，党校要以教学为中心，教师为主体。明确了教师在学校和教育中的地位。随后，学校积极争取市里支持，出台了教学、科研等方面的激励政策，还持续改善了教师的教学、办公等条件。从我自身而言，还立下了两条规矩：一是建立定期的谈心谈话制度。在新学期开学时，我分批找特定对象的教师谈心谈话，听取他们对学校工作的意见建议，及时了解教师的思想动态，并尽力帮助他们解决一些实际问题。二是建立规范的听课制度。我把听课视为一项十分重要的工作，几乎听遍了所有老师的课，并形成规范的"三部曲"套路。听课前，根据教务处的课程安排，我提前一天把有关听课的事宜通知授课老师；听课时，只要没有特殊情况，我总是自始至终听完整堂课，并做好相应的听课笔记；听课后，我以平等的身份，跟授课老师作交流探讨。同时，我坚持参加每学期学校组织的新课集中试讲活动，并进行研讨和交流，对第一次走上讲台的年轻教师更是如此。上述两项规矩的实行，拉近了我与教师之间的距离，增进了相互间的了解与理解，也让我真正走进了课堂教学这一主战场。

努力成为严于律己的领导。"公生明，廉生威。"为切实推进从严治校、从严治教、从严治学，我带头严于律己，以身作则，在一些比较关注的敏感领域，切实做到"四个一律"。一是学校新进教职工一律实行公开招考，没有以任何形式随意调动一名人员进党校工作；二是学校已出租的十多处房产，一律按协议的相关规定，统一按时收回；三是凡是涉及学校大大小小工程的招标和物资采购，自己一律不跟学校相关部门打任何形式的招呼；四是除完成市委宣讲团宣讲任务外，自己一律不以专家、学者、领导的身份去讲课、宣讲、评审，而是把心思集中放在办学治校上，让专业的人去干专业的事。

（三）教育培训品质提升

深化教学改革。学校把教育培训的时代性、针对性和有效性放在首要位置，推进"用学术讲政治"的教学改革，改革教学质量的评价体系及课堂准入机制，对教研人员授课采用"70%的学员评价+30%的校外专家评价"的多主体考核方式。制定实施《教案审核及新课认定制度》，并实施黄牌提醒、末位（每学期新课试讲中评委打分成绩靠后的15%课程）淘汰机制。努力创新教学方式，大力推行研究式教学，综合运用讲授式和案例式、模拟式、体验式等互动式教学方法，努力追求教学条件精良、教学计划精准、教学管理精细、教师讲授精彩、教学质量精良的目标。

聚焦课程开发。学校根据形势和任务的要求，结合地方实际，不断充实和创新教学内容，优化教学结构布局，突出党的理论教育和党性教育的主业主课地位。加强学科建设，调整教研室设置。配强党史党建教研室、经济学教研室、哲学与科社教研室，整合公共管理与法学教研室，新设文化与统战教研室和"枫桥经验"研究中心。强化教研室课程开发的主体责任，实施"一室一样板·一人一精品"的教学工程，把教研人员的主要精力聚焦到新课开发上，真正体现和贯穿党校以教学为中心的思想。2017—2021年，学校年平均开发新课35门，参与开发的教师23人。同时编写出版《党性教育必修课》《现场教学教程》等本土教材。

彰显教学特色。随着教学设施的改善，养心馆（干部心理健康关爱中心）和知行馆（党性教育主题馆）等实训室（馆）的建成，现场教学基地和场景的不断开发，实训教学已成为学校教育培训的一大亮点和特色。同时，学校结合党史学习教育，充分挖掘绍兴地方的红色元素，着力打造"名士乡·胆剑魂"的教育培训品牌。高质量开发"习近平同志考察绍兴重要讲话和指示批示精神解读""习近平新时代中国特色社会主义思想指引下的绍兴实践""绍兴改革开放四十年""青年领袖人物的成长之路"等地方特色课程教学模块。以访谈式教学为特征的"'清白泉'廉洁家风大讲堂"已成为打造"清廉浙江"绍兴样本的有效实践。"新时代'枫桥经验'与基层社会治理""基层党建引领乡村振兴""新发展理念引领传统产业转型升级""阳明文化"等富有辨识度的特色培训品牌，吸引了全国31个省（自治区、直辖市）的学员前来接受培训，做大做强做响了学校的社会培训品牌，使之成为学校办学的一大特色。

经过多方的持续努力，学校的教学质量不断提高，教学品质不断提升。有两名教师走上中央党校讲台，为中青班学员授课；有一门课程获中组部"学习贯彻习近平新时代中国特色社会主义思想全国好课程"提名奖；有四门课程相继被省委组织部评选为"精品课程"和"好课程"；有两门课程在全省党校系统精品课评选中获精品奖、优秀奖。在连续两届的全省社会主义学院统战理论师资讲课大赛中，我校教师获一等奖两门、三等奖一门。

（四）科研咨政品质提升

科研定位更加明晰。过去几年，学校科研工作把以国家课题为目标、以省部级课题为重点、以地厅级课题为基础作为努力的方向。在选题时努力把握好科研为提高教学质量服务、为推动理论创新服务、为党委政府决策咨询服务的方向；在结题时努力做到进课堂、进期刊、进决策。事实上，过去几年党校教师获得的省级"精品课""好课程"，都是建立在中高端课题研究成果转化的基础之上的，是教研咨一体化结出的硕果。

科研基础更加坚实。过去几年学校的科研队伍不断壮大、结构不断改善、特色团队在形成，个体的素养和能力不断提升。更为可喜的是，新生代悄然崛起，逐渐成为学校科研的生力军与主力军。同时，科研平台与资源也在不断增加，使广大教研人员能够在更大的舞台上拓宽视野、找准定位、利用资源、汲取营养、展示自我。新修订的学校《教研奖励基金使用管理办法》《科研管理办法》《课题管理办法》《教学管理办法》等政策条规，对科研体制机制作了新的探索。尊重教师的个体差异，为以科研为主的教师集中精力搞科研提供了更为宽松的环境。

科研成果更加丰硕。2017—2021年，学校完成了2项国家社科基金项目，承担省部级课题18项，承担地厅级课题100项，完成咨政报告180篇，其中获得省主要领导批示的有4篇，获得其他省领导批示的有4篇，获得市主要领导批示的有47篇，获得其他市领导批示的有23篇。仅2020年上半年就有15项疫情防控咨政成果刊登在咨政类刊物上，其中，6项成果得到省市主要领导的肯定性批示，有3项咨政成果上报中央办公厅、国务院办公厅，《强化科研咨政，助力疫情防控阻击战》一文，在《学习时报》上刊登。其间，学校还编辑出版了《新时代"枫桥经验"与基层治理现代化》《绍兴"十三五"创新发展智库研究报告》《新时代伟大工程的绍兴探索》等专著，并不断提升《绍兴蓝皮书》《绍兴研究》的质量，学校的科研成果走在了全国地市级党校的前列。同时，科研成果的迭出，也为更好地发挥科研在高质量培训、高水平服务、高层次办学中起到了基础支撑作用。

四、办学模式

办学模式是学校办学目标、办学动力和办学载体的综合性反映，也是办学治校实践的综合性产物。我曾在学校2019年度总结表彰大会上指出，"两建设两提升"工程实施两年多来，之所以能推动学校高质量发展并取得了明显的成效，除教育培训、科研咨政、办学保障、队伍建设各自都有了长足的发展并能协同推进外，还有一个根本性的要素——党建在引领着发展。党校工作从静态的框架布局看，呈现"122"的形态，"1"即党建引领，第1个"2"即教育培训和科研咨政，第2个"2"即办学保障和队伍建设。从动态的视角看，可以把党校工作比作在蓝天上飞翔的大雁，党建引领好比"雁头"，管控着方向；教育培训和科研咨政则相当于"两翼"，双翅共振；办学保障和队伍建设相当于"两足"，起到支撑作用。只有这样，党校工作才能既脚踏实地又仰望星空，行稳致远。

2020年，我在实践上对这一思考作了进一步的探索和深化。按照固根基、扬优势、补短板、强弱项的要求，出台多项举措，在党建的引领下，高质量持续实施"两建设两提升"工程，办学条件、办学质量有了整体的提升。同时在总结学校"十三五"工作，编制"十四五"发展规划时，明确提出了"雁行模式"。

2021年，我对"雁行模式"作了理论上的总结与论证，撰写了《以系统观念推进地市党校高质量发展》一文。文章从地市党校的系统构建、绍兴党校以系统观念推进高质量发展的实践以及深化系统观念、更好地推进党校高质量发展三个方面，对"雁行模式"作了学理上的分析与论证。在此基础上还撰写了《绍兴市委党校探索"雁行模式"推进高质量发展》一文，从"雁头"把向——党校姓党引领高质量发展，"双翼"共振——教育培训和科研智库驱动高质量发展，"双足"发力——办学保障和队伍建设支撑高质量发展三个方面对"雁行模式"作了总结提炼，《学习时报》的"特别专题"对此文进行了整版报道。同时，在实践上强化"雁行模式"的探索，指导学校高质量发展。结合学习贯彻学校"十四五"发展规划，按照"雁行模式"的思路与框架，拍摄了学校建设和发展的宣教片、制作了"十三五"办学成果展。在办学实践中，学校还秉持系统观念，与时俱进，不断深化"雁行模式"，着力打造竞争力强的教育培训品牌、支撑力强的科研咨政品牌、感染力强的校园环境、服务力强的数智平台、战斗力强的人才队伍，致力于探索一条具有大雁特质、地方特色的高质量办学之路。

五、办学感悟

凭着以研究的精神从事工作的态度，在4年多的办学治校实践中，我也悟出了一些办学之道。

（一）重在正确把握党校属性

党校，不同于普通机关部门和普通高校，也不同于一般的科研机构和智库，更不同于一般的培训机构，党校具有自己独特的属性。党校，顾名思义姓"党"名"校"。一方面，党校不是一所普通的学校，而是一所政治学校，必须旗帜鲜明讲政治，把"党校姓党"这一根本原则贯穿一切教育教学活动、一切科研活动和其他办学活动之中，以确保正确的办学方向。党校教学必须突出党的理论教育和党性教育的主业主课地位，并要切实贯彻理论联系实际、学以致用的教育方针。另一方面，党校不管多么特殊，其本质上还是一所学校。为此党校必须按照学校的教育教学规律去办学，弘扬和彰显学校文化，做到以教学为中心、教师为主体，用课程化的理念去统筹一切办学活动，确保正确的办学方向和路子。作为校长，从理想境界上讲，不仅要有政治家的眼光、社会活动家的能力，还要有教育家的素养；作为主管教学、科研的副校长，更要确保自身在教学业务上过硬。

（二）重在全方位开放办学

开放办学既是一种理念，也是一种方法。从党校所履行的干部培训、思想引领、理论建设、决策咨询等职能看，不仅要求它在教育培训、科研咨政、办学保障、师资队伍建设等方面实行全方位开放，而且也需要它对办学过程实行全方位开放；从党校增强存在感和影响力看，党校必须在开放的过程中体现自身的价值和地位；从党校加强自身建设的角度看，党校的许多问题和诉求需要通过开放才能得到解决。党校的工作主要在"围墙"内，但是单纯就"围墙"内办围墙内的事是办不好的，必须跳出党校办党校。我们在办学治校过程中始终坚持立足于校内，着眼于校外，取得社会上方方面面的支持与帮助，校内校外合力，推进党校高质量发展。

（三）重在师资队伍建设

从一定意义上说，党校跟企业一样，要获得生存和发展，自身必须要有竞争力强的核心产品，而创造核心产品的主体无疑是教师。因此可以说，办好一所党校，特别是办成一所名校，关键在建设一支政治强、业务精、作风好的高素质师资队伍。而在师资队伍建设中，处理好"严管"与"厚爱"的关系非常重要。多年来，我们坚持从严治校、从严治教、从严治学，但"严管"并不意味着要把它管死，而是要把它管好，按办学治校规律办事，真正做到管而不死、活而不乱，"形散神不散"。我们始终坚持以人为本，对教师在事业上给予更多的引导，生活上给予更多的关爱，各方面体现更多的人文关怀。特别是对年轻教师，坚持做到宽严相济，在成长之路上给予更多的耐心与包容。我们还积极争取上级和各方的支持，逐步建立起既区别于公务员又不同于普通事业单位、符合党校发展特点的教师管理体系，把广大教师的积极性调动好、利用好，真正做到上下凝心聚力，推动学校高质量发展。

我在绍兴市委党校常务副校长岗位上干了4年多，虽然时间不算长，但在徐晓光、王琴英两任市委常委、组织部部长、党校校长的领导和关心下，在徐志伟、陈元德、杨宏翔、黄显勇、徐枫、李俊、顾尧峰、雷泳仁、母小琴等班子成员的支持配合下，经过全体党校人的共同努力，在历届校委打下良好工作的基础上，党校的综合实力和办学质量迈上了一个大台阶，得到了绍兴市委和浙江省委党校的充分肯定。在2018年全省党校系统办学质量评估中，学校获首批评估优秀等次，评估组认为：目前绍兴市委党校办学质量位居全省地级市党校（行政学院）前列。时任浙江省委党校常务副校长陆发桃有"这几年绍兴党校工作走在前列、向您致敬"的评价，时任浙江省委党校副校长陈立旭认为，"这几年绍兴市委党校在何校长领导下，硬实力和软实力同步快速提升"。绍兴市委党校连续两次被省委党校授予"成绩突出集体"荣誉，获评2019年度和2021年度绍兴市工作目标责任制考核优秀单位。同时，让我更为看重的是，在绍兴市2019年度和2020年度"企业评部门、群众评行风"活动中，党校的社会评价在市级90多个部门中分列第2位和第9位。"金奖银奖不如群众的夸奖，金杯银杯不如群众的口碑"，这从一个侧面印证了党校的存在感在增强，影响力在提升。也兑现了我上任时在全校教职工大会上许下"以实际行动谱写绍兴市委党校发展历史上应有篇章"的承诺，并为实现党校"十四五"发展规划提出的"综合实力位居全国地市级校院'第一方阵'前列"这一目标，打下了坚实的基础。

同样，从我的职业生涯来说，4年多的党校办学治校经历与实践，也是我的"收官"之作，算是谱写得较为圆满的篇章。

（2022年2月）

求是编

实践是理论之源。凭借研究的精神从事工作，我把工作当作事业去追求，当作学问去研究，努力做到干中学、学中思、思中进，让求是成为一种思维方式和工作方式。求是编选取和收集了我在不同岗位履职时发表在有关刊物上的 17 篇文章。

所选文章突出创新主题。创新是引领发展的第一动力，也是文章的价值所在。有的文章在理论上有所创新，如《新一轮修志中强化对接环节的实践与思考》，丰富了修志理论；有的是涉及工作领域中的创新，拓宽了工作领域，如《师专教育面临的一个新课题——浅谈如何为中学培养合格的团干部》《"经营村庄"的实践与思考》；有的是在工作实践上有所创新，进行了有益探索，如《灵芝镇机关效能建设的实践与思考》《新一轮志书编修过程中开门修志的探索与启示》《绍兴市委党校探索"雁行模式"推进高质量发展》等。

所选文章大多称不上严格意义上的学术论文，只能归属于应用性论文。文章源于工作实践，坚持以问题为导向，能从理论与实践相结合的层面上作些探讨，以获得启示、寻求对策，从而具有一定的资政价值。有的文章得到了省、市领导的肯定性批示，有的在全省工作会议上作典型交流，有的在党委机关刊物和省市报刊上作专题刊登与宣传报道。

高师第二课堂教育功能探微

随着教育体制改革的深入，第二课堂作为高等师范教育的重要组成部分，已直接影响了高师学生的成才质量。有鉴于此，本文试就高师第二课堂教育功能略作理论探讨，以求教于同人。

众所周知，一个事物的功能是由该事物的特殊结构所决定的。故在探讨高师第二课堂教育功能时，有必要先对高师第二课堂的结构作分析。第二课堂是我国在20世纪80年代初期流行起来的一个约定俗成的概念，它是相对第一课堂而言的，是指学校在教学计划之外组织和引导学生开展的，不以课堂教学的形式来进行的各种有教育意义的活动。第一课堂是一种课堂教学活动，是根据教学计划、教学大纲、教科书的规定，严格地将教师的教和学生的学组织起来的双边活动。课堂教学结构是由教师、学生、教材和教学手段所组成的系统。在课堂教学过程中，教师是整个教学活动的组织者、引导者和控制者。学生是教师工作的对象，是教学效果和教学质量的直接体现者。教学手段是联结教师、学生和教材的媒体。在课堂教学中，教师通过教学手段与教材这一中介，有计划、有目的、面对面地引导学生掌握知识技能，培养其智力能力，促进其身心发展。因此，从教师与学生这两个因素的相对关系上讲，教师是教学的主体，学生是教学的客体。当然，从学生与教材这两个因素的关系上讲，学生是主体，教材是客体。第二课堂的结构则不同，它不同时具备教师、学生、教材与教学手段这四个基本因素，它们之间的相互关系与作用也有别于第一课堂。二者最大的区别是第二课堂不是面对面严格地将教师的教与学生的学组织起来，而是学生凭自己的兴趣爱好，自愿参加活动，自愿地学习。他们必须通过自己的实践和切身的体会，通过动脑动手的自我努力才能达到目的，活动的内容和手段都是由学生自己确定和展开的。因而学生是第二课堂完全的主体，作为与教师相对的客体的属性消失了。学校的组织从严格意义上说仅提供条件和进行引导，即使有教师的加入，实质上也只能是扶持帮助，起间接的作用，而决不是起主体作用。第二课堂的结构决定了它具有自主性、实践性、多样性和自愿性的特点。第二课堂拥有的独特结构，必然决定其在培养合格的中学教师时，具有独特的教育功能。

一、知识拓展功能

一名合格的中学教师，要教好功课，必须拓宽知识面，具备合理的知识结构。它包含三个组成部分。第一，未来从教学科的专业知识。教师掌握了基础性的、理论性的、系统性的而又扎实的未来从教学科的专业知识，是教好某个学科知识的前提。一名从教中学某学科的教师，必须具备比该科教材高深得多的知识。同时，因科学技术发展日新月异，教师还必须注意所授学科的发展趋势与研究动态，学习科学上的最新成就。只有这样，才能更进一步了解把握从教学科教材中每一部分的意义、地位，才能居高临下，正确地处理教材、讲授教材。第二，教师职业所需要的教育科学知识，即教育学、心理学、教学法等方面的知识。教育科学知识是教师教好功课、教好学生的工具，只有掌握了它，教师才能从理论上合乎规律地了解自己的教育对象，组织教育和教学过程，把知识和技能有效地传授给学生。第三，一般的科学文化知识。这首先是由教师的职业特点所决定的。任何一个教师，都要对学生全面负责。教师自身在德、智、体、美、劳诸方面都有一定修养，才能对学生在德、智、体、美、劳诸方面提出的问题有所解答，有所示范。其次是由学科知识之间的相互联系性所决定的。因客观物质世界是相互联系的，必然使反映客观物质世界的本质、关系和运动规律的科学也具有相互联系的属性。中学各学科知识之间也是如此，如物理学科的内容常与数学、化学发生联系，语文学科的内容常与历史、地理、政治发生联系，教师要教好从教学科，就必须注意学习相关学科的知识。总之，教师的知识面应该拓宽一点，上至天文地理，下至草木虫鱼，旁及琴棋书画，都应有所涉猎。

一名未来教师合理的知识结构的形成，第一课堂固然起着极重要的作用，特别是专业知识的学习，但第一课堂不是唯一的途径，必须靠第二课堂的配合。第二课堂在拓展学生知识面上有它独特的作用。

（一）在拓展学生知识面上，第二课堂具有更大的容量

班级授课的第一课堂，是按照某一专业的教学计划，保证学生能够掌握某个学科领域中基本的、系统化的知识，在专业的训练上达到一定深度。第二课堂则不同，一是它不受教学大纲的束缚，容纳包括教育学科在内的丰富的学科内容。例如，绍兴师专在开展第二课堂活动中，曾先后开设过文理知识渗透系列讲座，文学名著欣赏、书法艺术欣赏及音乐欣赏讲座，美术字培训、美工设计培训，医学保健讲座，中学团队工作理论班等，使学生学到了在第一课堂无法学到的知识。正如绍兴师专

一位毕业生所说:"在师专的两年,除学好专业知识外,我认为自己最大的收获,就是在第二课堂中实实在在学到了一点东西。这在有些人看来或许是不务正业,然而事实证明,到了实际工作中,这方面知识大为有用。"二是第二课堂能够迅速地向学生传播科学前沿的最新信息。为保证教学的质量和教学内容的系统性,各个学科领域中的新发现、新观点、新成果必须经过一段时间,才能以比较成熟的理论形态和严谨的体系纳入专业教科书。因此,课堂教学的内容往往相较科学技术的发展有一定滞后性。在第二课堂中,由于教和学都不受教学大纲的限制,可以通过各种报告会、专题讲座、社团,把各个学科领域中的最新发现与研究动态迅速地传播给学生,这对于学生拓宽视野、启发思维,激发其科学研究的兴趣,都有极其重要的影响。绍兴师专的学生鲁迅研究社、中学共青团工作研究室、绍兴地方史研究室之所以能在学生中有较大的影响,主要是因为它们具有上述独特的功能。

(二)第二课堂能使学生获得丰富而生动的感性知识

第一课堂所传授的知识绝大部分是理论知识。第二课堂固然也传授理论知识,但它的一个显著特点是开展丰富多彩、灵活多样的实践活动。诸如社会考察、为社会提供咨询服务、充当中学见习班主任等,学生从这些实践活动中能够获得大量的感性知识。不仅学到许多书本上没有的东西,而且为丰富和深化已经掌握的理论知识及第一课堂的进一步学习提供了基础。如去年寒假,绍兴师专团委开展了"中学共青团建设"征文活动。许多同学在对中学共青团工作深入调查的基础上,运用马克思列宁主义基本原理与中学共青团工作规律,多方面深层次地研究了当今中学共青团工作现状。如政教系一同学对中学团干部的素质要求、中学生团校模式、新时期学校共青团工作指导思想三个方面进行了研究,分别写出三篇专题论文。这项征文活动,不仅有助于进一步搞好绍兴师专团干培训工作和对中学共青团的研究工作，而且有助于学生对中学共青团工作有一个基本的认识，为将来担任中学团干部作理论上与思想上的准备。

二、能力训练功能

一名合格的中学教师，必须注重能力训练，形成合理的才能结构。它主要包括几个方面：一是逻辑思维能力，是指在对教育内容进行有意识的加工时，思路清晰、条理分明、逻辑合理。这是当好一名合格教师的基本条件。二是口头表达能力。口头表达对于教师来说，是借以传递知识信息的载体。三是组织管理能力，是指观察和分析学生情况，管理班级、组织学生和教学活动的能力。四是人际交往能力，是指一个人在与周围的人的共同相处中，善于处理自己与他人的相互关系，赢得他人好感，有利于开展工作的能力。对于教师来说，主要指处理好自己同领导、同事和学生及社会上其他人的人际关系。

以班级授课形式进行的课堂教学活动，是培养学生能力的一条重要途径，但不是唯一的途径。加强实践性的教学环节等也对培养学生的能力起着极大的作用。而要使学生的能力符合中学教师的要求，除充分利用第一课堂外，还必须发挥第二课堂独特的能力训练功能。

（一）第二课堂有助于培养逻辑思维能力

一是第二课堂能够形成激发学生进行积极思维的问题情境。所谓问题情境，是指在学习的过程中出现了已经掌握的知识和手段不足以应对的情境。这种情境引起学生主动思考和探索。学生在第二课堂中面临的问题情境是多样的，有助于学生形成勤于思考的习惯。二是第二课堂通过思维交流，培养思维的逻辑性与深刻性。进行思维交流，是发展思维的逻辑性和深刻性的重要手段。维纳之所以能创立"控制论"，在很大程度上得益于哈佛大学餐厅里的"餐桌聚会"。第二课堂有利于教师与学生、学生与学生之间的讨论，例如各种类型的学术报告会、讨论会、读书会等，为思维的交流撞击提供了机会。

（二）第二课堂有助于培养口头表达能力

语言是思维的"外壳"，思维是语言的"内核"。一个人要对别人说出自己的思想，就必须很好地组织语言；一个人要有意识地、连贯地把一个一个的观点和推论表述出来，他就必须注意概念、判断、推理的逻辑严谨性。当用语言把某种思想表述得越完整时，这种思想本身也越严谨。此外，口头表达能力还表现为讲话抑扬顿挫，吐字清晰、音质悦耳、口齿伶俐、富有表情等技能技巧。这些技能技巧在第一课堂里，由于学生缺少表达机会，往往是难以培养的。但是，在第二课堂里，由于学生的主体地位得到了完全的确立，而活动又是分散的，口头表达的机会就多了。有些第二课堂活动，甚至可以专门为练习口头表达而展开。如绍兴师专开设的演讲协会、话剧团、口才技巧班，走上讲台"三分钟"演讲系列活动等。参加这些活动的同学在语言表达方面明显优于其他同学，具体表现在：讲话连贯性、逻辑性强，语法完整、抑扬顿挫、生动有趣。

（三）第二课堂有助于培养组织管理能力和人际交往能力

组织管理能力和人际交往能力的培养，仅靠第一课堂是不能完成的。而通过第二课堂不仅能为学生提供丰富的社会活动内容和广阔的人际交往空间，还能突破班级、年级、专业的限制，拆除学校与社会的"围墙"。如此开展的各种活动，因是学生自己组织实施，这就为锻炼他们的社会活动能力创造了条件。

三、情操陶冶功能

作为一名合格的中学教师，必须具有高尚的情操，这是由教师职业特点所决定的。教师不仅是社会的一名成员，更为重要的是一个"教育者"，具有人格示范的职能，对学生起着潜移默化的作用。一名合格的中学教师所应具备的情操，首先是具有坚定正确的政治方向，热爱自己的职业。这意味着人民教师对国家、民族和人民具有高度的责任感。其次是精神世界充实高尚。第二课堂对教师情操的陶冶具有独特的作用。

（一）第二课堂能陶冶学生的思想情感

对学生进行师德教育，培养高尚的思想情感是高师思想政治教育的重要内容。教师的情感具体体现在对祖国的热爱，对人民的热爱，对学生的热爱，这些情感的培养离不开一定的情境。而在课堂教学中，学生是在教师的指导下，按照教科书的规定，以学习知识、发展智能为主，尽管从理论上讲，课堂教学具有教育性，但在课堂教学中很少或很难设计能培养情感的情境，故很难引起学生的情感体验。让学生阅读优秀教师传记之类的书籍，尽管有可能引起学生的情感体验，但因缺少现实情境，往往使情感体验不够深刻。而第二课堂却为教师情操的培养提供了情境。如学生走出校门，开展社会考察与社会实践活动。1990年暑期，绍兴师专几名学生去绍兴农村调查，在两周时间里走访了好几家乡镇和上百户农家。村民们向他们叙说了实行生产责任制以后出现的大好形势：粮食生产年年丰收，公共设施逐年完善，乡镇企业逐步走上正规化轨道，农民存款逐年增加。实地的调查使这几名同学深受鼓舞，他们确信党的十一届三中全会以来的政策是合乎国情、顺乎民心的，社会主义的中国是大有前途的。另有部分同学参加工厂劳动，和工人同吃、同住、同操作，虚心求教，学到了许多书本上无法学到的知识，真正与工人打成一片，加深了对工人的理解，增强了与工人的感情。又如让学生走出校门，尽早接触教育工作。有位学生通过长期担任后进学生的家庭教师，付出了辛勤的汗水，终于使自己所辅导的学生学业大有长进，从中得到了许多启示。他在总结感受时说："没有教不好的学生，只有不会教的老师，教师只有真心诚意地热爱学生，才能精心地培育学生、教好学生。"总之，第二课堂在为教师情感培养提供情境的基础上，让学生在理论与实践的结合中，自己去体验情感，启迪、陶冶情操。

（二）第二课堂通过知识的传授，为学生提供丰富的精神食粮

知识除作为改造客观世界的工具外，还具有使人享受人类精神文明的财富、丰富和发展精神世界之功能。事实证明，学生许多知识的获得是依靠第二课堂的。比如，学生对文学艺术中的名作珍品欣赏知识的获得、摄影技术的获得、各种体育竞技和娱乐知识的获得等，都来自第二课堂。比如，组织创造美与欣赏美的活动、化妆艺术讲座活动、手工工艺作品参展活动、书画展览活动等，所有这些活动都起着上述种种陶冶情操、丰富精神生活的作用。

第二课堂作为一种重要的教育和教学的组织形式，在培养合格的中学教师中，具有拓展知识、训练能力、陶冶情操的教育功能。但必须指出，这三大功能并不只有第二课堂才具备，其中有的功能也为第一课堂所具备；而第二课堂的功能也并不仅仅是第一课堂某些功能的简单延伸，它更具有自己的特点与优势。

（该文载于《绍兴师专学报》1991年第2期）

师专教育面临的一个新课题

——浅谈如何为中学培养合格的团干部

众所周知，师专教育的出发点和归宿点全在于为初级中学培养合格的师资，就目前看，中学共青团的工作主要是由刚走出师专校门或从教不久的青年教师来承担的。故此，师专教育应当对造就和提高在校学生的共青团干部相关素质有所重视。

一

现阶段，师专为中学培养合格的团干部的任务是由其培养目标、中学共青团工作的地位及现状所决定的。

首先，这是由师专的培养目标决定的。师专办学的目标是培养"合格的初中教师"。从"合格的初中教师"规格看，应包括师德、师识、师才、师艺四个方面；从它的组成看，包含合格的初中语文、政治、历史、英语、数学、物理、化学等专业教师。目前，中学团干部往往是由这些专业教师兼任，所以，可以认为中学团干部也是初中教师的一个重要组

干事与求是

成部分。今年初，我对绍兴师专87届8个毕业班中的政教、化学两班进行调查，调查结果显示约有30%毕业生"曾经搞过共青团工作或正在从事共青团工作"。这说明师专中的每个年段至少可组成一定规模的"中学共青团工作理论与实践"班，以培养既能胜任专业教学又能兼任中学共青团工作的教师。

其次，这是由中学共青团工作的重要性决定的。其一，中学共青团工作是整个共青团工作的基础。中学生在中学受教育的质量，直接影响各行各业青年的政治、思想、文化素质与劳动技能。由于共青团员年龄段的下限刚好与中学生年龄段相符，中学团组织肩负着为相应共青团组织输送合格团员的重任。同时，中学也是培养和造就企业、农村、部队、高校等各条战线的团干部的学校。中学团组织对中学生团员教育是否成功，直接影响着整个共青团干部队伍的素质和工作水平。其二，中学共青团工作是整个共青团工作的战略重点。人才学认为中学时代是人的一生中接受教育的黄金时期。团组织不失时机地进行正面教育和正确引导，对中学生形成正确的世界观、人生观，能产生事半功倍的效果。中学团组织在中学生中享有较高的威望。中学生往往把入团作为中学时代的奋斗目标。中学团组织如能充分利用这一优势，有声有色地开展教育活动，就能使中学成为共青团发挥作用的最佳场所。反之，中学团组织如坐失良机，就会贻误一批甚至一代青年。目前，高校中团员意识不强，先进性不突出，就跟部分中学团组织没有适时地对中学生团员进行有效的思想政治教育有关。故要从根本上解除高校共青团工作的困惑，改变农村团组织松散瘫软的现状，就得着眼于中学，从中学共青团工作这一重点抓起。其三，中学共青团工作是中学整体教育的重要组成部分。中学团组织在学校全面贯彻党的教育方针、培养"四有"的无产阶级革命事业接班人与建设者过程中，发挥着不可替代的作用。

最后，这是由中学共青团工作的现状决定的。近年来，中学团组织为提高中学生团员的素质特别是政治素质作出了积极的努力，在中学的学生工作中发挥着不可替代的作用。但中学共青团工作的现状还不能令人满意。据去年省、市、县有关团组织对绍兴市中学共青团工作的调查，存在的主要问题有：一是部分中学特别是乡镇中学的团员发展工作不正常。有所乡镇中学一学年中没有发展过一名新团员，也无团支部，仅任命一位教师兼任团支书。有些中学存在着毕业前突击发展团员的现象，甚至对预测能考取高中、中专、大学的同学才发展，以此作为入团标准。在这一过程中，忽视入团前的教育，导致团员素质"先天不足"。二是团员意识差。调查表明大约有2/5的团员对团组织的性质缺乏了解和正确的认识。不少团员缺乏当团员的光荣感与责任感，把自己混同于一名普通的中学生，有不少团员"只是在缴团费时，才意识到自己是名团员"。团员意识差还表现在有相当一部分团员组织观念淡薄。对参加团组织开展的活动，他们并不将其看作对一名共青团员最起码的要求，是应遵守的纪律，而是持有从兴趣出发的自由主义态度。三是团员档案管理不完整。产生上述状况的原因是复杂的，既有历史原因又有现实原因，既有内部原因又有外部原因。各地团组织在中学共青团工作试点的基础上，得出了"配好一名书记，救活一个团组织"的经验。从中我们也不难得出这样一个启示：中学团干部队伍现状存在素质偏低、队伍不稳的问题，合格的团干部难以配齐是制约中学共青团工作正常开展的一个重要因素。尽管省一级有专门培养团干部的团校，但它不承担培养中学团干部的任务。同时，中学由于人员编制有限，也不可能设专职团干部，多数是任课教师兼职。因此，师专为中学培养合格的团干部已是责无旁贷，并显得十分迫切。

干事与求是

二

如前所述，师专应当十分重视为中学培养合格的团干部，使他们能基本胜任共青团工作，努力改变目前中学共青团工作现状。而要做到这些，首先必须对合格的中学团干部的培养要求作探讨。

第一，共青团的政治属性决定中学团干部必须具有坚定的革命性。我国的共青团组织从本质上讲不是一般的青年组织，而是以共产主义为思想核心和奋斗目标的先进青年的群众组织；不是松散的群众组织，而是具有严密的组织体系和严格的组织纪律的政治组织；不是独立的政治力量，而是中国共产党的忠实助手和后备军。这一鲜明的政治属性是由共青团的性质与任务决定的，也完全适用于中学共青团组织。因此作为中学团组织骨干的团干部，必须在政治上具有坚定的革命性。

第二，中学团干部的"双重角色"决定其知识结构必须是"π"型。这里的"π"型知识结构指中学团干部需要掌握所教学科与共青团工作理论两门专业的知识和广博的基础知识。中学团干部首先必须胜任某一学科专业教师的角色，这样才能得到师生的尊敬与欢迎，才能有威信与地位，才能有精力从事共青团工作。而这些都是建立在在校刻苦攻读，掌握本专业知识基础上的。在胜任专业教师角色的同时，还必须扮演好共青团工作者的角色。为此，中学团干部必须掌握共青团工作基本理论和方法，成为共青团工作的行家。此外，中学团干部还必须具有广博的基础知识，特别是马列主义理论、教育学、心理学、管理学、美学知识和常用公文的写作知识。

第三，中学团干部必须具有一技之长。中学生带着少年时期的梦想，迈进了青春的门槛。他们渴望从枯燥的课堂、繁重的学习中走出来，在校园文化中陶冶情操、拓展知识、培养能力。他们心目中的团干部不仅是校园文化建设的组织者，同时也是一位多才多艺的实践者。他们渴望友谊，崇尚真才实学，愿意和多才多艺的教师吐真情，谈理想，交朋友。为拓展思想政治工作的辐射面、渗透性与有效性，作为团干部应拥有文娱、体育、演讲、摄影等方面的一技之长。另外，在中学工作的团干部，为尽快打开工作局面，必须首先找准工作的突破口。而这往往跟团干部的"拿手戏"——一技之长有关。团干部通过"拿手戏"的运用去吸引一批有共同兴趣爱好的人，然后，以此作为"根据地"，开辟"游击区"，去带动影响更大范围内的同学，增强自己的号召力，使大家心往一处想，劲往一处使，不断拓展工作领域，使共青团的工作充满生机与活力。

第四，中学团干部必须具有较强的能力。开展活动是实现共青团所担负的团结教育青年任务的基本途径。为保证各项活动的顺利开展，中学团干部必须具备的能力有：一是组织领导能力。主要指号召力与设计活动的能力。号召力主要体现为在团员青年中有威信，能带动和影响青年。设计活动的能力主要是指活动的功能设计、内容设计及形式设计三方面的综合能力。二是协调人际关系的能力。共青团的工作战线长、面广、配合多，团干部要学会同各方面的人打交道，做到相互协调、相互支持，使工作有一个良好的外部环境。三是创新能力。主要是指创造新的设想、提出新的见解、开拓新的领域的能力。团干部要使工作有所创造，必须注重创造性思维的培养。在实际工作中要注重工作经验和有价值的资料的积累，对积累的各种素材进行综合分析，结合具体情况充实和发展有自身特色的工作。

三

培养目标的规格要靠有效的途径去实现，师专培养合格的中学团干部的途径主要有两个。

第一，开设"中学共青团工作理论与实践"课程，提高在校学生做团干部的素质。为保证课程的质量，应当把握五个环节：

一是注重素质，把好招生关。在全校同一年段中挑选一批素质较好，又自愿从事共青团工作的学生作为这一课程的学员，学员既可从一年级学生中招，也可从三年级学生中招。一年级开设的课程属选修课的性质，上课形式跟美术等选修课类似；三年级开设的课程则属专业副修制的性质。二是课程设置要精练实用。可开设三门子课程，即"中学共青团工作理论与方法""艺术欣赏与实践""中学团干部的技能"。三是加强师资队伍建设，保证教学质量。该课程的教师主要可由校内公共课教师、艺术教师、专职团干部及当地优秀团干部特别是优秀中学团干部组成。同时，可逐步引进中国青年政治学院的优秀毕业生。四是建立实习基地，培养实际工作的能力。除平常有意识地让学员多参与校、系、班所组织的团活动外，更要注重实习基地的建设。可在当地教委与团组织的支持下，在附近的中学建立实习基地，让学员实习锻炼。实习形式可注重长期兼任与短期专职相结合。对实习成绩的评定也要注重两方面的综合。五是改革分配办法，学用一致。建议毕业后拟担任中学团干部的学员，由目前的分配以当地教委一家为主变为以当地教委与当地团组织两家为主，或由现在正在组建的当地教委团委为主，以便能更好地体现因人制宜、择优录用。

第二，开设"中学团干部培训班"，提高在职中学团干部的素质。为尽快从根本上改变目前中学团干部素质偏低的现状，除提高部分在校生做团干部的素质外，还必须注重对在职中学团干部的培训。可通过两种形式进行培训：一是根据在职中学团干部分布广、数量多、工作忙的实际，又为节省时间与经费，可采用函授教学的方法培训。二是按照平常预训、集中培训与追踪培训的步骤分步实施，以便提高培训质量。

可以相信，只要有关部门认识统一、政策得当、步骤稳妥、措施有力，师专就一定能培养出一批批合格的中学团干部，中学共青团工作也一定能出现更加生机勃勃的局面。

（该文载于《中国青年政治学院学报》1992年第5期）

干事与求是

一条城市精神文明建设的成功之路

——浙江省绍兴市创建文明城市活动的调查与启示

有着鲜明江南风光特色和深厚文化底蕴的古城绍兴，是国务院首批公布的历史文化名城之一，也是长江三角洲南翼重点城市。改革开放以来特别是"八五"时期以来，绍兴市委、市政府始终坚持"两手抓，两手都要硬"的方针，有力地推动了当地"两个文明"建设的协调发展。1993年绍兴市实现国内生产总值200.77亿元，跨入全国40强城市行列，1995年国内生产总值达411.21亿元，提前9年实现翻一番的战略目标。综合经济实力明显增强，在浙江省11个市（地）中，仅次于杭州、宁波名列第三。与此同时，绍兴市的精神文明建设也跃上了新台阶。在浙江省第一、第二轮创建文明城市竞赛活动中分别取得了综合优胜第二名、第一名的好成绩。更为重要的是，绍兴通过创建文明城市活动这一有效载体，虚功实做，开始走出了一条城市精神文明建设的成功之路。

一、主要做法

在改革开放和发展市场经济的新形势下，怎样生动活泼、扎实有效地开展精神文明建设活动，是个需要积极探索的时代性课题。从1991年开始，绍兴市根据省里的部署，认真组织开展以提高市民素质和城市文明程度为目标，以思想道德教育、优质服务、优美环境、优良秩序、文明单位建设等为主要内容的创建文明城市活动，并以此作为领导和推动整个精神文明建设的基本抓手和载体。5年多来，绍兴把创建文明城市活动作为重点工程，真抓实干，不断深化认识，充实内容，完善方式和办法，使其逐步走上了规范化轨道。该市创建文明城市活动的主要做法有：

（一）加强领导，齐抓共营

一是健全组织机构。成立了以市委书记、市长为主任，全体市委常委、副市长，人大、政协主要领导为副主任，60多个市级部门和各县（市、区）主要领导为成员的市精神文明建设委员会。根据创建文明城市的具体内容，还成立了7个专业组，将市级各部门按工作职责列入各专业组，每个专业组由一名常委或副市长任组长。各部门、单位和各县（市、区）也相继成立了相应的领导班子和组织机构。二是建立书记、市长总抓，分管书记、市长具体抓，常委、副市长分线抓的领导工作机制。三是层层落实责任制。市委、市政府分别与各个专业组、各县（市、区）签订责任书，各专业组把创建任务层层分解，最后落到基层，责任到人，同时把创建活动列入干部岗位目标考核内容。

（二）突出教育，注重管理

在教育上，主要突出三个重点。一是突出干部的思想政治教育。在全市机关中广泛开展"让人民高兴、让人民放心"为主题的干部思想政治教育活动，教育党员干部牢固树立宗旨意识和公仆意识。二是突出市民的文明素质教育。在创建活动中，该市率先在全省开展了市民守则教育，进而又重点抓了市民行为规范教育，相继制定了市民行为"七不"规范和各项规章，并把市民守则教育与城市管理法规、法制教育结合起来。三是突出青少年的教育。根据青少年的特点和绍兴丰厚历史文化资源，重点加强爱国主义教育和文明行为习惯养成教育。经过长期探索，绍兴市逐步形成了拥有少年法律学校、少年军校等10大块教育阵地和德育教育讲师团、法制教育讲师团等7支队伍的社区教育网络，在巩固学校教育成果，弥补学校教育不足方面，发挥了独特的积极作用。5年来，绍兴市区在校中小学生没有发生过一起严重罪错，社区教育功不可没。绍兴市既重视教育，也重视管理。从建立健全法规入手，先后出台实施了67部有关城市管理的规范性文件，基本涵盖了城市建设与管理的方方面面。今年该市又郑重作出依法治市的重要决策。为加强管理执法力度，市区已建立起了一支由专管和协管相结合的1000多人组成的城市管理队伍及多支专业监管队伍。

（三）加大投入，改善设施

绍兴市在确保政府逐年增加投入和集中力量办大事的基础上，解放思想，大胆改革，加强政策引导，动员社会力量，建立了多渠道筹措资金的机制，较快地改善了精神文明建设的硬件设施。近年来，绍兴市区先后建成了绍兴历史博物馆、投资6300万元的体育中心一期工程、具有全省一流水准的儿童公园和江南游乐城，首期工程投资12800万元的绍兴文理学院正在建设之中，投资9000万元的广电中心即将竣工，投资2000万元的一期排污工程已经投入使用。此外，还新建了6座集装箱式垃圾中转站和5个排灌翻水站，建成了一批大型商厦和农贸市场。所有这些，都为创建文明城市提供了良好的"硬件环境"。

（四）精心组织，广泛发动

创建活动是群众性的活动，是一个动态过程，既要常抓不懈，又要高潮迭起。这就需要经常性、多角度地开展活动，吸引群众广泛参与，不断取得阶段性成果，促进创建活动向纵深发展。绍兴市的具体做法有：一是围绕中心工作开展活动。去年4月，该市成功地举办了浙江省暨绍兴市各界公祭大禹陵活动，并在祭禹前后广泛开展了"学大禹，爱绍兴，创大业"为主题的爱国主义教育，受到了中央领导同志的肯定和社会各界的广泛好评。今年，又组织开展了"看'八五'干'九五'，奔向新世纪"宣传教育活动，并取得了良好的效果。二是围绕创建目标开展活动。绍兴的创建活动，每阶段都有明确的目标。例如为争创国家卫生城市，几年来，连续开展了一系列整治活动，在整治市容市貌方面取得了显著成效。三是围绕为民办实事开展活动。绍兴市区河道纵横交叉、星罗棋布。近年来河道淤积较多，影响了通航和沿河居民的生活。为此，每年夏季市里都组织机关干部义务疏浚河道。每次挖河，沿河居民纷纷送茶送水，呈现出一幕幕"官民"水乳交融的景象。一些老同志不无感叹地说，这样的场面已经多年不见了。四是注重舆论引导和监督。市区各家新闻单位纷纷开设专题、专栏、专版，积极反映创建中涌现出来的先进事迹，弘扬社会正气，鞭挞不文明行为，督促创建不力者，使新闻监督成为创建活动的有效推动力。为加大社会宣传力度，每逢重大活动或节日，市区主要街巷挂满宣传横幅，并充分利用黑板报、宣传窗等工具，向市民进行广泛深入的宣传，使创建氛围长盛不衰，形成了人人了解、关心、参与创建活动的可喜局面。

（五）积极探索，建立机制

除健全领导组织机制外，还逐步形成了一整套创建文明城市活动的工作运行机制。一是持续发展机制。分别制定了《绍兴市社会主义精神

干事与求是

文明建设规划》《绍兴市依法治市规划》，确立中长期发展思路和目标。并先后提出在全省创建文明城市竞赛中"争一保二"和"争创国家卫生城市，建设一流城市文明"的阶段性奋斗目标。同时做到每年有计划，即年初有动员、有布置，平时有检查、有反馈，年终有考核、有总结。二是区域共建机制。即实行条块结合、条包块管，谁主管、谁负责的区域共建管理体制。在实际操作中着重从两个层面展开。宏观层面上，市委、市政府着重协调市、县、区、部队携手共建，形成合力；微观层面上，采用重点突破，整体推进的方法。从火车站、汽车站等公共场所入手，逐步拓展到居民小区。对一些难点问题的整治要求各部门齐抓共管，通力合作。比如为彻底改变城区夜市散、乱、脏状况，他们改变以往职能部门各自单独作战的方式，成立了由工商、公安、卫生、财税、商业、城管等部门组成的夜市综治办，进行综合整治，基本达到"统一划行归市，统一亮证经营，统一明码标价"的要求，使夜市面貌焕然一新，受到群众交口称赞。三是督查机制。由市人大、政协成立督查组，负责对各专业组、部门、系统创建工作的检查督促；由市区各新闻单位的精兵强将组成新闻采访组，在表扬先进的同时，对市区脏、乱、差现象和创建工作不力的单位进行批评曝光；以街道居委会干部为主的群众监督队伍，随时检举那些不文明的人和事。四是考核激励机制。绍兴市制定了市级机关精神文明建设百分考核制，把考核情况与评估单位的工作、干部的奖惩和任免直接挂钩，对创建活动中涌现出来的先进集体和个人予以表彰，对严重失职、问题较多的部门和单位予以批评并追究领导责任。

二、成功之处

绍兴市创建文明城市活动时间不长，但其积极作用日益显现，特别是在促进精神文明由虚变实、虚功实做方面，成效更为显著。我们欣欣鼓舞地感受到了这种可喜的变化。

（一）提高了市民素质

绍兴撤地建市后，由于原来的居民城市意识较为淡薄，加上大批农民进城成为新的居民，市民素质发展明显滞后。通过几年的文明城市创建活动，市民的文明素质有了较大的提高。一是良好的道德风尚正在形成，社会公德、职业道德和家庭美德的内在要求逐步成为市民的行为准则。两年前绍兴在市区主要街道安装的数十只"黄帽子"磁卡电话亭，虽使用者不计其数，但至今仍完好无损。每到炎热的夏天，大街小巷就会出现众多免费供应凉茶的茶摊。农贸市场里文明经商、优质服务、让利于民的共产党员/共青团员示范柜，自觉遵守职业道德，呈现出良好的经营作风。二是市民遵纪守法意识明显增强。为了使市民能更文明安全地欢度节日，1994年11月市里决定在市区禁售禁放烟花爆竹。此外，如禁止拖拉机进城、市区主要街道禁鸣喇叭、市区主要街道和居民小区实行垃圾袋装化等决定，也都得到了广大居民的热情支持并落到实处。三是主人翁意识不断强化，"知我绍兴，爱我绍兴，兴我绍兴"已成为市民的自觉意识。广大市民能以主人翁的姿态，主动出谋划策，积极参与创建活动。为确定三轮创建活动的目标口号，市文明办在《绍兴日报》上开展征集活动，不到1个月就收到了1000余条目标口号，其中有的出自年逾古稀的老人，有的出自幼儿园的稚童。

（二）优化了市容环境

绍兴市在切实抓好以提高人的文明素质为核心的软环境建设的同时，投入巨资拓宽道路，疏浚河道，完善公用设施，千方百计改善市容环境，以提高城市文明程度。如投资1.5亿元建造了全省最大的三层半互通式城市立交桥，在市中心辟出一条长约5千米、宽50米的中兴路，使市区与杭甬高速公路顺利接轨；在全省第一个建成G3移动通信网；实施"蓝天碧水绿地"工程等，使城市品位和投资硬环境有了较大的改善。1992年，绍兴市成为首批中国投资硬环境40优城市。应邀出席祭禹活动的7位外国驻沪领事到绍兴后称赞说："想不到杭州边上还有一个这么漂亮的城市。"创建文明城市活动的重要成果之一，是市民的生活环境得到了明显改善。这突出表现在以下三个方面：一是居民有了安全感。绍兴的治安状况良好，在全省第二轮创建评比中获得社会治安第一名，市民安居乐业。二是居民有了整洁感。通过一系列的整治活动，建成灭蟑、灭鼠、灭蝇省级先进城区，并于1992年、1995年被评为全国卫生城市，市区的环境卫生状况大为改善。保障了居民的健康。三是居民有了舒适感。连续几年开展的"文明在绍兴，满意给市民"的优质服务竞赛活动，推动了市区服务质量的提高，市民也因此多了几分放心、称心和舒心。

（三）凝聚了人心

绍兴市的创建活动始终立足于民，实实在在地为市民办实事，使市民切身感受到创建文明城市给自己带来的益处。一方面，创建活动得到了广大市民的认同和积极参与，进而大大增强创建工作的群众基础。如1993年提出创建灭鼠先进城区，1994年提出创建灭蟑先进城区，到1995年提出争创灭蝇先进城区，尽管要求一个比一个高，难度一个比一个大，但经过市民的团结奋斗，最终都得以实现。另一方面，在创建活动中提高了党和政府的威信，也激发了广大市民振兴古城绍兴的历史责任感和紧迫感。正如许多市民所说的，"从灭鼠到灭蝇可以看出，只要是市委、市政府看准的，下决心要做的事，没有一件事是做不成功的"。"经济为中心，样样争先进"，这是市委、市政府的要求，也是全市人民的斗志。通过一轮、二轮的创建，全市上下形成了"心往一处想，劲往一处使"的社会氛围和自加压力、团结拼搏、奋勇争先、蓬勃向上的精神状态。事实上，创建文明城市活动同时也成为触角最广、影响最大、效果最好的"凝聚力工程"。

创建活动不仅有力地推进了绍兴市的精神文明建设，更为重要的是，绍兴市通过创建文明城市活动初步走出了一条城市精神文明建设的成功之路。从内容上看，创建活动立足于民，容量大，有利于形成齐抓共管的机制和群众性精神文明建设的格局。创建文明城市活动涵盖了精神文明建设的方方面面，涉及社会的各行各业和千家万户。因此，它客观上要求强化领导、加强协调，把各行各业组织起来，实行"条块结合，条包块管"的齐抓共管机制。创建活动不仅面广量大，而且具体实在，可以说，跟群众的生活息息相关。如行业风气、"窗口"服务、城市环境卫生和社会治安等问题，都是群众关心的热点问题。这样，创建工作就有了群众基础，就能吸引群众广泛参与，从而真正走出一条依靠群众建设精神文明的新路子。

从组织形式上看，创建文明城市采用动态的竞赛方法，把市场经济的竞争机制引入精神文明建设领域，有利于形成常抓不懈，进而逐步走向规范化、制度化的路子。绍兴市5年多的创建实践表明，创建活动中的竞赛机制，犹如一支强"催化剂"，把各个城镇和部门蕴含着的能量激发了出来，形成了你追我赶、一浪高过一浪的精神文明建设热潮。绍兴各地、各城镇的精神文明建设也因此进入了一个新的阶段，即从主要靠外力推动转为广大干部群众的自觉行动和经常性活动。同时，创建活动的竞争机制要求竞赛必须科学、公平、可行、规范。为此，绍兴市委、市政府要求各地各部门努力做到赛前有明确的内容、合理的分值，赛中有经常性的检查、反馈、指导，赛后有严格的考核、公正的评比、科学的总结。这一系列规范化的操作程序，有力地促使创建活动逐步走上规范化、法治化的轨道。对此，绍兴的一位市领导深有感触地说，第一轮创建时，他们主要靠搞突击，当时经常性工作与突击性行动的比重大致是四六开，到了第二轮创建时，两者的比重恰好翻了个身，经常性工作超过了突击性行动；现在"搞突击"在创建活动中的比重更小了，城市文明建设真正开始走上了一条制度化、规范化管理的道路。

从机制职能上看，创建活动体现了"市管县"的体制特点，具有较强的辐射力，是社会主义市场经济条件下精神文明建设的有效载体。精神文明建设纷繁复杂、千头万绪，而创建文明城市活动，选择城市为突破口，也就牵住了精神文明建设的"牛鼻子"，有事半功倍之效。中心城市是展现一个地区形象的窗口，又是整个地区精神文明的辐射源。因此，绍兴市十分注重发挥中心城市在精神文明建设中的辐射功能，他们除积极参加全省创建文明城市竞赛活动外，还组织开展了所辖县（市）参加的全市创建文明城镇竞赛活动，各县（市）也组织所属各乡（镇）之间的竞赛活动，从而形成了以创建活动为抓手，"城市带动集镇，集镇辐射农村"的多层次创建联动互带网络，使相对薄弱的农村精神文明建设状况有了较大的改观，初步形成了城乡精神文明建设协调发展、整体推进的新格局。

三、几点启示

绍兴市创建文明城市的成功实践，给我们以许多有益的启示。

启示之一，要积极探索新形势下精神文明建设的新路子。在新的历史时期，社会主义精神文明建设面临许多新情况、新问题，需要我们解放思想、大胆实践，积极探索在改革开放和社会主义市场经济条件下搞好精神文明建设的新思路、新办法。20世纪90年代初，浙江省委、省政府根据当时改革开放和经济发展的客观进程，较早地认识到城市精神文明建设的重要性，决定用新的载体、新的形式开展新时期精神文明建设，并确定了以城市文明建设为重点，以城市带动城镇、以城镇辐射农村，城乡一体共建精神文明的基本思路。绍兴创建文明城市的经验证明，这一新思路是切合实际的，创建活动是新形势下开展群众性精神文明建设的有效载体。此外，从群众性精神文明建设活动本身看，要达到提高广大人民群众的思想道德和科学文化素质这个根本目的，还需要作不懈的努力，这是一种"长线产品"。然而我们不可因其"长"而失去信心，也不可因其重要而"毕其功于一役"，必须高瞻远瞩，将其作为长期的战略任务，继续扎扎实实开展创建文明城市活动，并认真总结实践经验，探索新的实践办法，使之更加充实和完善，不断向新的广度和深度进军，从而把城乡精神文明建设推向一个新阶段。

启示之二，领导干部抓精神文明建设工作的力度，取决于他们思想认识的高度。党政领导干部要以高度的历史责任感重视精神文明建设。绍兴市文明城市创建活动之所以能持之以恒、取得实效，客观上有全省创建小气候的烘托，同时与该市党政领导干部对创建文明城市活动有一个宏观的、理性的认识是密不可分的。他们认为，搞好精神文明建设，抓好创建一流文明城市，一是振兴民族精神的需要。绍兴是全国首批24个历史文化名城之一。现在，建设一流现代文明城市的责任历史地落到了我们这一代人肩上。努力把绍兴建设成为"两个文明"协调发展的现代化城市，我们才会无愧于先人、无愧于子孙。二是体现了党全心全意为人民服务的宗旨。创建文明城市，为群众办实事、好事是造福人民，功在当代、利在千秋的大事，是新时期全心全意为人民服务宗旨的生动

干事与求是

体现，也是共产党人应承担的时代责任。三是促进经济社会可持续发展的需要。绍兴作为全国经济比较发达的地区，人口、资源、环境等因素的制约越来越突出。通过创建文明城市来切实加强精神文明建设，提高市民素质和城市文明水平，促进绍兴经济社会的协调发展，这是时代的需要，是遵循客观规律建设中国特色社会主义的生动体现。正是基于这样一些认识，绍兴市领导能正确把握精神文明建设与经济建设的关系，摆正精神文明建设的位置，使它既"到位"又不"越位"，积极推动各级各部门形成了分工协作、齐抓共管的精神文明建设的工作格局，而且自己率先垂范、以身作则，一级做给一级看、一级带着一级干，有效地促进了各级各部门的精神文明建设。

启示之三，要建立切合实际的立足群众、依靠群众、重在提高群众素质的工作思路。群众中蕴藏着建设社会主义精神文明的极大热情，问题在于我们如何去调动、激发和正确引导这种积极性。精神文明建设要避免"空对空"，一定要从群众最关心的问题做起，把建设目标、任务、活动同解决群众的困难、关心群众的利益结合起来。绍兴市在创建文明城市活动中把群众关心的热点当作精神文明建设的重点来抓。例如下力气开展反窃车、打假治劣等活动，解决居民小区粪池外溢等"老大难"问题，使群众切身感受到创建文明城市不是在搞形式主义，而是确确实实在为群众办实事。在此基础上，要通过有效的活动载体，由浅入深、由易到难地把全市各个方面、各个层次的群众都组织吸引到精神文明建设中来，从而最大限度地调动人民群众中所蕴藏着的巨大积极性，使精神文明建设活动从政府行为逐渐变为群众的自觉行动，真正走一条依靠群众创建文明城市之路。同时，让群众在参与中接受教育，在参与中提高自身素质，使精神文明建设活动真正成为群众性的自我教育、自我完善和改造社会的伟大创造活动。

　　绍兴市在探索城市精神文明建设之路的实践中，取得了可喜成绩，积累了一些经验。然而，绍兴市委、市政府并不满足于已有成绩，而是站在世纪之交的战略高度，决心在建设以历史文化和山水风光为特色的国际旅游城市的更高层次上，以更大的工作力度，把群众性精神文明创建活动从城市推向农村、推向更广阔的区域，在建设中国特色社会主义的历史进程中，谱写出更加光彩夺目的新篇章。

（该文载于《浙江日报》1996 年 10 月 21 日）

市场经济体制下乡镇领导干部
科学思维方式的构建

党的十四届三中全会明确指出，要在20世纪末初步建立起社会主义市场经济体制。从计划经济到市场经济是一场深刻的社会变革。作为乡镇领导干部，要在工作实践中积极探索，大胆试验，主动地与社会主义市场经济接轨。但从乡镇领导干部的现状，特别是从他们的思想观念与思维方式看，当前，乡镇领导干部更需要的是解放思想、实事求是、转变观念，重新审视与调整自己在计划经济体制下所形成的思想观念与思维方式，扬长补短，摒弃一些陈旧落后的思维方式，构建起与社会主义市场经济相适应的科学思维方式，以推动与促进社会主义市场经济体制的顺利建立。

一、突破狭隘的封闭意识，树立开放的思维方式

由于历史的原因与计划经济体制，在封闭的社会背景下，乡镇领导干部的思维方式长期以来被限制在狭小的天地里，交往和交流活动较少，

缺乏横向联系和信息反馈，形成了闭塞狭窄、缺乏广阔时空视野的封闭性思维方法。显然，这种封闭式的思维方式，是和社会主义市场经济不相适应的。因为市场经济是开放型经济，它要求打破任何形式的垄断、封锁，实行地区间、部门间的相互开放。首先，市场的地域是开放的。不仅在国内要打破条块界限，形成多层次、多渠道、全方位的开放格局，而且要积极开拓国际市场，发展外向型经济，实现与国际市场接轨。其次，资金、资源的利用是开放的。不仅要发掘国内资金和资源，而且要完善投资环境，采取更加灵活的方式吸引外商投资。最后，技术和管理机制等也是开放的。技术无地域界限，让人类创造的一切文明成果为我所用成为共识。这就要求乡镇领导干部顺应时代的浪潮，打破狭隘的封闭意识，树立与社会主义市场经济相适应的开放性思维方式。

在当前，乡镇领导干部要立足国内国际两个市场，拓展开放领域，大力发展开放型经济。具体可从两个层面上展开：第一个层面是要抓住当前经济结构调整与生产要素重组的大好机遇，四面出击，主动向国内市场开放。一是抓好本地的配套工程。要开展多形式、多层次、多要素的配套衔接，通过配套，服务大企业，强化自身，相得益彰。随着市场经济的建立，许多大企业正在改变"大而全"的模式，向专业化、协作化的企业集团方向发展，这就为大力发展配套乡镇企业提供了较大的可能性和空间。乡镇企业要加大技术改造的力度，并不失时机地做好企业的转换机制工作，使企业的产权制度改革向深层次推进。乡镇领导干部要"放手发动、放宽政策、放胆规划"，积极扶持个体、私营企业的发展，推进乡镇企业多种经济成分共同发展的新格局。二是紧紧攀住全国"四大"。全国各地的大企业、大集团、大专院校、大科研单位是一个巨大的"百宝箱"，拥有众多的项目、资金、技术和人才。乡镇要充分利用改革开放的"大机遇",大开乡门、村门、户门,把乡镇经济"赶"到全国去,千方百计"攀高亲、结远朋、找大树、寻靠山",只要有利于乡镇经济发展与精神文明建设,能"挂靠"什么就"挂靠"什么,能"联"什么就"联"什么,能"引"什么就"引"什么。第二个层面是要多轮驱动,多轨运行,面向国际市场,发展外向型经济。一是外向工作的领域要拓宽。在继续做好港澳台外向型经济工作的同时,要向日本、韩国、新加坡等国以及西欧、北美等地区扩展。"三资"企业的领域要由单纯工业向第一、第三产业扩展,使整个经济的外向度有较大提高。要抓住大幅度调整农业结构,发展外向型农业这个千载难逢的良机,扩大开放,加快发展,积极稳妥地推进土地适度规模经营,兴建农业开发区,打开农业走向国际市场的通道。二是外向工作的视野要开阔。力争做到大中小型项目一起上,技术密集型和劳动密集型项目一起上,合资、合作、独资企业一起上,乡、村、个体企业一起上。三是外向工作的队伍要专业。要千方百计引进和培养一批懂外语、懂国际经贸知识和国际惯例的干部队伍、技术队伍,职工队伍中也要普及相应的外经外贸知识,使外向型经济发展既有深度又有广度。

二、走出肤浅性思维的误区,用深刻的理论思维作指导

乡镇不同于城市亦不同于乡村。它是一个纵横交错的社会系统,是一个组织细胞健全的小社会。社会各个部门的活动,生产各要素的组合和展开,上级行政系统运行功能的实现均在此进行。乡镇工作的社会复合性,使乡镇领导干部同社会实践活动发生极为紧密的联系,使实践性成为乡镇领导干部思维方式的特色与优势。但正由于同社会实践联系紧密,又加上乡镇领导干部工作的具体性、直观性、繁杂性,部分乡镇领导干部的思维带有一定的肤浅性,容易出现两个弊

端：一是长于经验思维而短于理论思维。部分乡镇领导干部的思维过于实际化，常常囿于具体的感性的实际经验之中，对理论思维则比较忽视、生疏和不习惯。二是过多地注重当前和本地区的实践需要，而忽视对长远和全局方面的考虑。部分乡镇领导干部在实际工作中则表现为以下三点：一是"小农思想"。有的甘当"小业主"，满足于"步子不大年年走，成绩不大年年有"的"稳扎稳打"意识。二是"短期"行为。只顾眼前蝇头小利，急于求成，急功近利。三是等待依赖思想。有的是强调条件制约，不去扬长避短，坐等"天赐良缘"。显然，社会主义市场经济不需要这种肤浅的思维方式和精神状态，需要的是理论思维的深刻性。领导者思维的深刻性要求能冲破眼前表面现象的束缚，高瞻远瞩地预示事物发展。

作为乡镇领导干部，要有战略思想与长远眼光。要有为后人打下扎实工作基础、增强当地发展后劲的实际行动。当前，应着重考虑三方面的工作：一是培养干部要有战略思想。要从保证"党的基本路线一百年不动摇"的高度，培养跨世纪的德才兼备的青年干部。二是发展经济要有战略思想。发展经济要立足于抓长远发展规划。具体地说，首先必须强化科技与人才意识。要不惜重金求人才，踏破铁鞋觅人才，倾注真情引人才。要真正把经济建设转到依靠科技进步的轨道上来。其次必须强化超前意识。只有这样，才能使经济发展真正上层次、上规模、上效益。三是集镇建设要有战略思想。中国农村集镇化正在迅速向前发展，集镇的地位和作用日益增强，结构和功能日趋多样化。这就要求乡镇领导干部树立战略眼光，要以市场为导向，以集镇为依托，形成大农业、大流通、大市场的新格局，把发展和完善集镇作为发展农村市场经济和实现农村城市化的一个战略举措。在新型集镇建设上应把培育市场作为集镇建设的核心内容，把发展乡镇企业作为集镇建设的基础，应坚持经济开发区、工业小区与集镇建设有机结合，依托集镇搞好经济开发，应注重集镇的基础建设与科学管理。

三、克服单一的思维模式，树立多样性的思维方式

在计划经济体制条件下，我国的领导工作曾形成了比较单一的、固定的领导体制模式。这种模式影响并制约了乡镇领导干部的思维活动。他们的思维方式比较单调，缺乏丰富性与多样性，只强调"一"而忽视"多"，因而形成了刻板雷同的思维方式，在实际领导工作中，往往不善于在对立统一、多样性统一中进行思考，而是拘泥于两极的绝对对立之中，习惯于在非此即彼的、绝对不相容的两极对立中思考问题，好则绝对好，坏则绝对坏，没有任何中间环节和弹性调整的余地，只能做绝对肯定或绝对否定的形而上学的处理。显然，这种单一化、绝对化的领导思维方法，是跟社会主义市场经济体制不相适应的。因为在市场经济条件下，单一的所有制结构将转变为以公有制为主体、多种所有制并存的结构，公有制将呈现出多种格局形式，与此相适应，人们的社会意识必然也是多种多样的；单一的利益格局和分配方式将被多元的利益格局和分配方式所代替；资源的计划配置为主将转变为市场配置为主，与此相适应，投资主体也将呈现多元化。为构建起与社会主义市场经济体制相适应的思维方式，乡镇领导干部的思维方式应由单一化走向多样化，从改革开放的客观实际出发，多方位、多层次、多变量地思考问题，从而建立起对立统一、多样性统一的思维方式。当前，乡镇领导干部在思想认识与思维方式上，应特别注重把握好以下六对关系：一是解放思想与实事求是的关系；二是处理好改革、发展与稳定的关系；三是"两手抓，两手都要硬"的辩证关系；四是部分先富与共同富裕的关系；五是市场经济与政府宏观调控的关系；六是在社会意识、所有制结构、分配制度

等方面的"一与多"的关系。

四、冲破思维定势，树立创造性的思维方式

领导者长期形成的思维习惯会逐渐成为一种思维定势。它的特点是不能根据变化了的客观实际改变思维方向和方法。思维定势是领导者受已有知识经验的影响而逐步形成的倾向性和心理准备，它习惯于从一个角度、一个方面去观察事物。它的消极作用表现为：一是机械、教条地搬用以往的经验，挪用套用传统的做法。二是模式化、陈旧的思维方式束缚了领导者的思维活动。三是片面地、静止地认识事物。显然，这种思维定势不利于推进社会主义市场经济体制的建立。因为"建立社会主义市场经济体制是一项前无古人的开创性事业，需要解决许多极其复杂的问题"，这要求各级领导勇于突破成规，进行创造性的实践。16年的改革开放实践史，中国农民的两个伟大创造，足以说明，乡镇在一定程度上处于改革开放的前沿阵地，乡镇领导干部扮演着改革开放"排头兵"与"弄潮儿"的角色。这更要求乡镇领导干部，在改革开放不断深入的新形势下，构建起创造性思维方式。创造性思维，要求突破原有的思维定势，对一个问题从多角度、多方向、多侧面进行思考，勇于摒弃照搬的积弊，做到"师其意，不泥其迹"。乡镇领导干部如果缺少创造性思维，就不能开拓创新、有所建树，所领导的乡镇也会因缺乏应有的活力而面貌依旧。在当前，乡镇领导干部要有"敢为天下先"的精神，同时要正确对待"书本上说过的""领导说过的""先人做过的""多数人公认的""别人从未涉及过的"事物与现象，结合改革开放日趋深化的新形势，运用创造性的思维方式，寻求解决问题的新思路、新方法，开创乡镇工作的新局面。

五、弥补个体思维的缺陷，发挥群体思维的优势

无论是与社会主义市场经济相适应的开放性思维、深刻性思维还是多样性思维、创造性思维的构建，除提高乡镇领导干部的个体思维素质外，还必须依靠乡镇领导干部的群体思维方式。这是由建立社会主义市场经济体制的艰巨性、创造性，以及乡镇领导干部个体思维的局限性决定的，乡镇领导干部个体思维受诸如职业和分工的局限、知识和经历的局限、思维习惯的局限等。而乡镇领导干部的群体思维具有互补性的优势，可起到集思广益的作用。当前乡镇领导干部群体思维的发挥，要特别注重发挥"外脑""智囊团"的作用：要善于发挥机关工作人员的群体智慧，要开好领导、专家、实际部门负责人三结合的问题研讨会，要善于把领导班子的集体智慧融合好。总之，要营造良好的干事创业环境，尊重群众的首创精神，及时总结群众创造出来的实践经验，把群众的积极性引导好、保护好、发挥好。

（该文载于《绍兴师专学报》1994年第4期）

"经营村庄"的实践与思考

为把灵芝乡建设成为经济繁荣、生活富裕、居住舒适、生态优良的富有水乡特色的现代化新农村,近年来,灵芝乡党委、政府从实际出发,解放思想,更新观念,主动接轨城市,积极推进城市化进程,运用市场经济的运作方式,实施"经营村庄"战略,取得了明显的成效。

一、村庄为何能经营?

从经济学的角度看,村庄是一种资本,这种资本由存量资本与增量资本组成。既然是资本,从理论上说就可经营。至于经营价值如何,就要看具体的条件。灵芝乡因其处于绍兴市城郊,是典型的城郊乡镇,所属的村庄具备了"经营村庄"的优越条件。

一是从城郊村庄发展模式看,只能走集约式的村庄建设路子。城郊土地资源十分珍贵,是名副其实的"寸金地",城郊村庄规划要求高,制约因素多,发展空间狭小。这就决定了它不可能走铺摊子、外延式的粗放型发展模式,而只能把着力点主要放在原有村庄的空间范围内,通过

干事与求是

拆旧建新，盘活存量，吸纳增量，排列组合，实现村庄资产的增值、盈利，提高村庄建设档次，走一条集约型的发展路子。

二是从经济发展的趋势看，需构建一个好的城郊型经济结构。城郊区位优越、交通便捷、人口密集且流动性大，这为发展三产提供了得天独厚的条件。这客观上要求我们把村庄好的"区块"通过"置换"作为三产发展用地，大力发展第三产业，以人气带来生气，以人旺带来财旺，以存量换来增量，提高第三产业在三次产业中的比重。城郊的工业经济应当是一种高集聚、无污染的现代城市工业。城郊的农业，也不是一般意义上的传统农业，而应当发展文化性、生态性及融休闲观光于一体的现代城市农业、高效农业。

三是从城郊村民对生活质量需求看，要有一个好的生活环境。城郊经济繁荣，二、三产业发达，村民赚钱的机会较多。近年来，随着工业化与城市化进程的加快，城郊大量土地被征用，村民也因而得到了一笔可观的资金。同时，灵芝是水乡，村民通过发展特种水产养殖，特别是发展河蚌育珠这一利润颇丰的产业，也赚了很大一笔钱。可以说城郊村民普遍富有，民间资金较多。2000年，全乡农民人均收入达到7400元。经济上的富有使村民不仅有了对美好生活的向往与追求，而且具备了实现这种向往的现实可能性。改善居住条件、提高生活质量、改善生活环境便成了村民的第一愿望。

四是从观念上看，城郊村民市场意识强，头脑活络，观念新。城郊由于经济发达又直接接轨城市，村民便于接受城市强大的人流、物流、资金流及信息流的辐射与冲击，使他们思路开阔、头脑活络。"经营村庄"这一理念在城郊村民中的形成，便是受绍兴古城日新月异变化的辐射和"经营城市"这一理念及其运行机制的启示。

二、村庄如何经营？

结合灵芝乡实际，村庄经营可从以下三个层面展开。

（一）宏观层面，把整个村庄作为一个单体与资本进行经营

随着城市化进程的加快，城区的不断扩大，有的村庄区位优势越来越明显，成为发展经济，特别是发展三产的"黄金宝地"。按照"黄金地段产生黄金效益"的理念和级差地租理论，我们把区位优势较明显的村庄通过整体搬迁与置换，用来发展三产。把三产经营取得的利润与村民的资金整合，用来易地建设起点较高、布局合理、设施配套、便于管理的现代化新村庄。显然，这是一种"双赢"的思路，既可搞活经济，又能建设村庄。灵芝乡的大树江村位于104国道旁，随着104国道西大门的拆迁与拓宽，区位更显优越。西边越州轻纺工贸园区轻纺原料市场的形成，东边东方家园家私市场的兴旺，使这个村庄成为发展三产、兴办专业市场的"宝地"。目前，该村将抓住西大门拆迁与拓宽的时机，计划把一个自然村整体搬迁，原居住地用来兴办家私和建材市场。把经营所得部分反馈给村民，作为村庄建设资金，使村民能易地建设新村庄，改善生活环境。

（二）微观层面，把村庄的相关组成要素拆分进行经营

一是经营土地这一要素资本。村级土地属于集体所有，它是"经营村庄"最基本、最主要的存量资本。近年来，灵芝乡通过迁移位于村内的房前屋后的坟基地，消除露天粪坑，平整杂基地，整理出了许多耕地，根据耕地占补平衡的原则，就有了相应的土地使用指标。这一做法，不仅改善了村容村貌，推进了农村精神文明建设，而且还能把置换出来的土地用于村民建房，更为重要的是，能获取一笔大于土地整理成本的经济收入。再把这笔收入连同吸纳的民间资金投资于新农村建设的配套设

施，就能滚动推进整个村庄建设。

二是经营房屋这一要素资本。闲置厂房、破旧危房、猪圈是可经营的资源。如灵芝乡的大善村，把分散的破房、旧房、危房、猪圈及闲置的厂房，实行统一收购、统一拆迁、统一规划、统一建造，然后视不同的农户对象分别给予出售。这样，一方面可以把增加的有效土地面积作为资源来经营；另一方面，因拆迁掉破房而使附近的有关农户得益，房前屋后开阔了，公共绿地增加了，公益设施享受了。这样，村里也可在自愿的基础上，向有关农户收取相应的费用，用于村庄的配套建设。

三是经营公共基础设施。路、桥、灯通过冠名权、灯箱广告均可作为资源经营。排污管道也可作为产业经营。皮革产业是灵芝乡的一个传统产业，建排污管道不仅是兴一方经济的需要，也是改善村民生活环境、建设现代村庄的需要。为此，灵芝乡政府按照市场经济的运作方式，政府不出一分钱，由一个行政村作为投资主体，自筹资金，自行建造，自行管理，自行收费。经过一年多的运作，该村不仅收回了投资成本，而且投资收益颇丰，同时也改善了投资环境，吸纳了外地企业前来办厂兴业。

（三）中观层面，村庄的周边区块及配套资源也可经营

城郊村庄周围搞农业，不应当是传统意义上的一般农业，而应当是现代城市农业。村庄周围的耕地可通过股份制、反租倒包等土地流转方式，使土地适度集聚，在此基础上明确投资主体，发展生态农业、休闲农业、旅游观光农业，不仅能获取较好的经济效益，更为重要的是，可以成为村庄建设的延伸与配套。灵芝乡的大善村是越城区第一个生态村，该村抓住粮食生产"一取消二放开"的有利时机，加大农业结构调整力度，土地适度集聚，村里所有耕地用于发展城市农业，为村庄建设配套服务，树立"大村庄"意识，把村庄的"版图"分为花卉区、住宅区、精品蔬菜区、特种水产养殖与垂钓区，使生态村与现代农业园区融为一体，建设成功能分区明确、生态优良、富有水乡特色和层次感的现代化新村庄。

三、经营村庄有何好处?

一是有利于加快城市化进程。经营村庄首先是城市辐射的产物,同时也是城郊乡村主动接轨城市,在服从和服务于城市建设大局的前提下,有所作为,有所创造,加快推进城市化进程的一个有效载体,是城市和乡村取得"双赢"的助推器。

二是有利于提高村民的生活质量。住宅状况与村庄环境是衡量村民生活质量高低的一个重要指标。通过实施"经营村庄"战略,盘活村庄的存量资本与增量资本,可为老百姓多造房子,造好房子。通过吸纳民间资金投资公益事业,可改善村容村貌和生活环境,加强农村精神文明建设,提高村民的生活质量。

三是有利于壮大村级集体经济。经营村庄的主体是行政村,通过对村庄这一存量资本与增量资本的经营,所获取的经济效益,便成为村级集体经济的重要组成部分。

四是有利于村级政权的巩固。经济的发展为村级政权的巩固提供了坚实的基础;生活环境的改善,办实事、合民心、顺民意,为村级政权的巩固增添了润滑剂。

应当说,"经营村庄"是一个新生事物,是大有文章可做的,灵芝乡的实践还属破题阶段。为做深做大这篇文章,无疑需要乡镇进一步强化意识,大胆探索,更需要上级有关部门解放思想,实事求是,转变观念,出台相关政策,清除有关政策障碍,提供一个宽松的经营村庄的环境。

（该文载于《城市论坛》2001年第9期）

扬长克短，努力发展城市农业

改革开放以来，绍兴城市农业得到了快速健康发展。但是随着农业和农村经济进入新的发展阶段，以及城市化进程的日益加快、知识经济的来临和我国即将加入世贸组织，对绍兴城市农业发展提出了新的更高要求。这就要求我们，应当进一步解放思想，因地制宜，扬长克短，立足长远，着眼当前，努力推进城市农业的发展。

一、分析现状，需要扬长克短

近几年来，绍兴城郊的效益农业得到了较快的发展。如城区乡镇中有代表性的灵芝乡，有耕地6676亩，常年蔬菜地1830亩，养殖水面3368亩，是富有水乡特色的乡镇。该乡围绕"服务城市、富裕农户"的宗旨，大力调整农业结构，目前农田结构调整面已超过40%，非粮产值占了农业总产值的97%以上，已初步形成了以特种水产养殖、蔬菜及畜禽为主体的城郊型特色农业，农民年人均收入达到了7000元。

城郊型农业之所以能得到快速发展，原因是多方面的。绍兴这座千年古城为城市农业的发展提供了一个良好的空间：一是提供了一个有30万人口消费的大市场；二是便捷的交通，为新鲜农副产品的运输提供了条件，增强了市场竞争力；三是城市发展对城郊农业的辐射力相对较强，诸如在信息、技术服务及休闲观光需求等方面对于城郊较为有利。

但随着形势的发展，特别是城市化进程的日益加快，市民消费观念的不断变化，对城郊型农业的发展既带来了新的机遇，也提出了新的挑战。客观冷静地分析，绍兴城郊搞农业，与其他周边地区相比，除地理位置紧靠城市这一优越条件外，其他方面的竞争力并不强，而且某些制约因素将会越来越显得突出。

一是从资源的角度看，城郊的水资源与土地资源十分有限。土地是不可再生资源，随着工业化与城市化的推进，城郊的非农用地在增加，耕地却以约5%的速度在逐年减少。

二是从经营成本的角度看，城郊农业成本高，缺乏比较优势与竞争力。城郊土地的"含金量"高，地租也相应提高，劳动力价格也相对较高。同时，农户经营规模小，形不成规模经济，导致成本增加。除极少数大户外，多数农户只经营2~3亩，少的农户仅有几分土地种植经济作物。这就使得在其他条件大致相同的情况下，城郊搞农业缺乏成本优势，对价格波动的承受力不强。

三是从从业者的素质看，城郊农村的从业者素质并不见得高。由于城郊二、三产比较发达，又紧靠城市，农民赚钱的途径相对较多。同时，二、三产的比较效益一般高于一产，城郊农民对土地的依附程度往往不是很高，特别是一批高素质者，因此纷纷投入二、三产业，剩余部分才去从事农业。

四是从环境的角度看，城郊发展效益农业的环境制约因素较多。随着城郊农村城市化的推进，人们的环保意识大为增强。如对家禽、牲畜的粪便处理及特种水产养殖的饲料投放都提出了较高的环保要求。

五是从服务的角度看，城郊农村并不比周边地区有优势。

综合以上分析，发展城郊型农业如果不扬长克短，不作战略性调整，不给予一个明确的定位，不要说难有质的发展，就连目前"稻浪滚滚"的现状也难以维持，取而代之的，很可能是无奈的大面积抛荒与"休耕"。

二、着眼长远，发展城市农业

城郊型农业究竟如何发展？关键是着眼长远，把握现代农业的发展趋势，并结合城区实际，充分发挥优势，扬其"长"，即做深做透"紧靠城市"这一文章，努力发展城市农业。

所谓城市农业，就是地处城市边缘的区域，依托城市，利用科学技术和先进设备，为城乡生活提供良好的生态环境和优良产品的现代农业。城市农业虽然仍属农业经济，但它与传统的农业经济有着明显的区别。传统的农业经济是以土地和生产工具为基础；而城市农业是以知识为基础、以科技为先导的现代高效农业，它是知识经济的组成部分。发展城市农业是农业现代化和繁荣城区经济的需要，是城市现代化的需要，它不但能促进城市的经济发展和提高居民的生活质量，也能促进自身的产业结构调整，促进农村高新产业、产品的发展和农民生活水平的提高。

发展城市农业是一项系统工程，需要立足长远，作理性的分析，战略的思考，应着重把握好以下几个方面：

一是要有一个好的生态环境。要为城市提供一个良好的生态环境，为城市服务，与城市融为一体。发展旅游观光休闲牧业，将是城市农业的支柱产业之一，是城市农业的重要特色和新的经济增长点。可以利用自然生态景观以及名优农作物和农产品生产过程所具有的商品价值，供城市居民体验和消费。

二是要有一批好的产品。面对激烈的市场竞争，城市农业必须以高产、高质、高效为中心，以高投入为手段，调整产业结构，改善生产环境，将农业生产与服务、加工、销售等环节连接起来，为城市提供无污染、无公害的名、特、优、新、奇的产品。

三是要有一套好的科技兴农机制。发展城市农业要以科技为先导，建立科技兴农机制。现代农业和科学技术是紧密地联系在一起的，发展高科技农业，不仅要求在生产设施和产品结构上应用高新技术成果，而且在生产组织和经营管理上也要利用现代化的科技手段，这样才能形成高产、高质、高效的城市农业生产系统。同时，还要充分利用城市的科技优势，与科研机构和大专院校积极合作，使城市农业能持续开发和应用高新技术成果，因地制宜地发展特色农业。

四是要有一支好的从业队伍。要使城市农业健康持续地发展，必须努力提高农民的整体素质，培养一大批适应21世纪城市农业发展需要的具有创业精神和创新意识的管理干部、技术干部和农民骨干。同时，还要注重引进一批掌握高新技术的专、兼职人员，为他们施展才华提供舞台。

三、立足当前，推进"四大"工程

城市农业的发展，不仅需要着眼长远，作出战略性的思考，更需要立足当前，作出适应性的调整，通过实施"四大"工程，脚踏实地地推进城市农业的发展。

（一）集聚工程

当前城区发展城市农业需要解决的问题很多，但首先要解决的是，土地规模经营问题及随之而来的投资主体问题。通过土地的集聚，实施规模经营，是发展城市农业的前提与基础。只有土地规模问题解决了，才能进一步解决发展城市农业的核心问题——投资主体问题。投资主体明确了，相当于工业企业的产权明晰了，业主才有动力去考虑诸如项目、科技、人才、市场等问题。政府的服务也才能有效。可以说，离开了土地规模经营去谈发展城市农业，恐怕只能是一句空话。

事实也是如此。灵芝乡某特种水产养殖示范园区之所以发展势头好，最为关键的是进行了规模经营，投资主体也十分明确。业主决策，政府服务。而同是该乡的某一精品蔬菜基地，规划是建成集旅游观光和经济效益于一体的休闲农业园区。乡政府与村级组织也十分重视，主动搞好技术上的服务和设施上的投入，但仍难以启动。究其深层次的原因，尽管通过政府的扶持，从硬件的角度已形成了一个园区，但实质上还未形成规模经营，仍是挨家挨户按照老一套的种植模式在分散经营，投资主体不明确，整体规划难以实施。这也是许多农业园区只有园区的"外壳"，没有效益农业、城市农业这一实质性"内核"的原因之所在。显然，这样的园区是绝对没有生命力的。

为此，在实际工作中，一是要解放思想，因地制宜，可以在坚持土地所有权不变、土地承包关系不变的基础上，通过多种手段和形式，加大力度，积极引导农村土地使用权的合理流转和适度集聚，对土地进行规模经营。事实上绍兴周边的地区已有一些成功的做法。如嵊州市某镇，在农业结构的调整中，通过引入农业股份合作制经营方式，兴办了有相当规模的蔬菜科技示范基地，使土地、资金、技术等生产要素以股份的形式得到合理流动，促进了效益农业的发展。二是要积极鼓励工商业主投资城市农业。因为工商业主不仅资金实力较为雄厚，而且能带来先进的管理理念。他们将逐渐成为规模经营的投资主体和发展城市农业的主力军。

（二）特色工程

发展城市农业，从某种意义上说，就是发展特色农业。随着农业经济区域化分工的形成，只有特色农业才有竞争力、生命力。绍兴是典型的江南水乡，城郊农村水资源丰富，水域面积与耕地面积之比大致为1：3。这就要求我们做好水资源这篇文章，大力发展特种水产养殖业，当前尤其是要发展河蚌育珠业。灵芝乡的河蚌育珠，经过几年的发展，已形成个体、股份一起上，大蚌、小蚌一起育，乡内、乡外一起拓的良好局面，成为富有特色的农业支柱产业。但河蚌育珠业在发展的过程中也存在许多问题，主要是：养殖水平不高，科技含量低；发展空间不畅，幼蚌与销售都受制于人；经济实力不强，竞争压力增大等。

为进一步提升河蚌育珠这一产业层次，今后应从以下三方面作出努力。一是要在养殖方面有新拓展。要通过土地资源的转化与外拓的途径，扩大养殖面积，优化大中小蚌的结构，提高养殖质量，使珍珠生长快、色彩亮、形状圆。二是要在销售方面有新突破。要努力打通珍珠在国内外的销售渠道。三是要在与旅游业结合方面有新探索。要拓宽思路，挖掘河蚌育珠的文化内涵，丰富珍珠系列产品，使其与购物旅游、观光旅游、休闲农业相结合。

（三）外拓工程

这里所指的外拓工程是从地理空间的角度而言，主要是为弥补城郊土地资源有限且成本费用较高、劳动力成本高及环境制约因素等不足。从内容上看，主要是发展城郊农业中的特色农业与优势农业；从其作用上看，充当着实验基地与仓储基地的角色。

在实际操作中如何实施"外拓"工程？一是在项目选择上，要把城郊特色产业与优势产业作为重点。如灵芝乡已在嘉兴市外拓河蚌养殖水面一万亩，作为幼蚌及中蚌的养殖基地，并取得了较好的经济效益。这

干事与求是

种方式也同样适宜于农村发展的畜牧业项目。二是从组织形式上看，最好是由有关协会、村级经济合作社及有实力、有能力的大户牵头组织，这样便于整体规划与管理，也容易取得当地政府的支持。如城东乡通过乡河蟹协会在上虞海涂集体承包一万亩水面，用于河蟹的养殖；塔山街道塔山村在绍兴南部山区"买"下了相当数量的廉价土地，作为发展城市农业的"后花园"，用于种植经济作物和发展精品农业。

（四）科技工程

要进一步树立城市农业就是科技农业的观念。着力于现代农业科技的引进、推广和应用，着力于农业科技的创新和突破，不断提高土地产出率、劳动生产率和科技贡献率。在实际工作中，一是要主动取得科研院所的合作，加快引进、开发和推广具有市场竞争优势的名特优新奇品种。政府要根据农民讲究"看得见、摸得着、重实惠"的心理特点，重点扶持一批新品种推广示范企业，尤其是要引进和推广精品蔬菜。二是要加快新技术的推广应用，特别是在特种水产养殖方面。要大力推广省工、省本的先进技术，进一步办好现代农业示范园区，创办农科教结合示范园区，推进农科教结合，提高科技对农业增长的贡献率。三是要加快推广先进农业机械和农业设施。

上述"四大"工程，是一个相辅相成的有机整体，其中集聚工程是基础，特色工程、外拓工程是载体与内容，科技工程是根本。只要坚持四管齐下，必将极大地推进城市农业的发展。

（该文载于《绍兴文理学院学报》2000年第4期）

灵芝镇机关效能建设的实践与思考

　　灵芝镇是一个典型的城郊乡镇，位于千年古城绍兴的北面。灵芝镇也是一个年轻的乡镇，2001年8月由原灵芝乡与梅山乡合并组建。2003年因城市"绿心"开发建设的需要，灵芝镇再从绍兴县齐贤镇划转15个行政村，现有人口近5万，区域面积约43平方千米，下辖41个行政村。灵芝镇又是一个开发建设重镇，城市"绿心"开发建设一期12平方千米都在灵芝镇域范围之内。近两年来，尽管镇里的工作特别是开发建设的任务繁重，但镇机关干部人数不仅没有增加，反而有所减少，还不到60人。为解决这一矛盾，灵芝镇在镜湖新区管委会的正确领导下，把立足点放在以人为本、加强机关效能建设上，树立了"共事是一种缘分，干事是一种机遇"的理念，实施了"内抓统筹整合，外抓延伸拓展"的思路，并取得了明显的成效。

一、做法

（一）内抓统筹整合

　　2003年3月，面对城市"绿心"开发建设的全面实施，镇党委对当时设置的镇机关6个职能科室进行了全面的调整。2004年3月，在总结1年来镇机关运转情况的基础上，结合新的形势，再次对镇机关职能科室的设置作了调整、完善，并实施了相应的配套改革。

1. 统筹整合职能科室的设置

（1）统筹经济发展管理办公室。取消原农业办公室和工贸办公室，合并组建经济发展管理办公室，人数从原来的19人减少至5人。从发展历程看，灵芝镇的经济在改革开放以前处于农业经济时期，20世纪80年代初处于大力发展乡办、村办企业时期，90年代中期处于发展民营经济时期，90年代末主要处于发展园区经济时期，至2000年前后处于发展第三产业时期。随着城市化进程的进一步加快，灵芝镇的区位优势凸显；同时随着制造业的发展壮大，灵芝镇的许多企业"家底"也越来越殷实。这就为灵芝镇大力发展第三产业提供了得天独厚的条件，目前已形成了以家私、轻纺、汽车、建材为主的三产经济新格局。2003年，灵芝镇经济发展已呈现出城市经济的特征，在产业相融方面已十分明显。从三次产业的构成看，第一产业产值1亿元，第二产业产值43亿元，第三产业产值63亿元；从企业的结构看，许多企业已转型为"工业为主，多业发展"的模式。这就客观上要求作为管理和服务经济的镇政府职能科室也要作相应的调整，做到"形式"服务"内容"，统筹经济的发展与管理。

（2）整合社会事务管理办公室。随着科学发展观的贯彻落实以及城市化进程的加快，社会事业必须放到更加突出的位置。同时社会事业除传统的教育、卫生、文化等工作外，也注入了许多新的内容，如外来人口的管理服务，弱势群体的扶助，农民的培训、转移、保障工作等。这就要求政府与时俱进，整合职能，建立新的社会事务管理办公室，实施统一管理。

（3）新设建设发展办公室。随着城市化进程的加快，特别是灵芝镇作为城市"绿心"开发建设的主战场，开发建设的任务十分繁重。仅2003年就打响了"六大战役"：迁移坟墓18000穴，土地流转7200亩，土地统征7000亩，搬迁河蚌养殖水面6000亩，拆除违章建筑20000平方米，城中村和路网改造拆迁房屋430000平方米。为此，应当配强配好建设发展办公室。根据开发建设的职能，设置了建设发展一办、二办，共17人，占全体机关干部的1/3。建设发展一办主要负责"大拆迁"工作，内部又分成拆迁、安置、综合协调3个组。建设发展二办主要是负责"大建设"工作，如土地征用、环境建设、绿地系统建设等相关工作。

（4）升格信访办公室。信访办公室原下属于党政办公室。这几年，随着改革的进一步深化，以及村级民主与法治建设的加强和城市化进程的加快，信访工作十分繁重，特别是作为城市"绿心"建设主战场，处于"各种资源再整合，各种关系再协调，各种利益机制再调整"阶段。在这几股涉及村民切身利益的浪潮面前，一小部分村民对政府的做法一时难以理解与接受，从而引发了一些社会问题和矛盾。这就需要政府去化解、去妥善处置这些矛盾，为改革、发展创造良好的社会环境。这样客观上就要求把信访的职能从原来的党政办中整体划转，单独设置和升格信访办，配置了5名工作人员。

在调整上述"四办"的同时，镇里还优化党政办公室，稳定财政办公室，特别是配强作为过渡机构的北片办事处，即在从原齐贤镇划转的15个村中属地单独设立一个办事处，配备5名机关干部，镇党委副书记、副镇长分别兼任办事处主任、副主任。

2. 改革奖金分配制度

（1）借鉴企业的分配理念，把奖金分配于日常之中。当前灵芝镇政府除履行好乡镇的常规职能外，还承担了大量的开发建设任务。而开发建设的工作相当于一家开发企业，在奖金分配方面可借鉴企业的分配理念实行计件制。为此，镇里对迁坟、拆迁、迁蚌等开发性工作的奖金分配分成三个档次，便于拉开奖金档次和及时激励。如对迁坟工作，尽管部分机关干部没有直接参与，但基于他们与原来工作相比承担了更多的常规性工作，所以第一档次的奖金发放涵盖了全体机关干部；第二档次的奖金则是发放给与此项工作有关的人员，如所在村的联村干部；第三档次的奖金发给直接从事此项工作的工作人员。

（2）体现"三公"原则，分配年终奖金。在年底发放奖金时，按照"公正、公平、公开"原则予以操作。具体为奖金额＝奖金基数 × 系数（职务系数）× 测评折数。测评折数的组成为全体机关干部互评占40%，分管领导测评占20%，班子成员总体测评占40%。

（二）外抓延伸拓展

所谓延伸拓展，就是把政府的一些职能，通过延伸工作"手臂"，让有优势、有能力的一些社会组织和市场主体去承担。

1. 发挥协会的优势

为搬迁位于梅山山上的1.8万穴坟墓，镇里按照"考虑得周到一些，组织得严密一些，人情味体现得浓一些，搬迁得快而平稳一些"的总要求，主动发挥老年协会的作用，请村里一些德高望重的老同志一道参与墓地的选择、迁坟日子的确定，然后请他们帮政府挨家挨户去做坟主的工作，取得了很好的效果，达到了平稳快速搬迁的目的。在实施城中村改造过程中，镇里同样发挥老年协会的作用，请他们帮政府讲政策，辟"谣言"，维护交通秩序等，效果也很好。在搬迁6000亩河蚌养殖塘的工作中，镇珍珠协会也发挥了独特的作用。同样在企业外迁中，镇里很好地发挥了镇企业家协会的作用。由于城市绿心开发建设的实施，灵芝镇镇域范围内工业企业的发展空间受到了制约，有的甚至还要外迁。面对

干事与求是

这一情况，镇政府组织企业家协会，通过外出学习考察，座谈研讨，企业家们及时转变观念，树立了"引进来是发展，走出去同样是发展"的理念，并形成了"顺应绿心建设，拓展发展空间，实施二次创业"的经济发展新思路，变被动的应战为主动的挑战，企业的外迁工作得以顺利进行。

2. 发挥市场的作用

由于受到人、财、物及管理诸多因素的制约，本来应该由政府做的工作，让市场在政府宏观调控下发挥作用。如在城中村改造中特别是在初期，村民旧房的拆迁和新房的安置有一个时间差，需要给村民建一些周转房加以过渡。考虑到镇政府的人力、财力有限，时间紧，又加上周转房的日常管理难度较大等因素，镇政府除在宏观方面作些调控与规定外，大胆地把周转房的建设与管理推向市场，吸引民间资本去投资管理。结果达到了镇政府不出一分钱又办成事，村民有房住又满意的"双赢"效果。

二、启示

（一）机关效能建设重在与时俱进

应当说，各级政府都在围绕着"管理、服务"这两大职能加强机关效能建设。作为最基层的乡镇人民政府也要随着时代的前进，形势和任务的变化，与时俱进，有所侧重，加强机关效能建设。镇里这次搞机关效能建设既有外部的推动，又有内部的自动。外部的推动主要有三个大背景：一是绍兴城市化进程的日益加快。随着绍兴市委、市政府"三大组团、绿色空间、百万人口"大城市战略的实施，一方面是绍兴城市发展日新月异，呈现"一年一个样，三年变新样，五年大变样"的发展趋势；另一方面是环境建设、开发建设特别是征迁工作和维护社会稳定工作，在城郊乡镇工作中的份额越来越大。二是经济的发展特别是城市经济的形成。灵芝作为城郊乡镇，它的经济发展已越来越呈现出城市经济的特征，一、二、三产的产业布局，及产业结构都发生了明显的变化，产业融合的步伐日益加快。三是村级民主法治建设不断推进。随着村民委员会组织法的实施，村民的民主选举、民主决策、民主监督、民主管理的意识大为增强，这对政府依法行政也提出了更高的要求。

内部自动的原因，一方面是源于经济与社会事业的协调发展、社会稳定的维护等任务十分繁重；另一方面是镇机关干部人手太少，不足60人。如再不激活机关效能，把机关干部的积极性调动好、发挥好、利用好，就难以完成时代赋予的重任。

（二）机关效能建设重在制度建设

制度建设具有长期性、根本性、稳定性、基础性的特点。为此，机关效能建设必须在制度建设层面上下功夫。可在整合机关管理资源、优化机关管理要素、规范机关管理行为、改善机关运作方式等方面加以推进。灵芝镇在这方面也作了一些有益的探索，如"内抓统筹整合，外抓延伸拓展"的做法，旨在明确定位，理顺关系，发挥好政府与市场两个积极性，使之相得益彰。职能科室的调整旨在优化结构，科学配置，运转协调。奖金制度的改革，旨在调动人的积极性。

（三）机关效能建设重在以人为本

制度建设是基础，是框架。最完善的制度也得靠人去遵守、去执行。为此，必须坚持以人为本。灵芝镇主要在两个方面作了些努力：一是唱响富有人情味的机关文化。经过多轮的探讨提炼，镇里确立了"共事是一种缘分，干事是一种机遇"的机关文化。人海茫茫，能成为同事，很不容易，"共事是一种缘分"，大家一定要倍加珍惜。"干事是一种机遇"，意思是人生短暂，真正能干事的时间并不多，真正能干得成事的岗位也不多，所以大家一定要珍惜机遇，珍惜岗位，利用好手中的权力，多为老百姓办实事、办好事，以实现自己的人生价值。二是盘活富有人情味的人力资源。管理者要识好才、用好才，多看人家的"闪光点"、多用人家的长处与特长。特别是要用活用好"优点突出，缺点明显"的干部，给他们适度的空间，以调动积极性，发挥其自身长处，又为组织所用，达到"双赢"的效果。

（该文载于《绍兴通讯》2004年第5期）

让关爱的阳光照亮残疾人的心灵

——英国、瑞士残疾人工作的做法与启示

为学习借鉴发达国家经验，加快推进残疾人事业发展，由浙江省残联副理事长陈玉国带队，有关市、县残联负责同志一行6人于2010年9月5日至14日，赴英国、瑞士就残疾人教育、就业、社会保障和服务等工作进行了考察。其间先后考察访问了瑞士弗里堡残障人士继续教育中心，英国伦敦巴内特区残疾人服务机构。此次考察交流，使我们对英国、瑞士有关残疾人的教育、就业、社会保障、服务体系等有了初步的了解，对进一步推进我国的残疾人事业发展具有很大的启迪和借鉴意义。

一、残疾人教育重在走融合之路

英国和瑞士对残疾人的教育，强调以融合教育为主，绝大多数残疾人是可以在普通的学校内完成学业的。所有的残疾儿童都必须在普通的教育机构进行注册并首选进入普通的学校接受教育，所有的学校必须充分考虑残疾人的因素，并提供可以使其顺利接受教育的条件。对残疾人

的教学方案要根据其残疾状况及变化，采取个性化、动态化的教学。这一做法有利于促进残疾人融入社会、避免被孤立和边缘化。同时，残疾人的各种潜能也会得到更好的发掘和展现。而一些自闭症、中重度智力残疾的学生，可以在专门的特殊教育学校学习，但仍必须在普通学校进行注册，并由注册学校与特教学校签署合作协议，实行双重管理体制。英国残疾人教育除接受免费教育（中等教育以下全免，高等教育90%以上的残疾人也能获得政府资助）外，还可以免费获得相应的餐饮和交通等费用。英国的特殊教育学校不仅要负责残疾人的教育，还要承担语言训练、康复治疗、功能保持和恢复等残疾人康复训练的任务。瑞士十分注重对残疾人的继续教育，在法律保障、资金投入、教育原则、教育内容等方面都有一套成熟的做法。

考察组认为，英国、瑞士在特殊教育方面先进的教育理念、因材施教的教学方式、务实的做法都值得借鉴学习。

二、残疾人就业重在多样化

英国、瑞士根据残疾人的残疾程度，采取不同的就业方式。中重度残疾人有机会在专门的庇护工厂集中就业，庇护工厂不以营利为目的，政府通过成本支持和岗位补贴的形式促进其发展；轻中度残疾人可以通过政府和公共机构开发的公益性福利岗位实现就业；轻度残疾人在劳动力市场寻求普通就业岗位。而这些就业渠道畅通的背后是法律的支撑。如英国从平等和禁止残疾歧视的角度，为残疾人实现就业创造机会。英国《反残疾人歧视法》关于残疾人就业中的反歧视措施有上百条，一旦残疾人受歧视诉讼成立，企业则可能向残疾人支付几万至几十万欧元不等的赔偿。通过严厉的惩罚措施可以避免残疾人在就业过程中权益受损。同时，英国政府还针对残疾人建立就业和支持津贴，帮助培训和提升技能，鼓励和支持残疾人实现就业。而且企业雇用残疾人还能从政府"节省"下来的资金中得到相应的补偿和支持。在英国即使在金融危机时期失业率不断增高的情况下，残疾人的就业状况仍然十分稳定。

考察组从上述做法中得到的启示是，要把残疾人事业纳入法治化轨道，重在提高残疾人有关政策法规的执行力，为残疾人就业和参与社会创造积极有利的政策条件和社会环境。

三、残疾人社会保障体系重在普惠加特惠

英国和瑞士是典型的福利型社会保障制度国家，特别是从20世纪中叶以来，逐步建立起了覆盖生、老、残、病、死，包涵基本生活、医疗卫生、教育、就业、住房、交通的"从摇篮到坟墓"的福利保障体系。他们在不断提高普通社会保障和福利制度中残疾人待遇水平的基础上，再为残疾人设计制定专项福利政策。如英国建立了残疾津贴制度。英国政府部门经过研究和论证表明，残疾人群体较其他社会人群有着超过25%的额外开支，为确保残疾人处于平等的地位，英国政府对65岁以下行动困难或残疾程度较重的残疾人，无论其工作与否、财产和收入状况如何，只要其本人申请，都可以获得每周100英镑左右的残疾生活津贴（disability living allowance）。两国还对残疾人设立特殊的最低生活保障、生活护理照料、住房、辅助器具适配、交通等相关单项津贴制度，以确保残疾人具备解决基本生活和参与社会的能力和条件。如英国建立了残疾人居家护理制度，政府直接为残疾人支付津贴，由残疾人本人更有效地按需支配。

考察组从中得到的启示是，建议在我国覆盖城乡居民的社会保障体系中，充分考虑残疾人的特殊性，从制度框架上确立社会保障制度对残

疾人的补偿原则，补偿可以采用低水平逐步提高的做法，但应当立足于多角度、广覆盖、可持续。对城乡残疾人的教育、就业、医疗、养老、基本生活以及住房等方面需求要给予特殊的照顾，以体现这种社会补偿原则。同时，应根据残疾人的需求差异，探索适合我国经济社会发展的残疾人福利制度，特别是要加强对已经具备实践基础的残疾人生活津贴（残疾人年金）、残疾人居家护理津贴、困难生活补助等优惠制度的试点和研究，并按照残疾补偿和平等统一的原则，在适当时机建立起残疾人专项福利制度。

四、残疾人服务体系重在整合和个性化

英国、瑞士在为残疾人服务的分类中，既有针对不同年龄阶段的，也有针对不同业务领域的；既有针对不同类别残疾人的，也有针对不同程度残疾人的；既有政府主办的，也有依托于政府主导的社会营利或非营利性机构的。而且这些服务无论是项目的设置，还是具体工作的实施，都充分体现了个性化的特征，普遍以残疾人需求为核心，避免使残疾人处于被动服务的地位。同时，最大限度地提高服务的质量和效能。

考察组从中得到的启示是，建议在推进我国残疾人服务体系建设中，坚持政府主导搭建残疾人服务平台，坚持以人为本完善服务机制。同时，考虑到残疾人服务涉及面广、内容广泛，不同类别和不同程度残疾人的服务需求还存在着很大的差异，而且各个领域的专业性强、技术要求高，为此要充分整合社会资源力量。针对不同的服务内容，吸收相关领域专家搭建残疾人服务专业团队，提升残疾人服务的水平和质量。此外，在残疾人康复、教育、就业、托养照料等领域广泛建立为残疾人服务的政府购买机制，引导社会公益性组织和营利或非营利性机构参与到残疾人

服务领域，丰富和细化服务内容。建立系统科学的服务管理和评价考核体系，逐步形成以残疾人公共服务机构为主干，以社会化服务组织为基础，以个性化"量身定做"式服务为主要内容，涵盖残疾人参与社会生活多个方面的立体式全覆盖型残疾人服务体系。

（该文载于《浙江残联》2010年第10期）

科学把握五种关系，助力推进
新一轮修志工作

　　志书编修是一项涉及面广、体量大、时间跨度长的系统工程，兼具学术性、行政性和操作性的特点，需要科学谋划、协同推进。新一轮志书编修，一方面要吸收继承传统的"套路"和"章法"，另一方面也要与时俱进，不断进行创新。本文试图从理论与实践结合的层面上，就如何把握好修志过程中的五种关系，科学推进新一轮修志工作作些探索。

一、把握好政府推动与专家参与的关系

　　在编修志书的过程中，政府推动与专家参与所起的作用是不同的，两者缺一不可。政府推动是前提、是基础，是编修一部志书的基本保障；专家参与是关键、是核心，是编修一部高质量志书的根本保证。当前，在新一轮修志过程中，要科学把握政府推动与专家参与的作用，统筹协同，形成合力。一是要认识到在志书编修过程中政府推动的作用越

来越重要。当前，新一轮修志所面临的环境发生了很大变化，它的最大特点是"依法修志"和"众手成志"。如绍兴市新一轮修志涉及相关部门达127个，参与修志人员有685人，其中专职修志人员175人，兼职人员510人。没有强有力的政府推动，统筹协调，要在规定的时间内完成这项系统工程是不可想象的。二是要注重在修志不同阶段中政府推动与专家作用的发挥。在修志的前期，政府推动的作用显得更为突出些，而在后期专家参与的作用显得更为重要些。三是要科学定位政府推动与专家参与的作用。在修志过程中，政府推动的作用主要是通过召开会议、颁发文件、组织培训等形式，明确承编单位的目标、任务、要求，确保各承编单位能按照编辑部的要求、配合编辑部的节奏，编写出合格的专业篇志稿。而专家参与的作用具体体现在业务指导、质量把关及人才培养等方面。

二、把握好继承与创新的关系

新一轮修志工作既要继承以往修志的优良传统，又要与时俱进，在继承的基础上不断创新。从一定意义上说，创新是一部方志成为精品的必然要求，也是方志文化代代相传、生生不息、发扬光大的原因所在。当前的时代是一个创新的时代，方志编修也具有较大的创新空间。新一轮修志可在以下几个方面进行探索。

在修志理念创新上，要突出"依法修志""开门修志""众手成志"；在修志手段创新上，要全方位地运用现代科技手段给修志工作带来的便捷、准确、高效。更为重要的是，在修志内容创新上，要进一步突出地方特色和时代特征。关于地方特色，绍兴是首批国家历史文化名城，又被誉为"东方威尼斯"，这一城市定位决定了绍兴市志中的"文化艺术"卷、"文化遗产"卷和"水利"卷的独特地位。为此必须动脑筋、想办法将其写实、写深、写活、写特，让其出彩。譬如时代特征，新一轮修志的时间段限适逢改革开放时期，它的最大时代特征就是改革开放，为此必须把改革开放写到位。改革的记述，可采用集中、集中与分散、分散相结合的处理方式。如经济体制改革可作集中的记述，可把农村经济体制改革，工业企业经济体制改革，商贸、流通体制改革等方面集中加以记述；政治体制改革可作集中与分散相结合的方式记述，其中的行政管理体制改革可作适当集中记述，其他的内容宜作分散记述；文化社会事业改革可作相对分散的记述。对开放内容的记述，也可作大胆尝试，如有的志书把外资、外经、外贸，海关、商检，外事、侨务、港澳台，经济协作，开发区集中记述。

此外，还要在修志形式上进行大胆创新。如"述而不论"并不排除"画龙点睛"的适度精论；"生不立传"并不排除"以事系人"，志书普遍存在的"见物见事见数据不见人"的枯燥、干瘪记述应有所改观。"越境不书"并不是一概排除改革开放时代背景下，以本籍人士为线索的适度域外记述；"时间断限"并不简单排除对重要事物的适度上溯和下延，以更好地记述事物变迁，揭示事物的发展脉络，方便读者阅读。同样在大事记、概述编写、补遗等方面也可因地因时制宜，进行大胆的尝试与创新。

三、把握好编辑部与承编单位的关系

在志书编修过程中，修志编辑部与承编单位是一种双边互动关系，其中编辑部起着主导作用，承编单位起着主体作用。一方面，编辑部的主导作用是由修志工作的行政性、学术性和操作性的基本属性所决定的。具体体现在：制定与组织实施地方志书编纂工作规划方案；实施与承编单位有效对接。在思想上的对接，主要是解决"为何修志"

的问题；在认识上的对接，主要是解决"何为修志"的问题；在分工上的对接，主要是解决"谁来修志"的问题；在篇目上的对接，主要是解决"怎么修志"的问题。同时，还要加强业务指导服务，通过组织不同层面的培训，提高修志人员的业务素质；通过简报、交流推进会、现场会等形式做好典型引路，以点带面；通过组织督查，实施评审，把好专业篇志稿质量关。

另一方面，承编单位是志书编修前期工作的直接责任者，其主体作用主要体现在承编单位编修人员思想从"要我修志"向"我要修志"转变，使修志内化为一种自觉的行动；全方位收集资料，做到资料翔实准确；干中学、学中干，逐步掌握编修技能；按照志书体例的要求，不断修改提高，最终编写出合格的专业篇志稿。

四、把握好立足自身与借智借力的关系

修志工作是一项系统工程。编修一部高质量的志书，一方面，要立足于编辑部的自身努力。结构决定功能，编辑部要真正成为修志的基本力量与主力军，发挥应有的作用，必须打造一个良好的团队。从个体看，必须素质全面，做到能编、能评、能讲。编辑部的每位成员，既要仰望星空、胸怀全局，又要脚踏实地、守土有责。切忌"只低头拉车，不抬头看路"，就事论事地理解自己负责的"一亩三分地"的篇目，而缺少与顶层的对接与互动。从整体看，必须结构合理，包括老、中、青的年龄结构，自然、经济、政治、文化、社会互补的知识结构，从事不同行业的阅历结构。从运行方式看，要建立统分结合的机制。既要强调守土有责，同时又要有"一盘棋"的大局意识，自觉服从大局，合力合作共事。从组织架构看，必须有一个好的"班长"即主编。在人品方面，既要有民主宽容的雅量，又要有敢于担当的进取精神，并能严格执行民主集中

制；在业务素养方面，要具有良好的史才、史识、史德；在行政方面，应具有很强的协调统筹能力和合作共事能力。

另一方面，则要善于"开门修志"，调动社会资源，借势借力，为我所用。针对志书的整体设计，既可以聘用合适的专职修志人员，又可以借用"外脑"，物色方志专家、学者及熟悉本地地情的资深人士，成立智囊团；针对专业性强，编辑部和承编单位都难以完成的内容，如"风俗、方言"卷，"宗教"卷，"姓氏、家谱"卷等，既可以采用计件的形式服务外包给相关专业人员，也可以采用公开招投标的方式，让社会上合适的机构和人士编写。针对评审等基本环节，既可以邀请相关专家、行业资深人士参与，又可以采取集体"会诊"的形式，吸收各方面的意见建议，进一步提高志稿质量。

五、把握好质量与进度的关系

志书编修是一项长线工程，需要花费较长时间。总体而言，志书编修要在进度服从质量的前提下，又好又快地加以推进。要清醒地认识到"等靠要拖"出不了作品，"急躁粗放"只能出粗品，只有坚定清醒有为才能出精品。一要有敬畏历史的清醒意识。志书是传世之作，要对得起改革开放的伟大时代，要经得起历史的考验；志书是"官书"，要对得起组织，接受组织的评价；志书又是"民书"，要对得起修志团队，要经得起社会上的品评。只有具备这样的历史眼光和敬畏意识，才有可能编写出一部观点正确、内容全面、资料翔实准确、结构合理，富有地方特色、改革开放特征、编纂特点的精品之作。二要有奋发有为的精神状态。继承弘扬历代修志人的修志态度和职业操守，以"咬定青山不放松"的精神，发挥团队的力量，调动各方积极性，动用多方资源，群策群力，不断推进志书的编写工作。三要有尊重规律的科学态度。遵循志书的业务编纂规律和组织管理规律，厘清编写思路，实施科学方案，把握工作节奏，整合各方资源，提高工作效率，力争又快又好地编写出一部合格的地方志书。

（该文载于《浙江方志》2015年第2期）

担负起"方志之乡"的使命
又好又快地推进新一轮修志工作

当前绍兴市的市、县两级新一轮修志工作正在分批有序推进之中。总体上说，绍兴市的新一轮修志工作已进入了关键期，市、县两级各自在取得阶段性成果的同时，都碰到了许多困难和问题，要实现省里提出的"到2018年基本完成，2020年全面完成市、县两级地方志书出版"的目标，还需作出巨大的努力。为此，全市方志系统要担负起绍兴作为"方志之乡"的使命，坚持"不落伍"的理念、"不放弃"的精神、"不浮躁"的作风，又好又快地推进新一轮修志工作。

一、坚持"不落伍"的理念，推进修志工作

坚持"不落伍"的理念，就是要与时俱进，在继承的基础上创新，用创新的理念引领和推进修志工作。每位修志人在修志过程中要自始至终强化创新理念，努力编修出一部与时俱进的，富有时代特征、地方特色、编纂特点的地方志书。

（一）一部绍兴方志史就是一部与时俱进的创新史

被誉为"一方之志始于越绝"的汉代《越绝书》，既是绍兴的第一部地方志，也是我国的第一部地方志；既是一部地方志的发端之作，更是一部全面创新之志。宋代的《剡录》，首创了"县大事"，后来发展成为县志"大事记"。万历《会稽县志》首创了"概论"，全书每一类都有一篇"论"。嘉泰《会稽志》有许多创新，宝庆《会稽志》是嘉泰《会稽志》的续志，在如何续修志书上有很多创新，如续志的断限问题、续志的继承与创新问题、续志与前志的关系处理问题，续志的"补遗"、"增广"和"纠误"问题。1997 年出版的《绍兴市志》，在继承的基础上，也有许多创新，如详今明古，意识形态入志，既重人文、又重经济，大量运用图照，编制索引等。这些志书因创新而在绍兴方志史上占有一席之地，因创新引领推动了地方志书的发展。

（二）新的特点决定了新一轮修志必须与时俱进

本轮修志的断限处于当代期。绍兴本轮修志的形式，除上虞市志是重修属通志外，其他市、县志是续修都属续志。本轮修志的断限，上限最早的为 1979 年，下限最迟的为 2013 年，属当代史范畴。这就决定了本轮修志的资料处于静态与动态并存状态，给收集工作带来了难度。

本轮修志的断限处于全方位的变革期。《地方志书质量规定》要求，志书的篇目设置要合乎科学分类与现实社会分工（现行管理体制）实际。而无论从学科分类还是社会分工看，本轮修志都处于飞速发展的变革期。从学科分类看，现代社会的学科门类越来越多，新学科、新领域层出不穷，应接不暇；学科、领域之间又趋于相互交叉、渗透、融合，跨学科、跨领域的综合性记述越来越多。从社会分工看，本轮修志处于社会转型、体制转轨、政府机构调整与职能转换期，再对照"内容完整，横不缺要项，纵不断主线"的志书记述要求，无论是对事物记述的完整性还是专业性都提出了新的挑战。有的新事物、新领域很难作整体的记述，有的甚至会出现局部"盲区"，如有编者在编写"信息化建设"卷时就感到"心有余而力不足"。

本轮的修志队伍处于断层期。《地方志工作条例》规定，"地方志书每20年左右编修一次"，再加上当代修志的队伍以"老、小"为主体的特殊结构，致使本轮修志队伍处于"青黄不接"的断层期。"众手成志"实际上变成了"新手编志"。绍兴市上一轮修志共有98个承编单位，293名编修人员。新一轮修志共有127个承编单位，685名编修人员（专职为175人，兼职510人），其中参与过上轮修志的人员不到10%。上一轮修志以"老、小"为主体的修志队伍，经过20年的岁月轮回，原来"老"的，经历退居二线后已全部退休；原先"小"的，已年富力强，成为单位部门的骨干，承担着比修志"更为重要"的工作。新一轮修志只能无奈地重复着"昨天的故事"，还是以"老、小"为主体，只是不同的一批人罢了。这给修志工作带来了不小难度，"小"的往往因缺乏历史感，在编写时对事物的整体性、系统性难以把握。"老"的因已"退居二线"，在组织协调方面的功能已逐步弱化，无论在收集资料还是组织编写时，往往显得"心有余而力不足"。

此外，从读志用志的方式看，由于受到了信息化、新媒体的挑战，志书的内容和形式也需要与时俱进。

（三）新一轮修志具有较大的创新空间

新一轮修志从内容上看，要全方位地体现时代特征和地方特色。时代特征体现在改革开放上，在记述改革时要处理好三对关系。一是集中与分散的关系。经济体制改革宜集中记述，政治体制改革中的行政管理体制改革宜集中记述，以更好地彰显改革。其他改革宜分散在相应卷、章中记述，以反映事物的整体性，记述的完整性。二是静态与动态的关系。为更好地体现变迁，要尽量从动态的视角去记述事物。如市里在编写"水利卷"时，考虑到本轮修志断限内水库建设的重点不在于新建而在于除险加固，这样就把原来篇目中的"大型水库"和"中小型水库"两节分别调整为"水库加固"和"水库建造"。如在"城乡建设"卷，原篇目是把"园林广场雕塑"合为一节的，"园林"属一个目，考虑到断限内既有新的园林建造，又有对老的园林改造提升，如"显山露水"工程等，这样就把"园林"从原来的一个目调整为一个节，下设"园林建造"和"园林更新"两个目。三是管理与改革的关系。考虑到断限内改革得到了全方位的展开，已渗透到经济社会发展的方方面面，在篇目设计时尽量少用传统的"管理"，多用体现时代特征的"改革"。同样，地方特色也要记准、记深、记好。就绍兴而言，不仅要注重人文历史和山水风光的记述，也要注重改革开放以来绍兴经济特色的记述。

从形式（体例）上看，也要创新。如在对"空间"即"志不越境"处理上，增设了"绍兴人经济"专记。如在大事记的编写上，为突出绍兴水城的记述，在大事记之后专设了"绍兴重建水城纪事"。又如为增强记述的综合性、整体性和著述性，编辑部推出了20个招标课题，其成果大多以专记的形式编入志书。再如在续志与前志的衔接处理上，也有一些创新。

从手段（方法）上看，面对出现的新情况，也要努力创新。如要更加注重依法修志，强化行政推动的力度；要更加注重开门修志，利用好政府、社会和市场的资源；要更加注重编辑部与承编单位等方面的对接环节。从本轮修志的实践看，对接既是修志过程中的一个相对独立的环节，又贯穿于整个修志过程，是一个不可缺少的基础环节。

二、坚持"不放弃"的精神，推进修志工作

凤凰卫视董事局主席在纪念凤凰卫视建台20周年时说，"凤凰的成

长道路风雨坎坷，有些压力之大，可能放在别人身上就扛不住了，但我之所以能走到今天"，一方面是靠"军营生活得到了很好的磨炼"，另一方面是靠"不到最后一刻决不放弃，到了最后一刻更不放弃"的公司文化的熏陶。其实修志也是如此，也需要修志人发扬"不放弃"的精神，去战胜修志过程中各种困难和压力。

（一）好的创意不要轻易放弃

在修志过程中要"冒出"一个好的创意，靠平常的积累和一时的灵感，是很不容易的，要把好的创意转化成现实更不容易。如有的好创意，因认识上难于统一，一拖再拖，最终不了了之；有的好创意，因"触一发而动全身"，牵涉面广，工作量大，最终打退堂鼓；有的好创意，因所谓"缺人选、难以写，或缺资料、难以支撑"，最终没有"落地"。所以，修志人在修志过程中一定要有定力，不要轻易放弃，特别是主编，要敢于做主、善于做主，并引导大家"心往一处想，劲往一处使"，整合资源，集体攻关，努力提高创意的"落地率"，增强志书的亮点与特色。

（二）工作计划不要轻易改变

在修志过程中，各个阶段都会碰到许多困难和问题，都会有"高原"现象，这就需要发扬"不放弃"的精神，真正做到"咬定青山不放松"，朝着既定的目标迈进。章学诚曾说，修志有"三难"，其中之一就是协调难。本轮修志也碰到了许多困难，最大困难在于协调。

修志前期在于对外协调难。对外协调主要是指编辑部与承编单位之间的协调。对外协调难就难在"空间太大"。绍兴市级本轮修志涉及127个承编单位，685人参与，文字量达1000万以上。协调的关键在于处理好主导与主体的关系。前期的修志工作是由编辑部和承编单位组成的一种双边活动，在这个过程中编辑部是起主导作用的，承编单位是起主体作用的。这期间的工作重点是如何发挥好承编单位的主体作用，促使其由"要我修志"向"我要修志"转变，进而在编辑部的主导下，积极收集资料，编写资料，最终编写出一份合格的专业篇志稿。

修志后期在于对内协调难。对内协调难就难在"空间太小"。志书是"官书"，不是学术著作，不是个人作品，也不是一般的集体作品。这一特殊的性质，决定了志书在总纂合成时，只能在唱好"同一首歌"的前提下，做好各自的编写工作。协调的关键在于处理好民主与集中的关系，在充分发扬学术民主的基础上加以集中。

（三）组织架构不要轻易调整

在修志前期，组织架构宜以"平面型"为主，即按照自然、经济、政治、文化、社会五部类组建相应的组织，部类内部要分工明确，责任到人，定人定卷。这种架构便于统一组织协调，统一督促检查，统一整体进程。

进入总纂阶段，组织架构宜以"立体型"为主。把原来的五部类整合成自然社会、经济、政治文化三大类，大类内不再采用定人定卷的平面模式，而是采用扬长避短，整合资源，集体攻关的立体模式，达到"主攻重点，补其短板，带动一般，提升整体"的编纂效果。

三、坚持"不浮躁"的作风，推进修志工作

修志工作"慢不得，拖不得，也急不得"，切忌浮躁、浮快、浮华，必须发扬钉钉子精神和工匠精神，像剥竹笋一样，层层推进，步步为营。各位修志人要静得下心，鼓得起劲，拿得起活，努力成为行家里手。

（一）要仰望星空，重在"顶天"——驾驭篇目

志书的篇目是收集资料时的指南，是编写时的提纲，是成书时的"脸面"。从修志过程看，依次可分成三种不同类型和作用的篇目。对接的初次篇目，侧重于学科分类，是一种粗线条的"浮在上面"的篇目，是作为与承编单位对接与收集资料的基本遵循。在与承编单位多次对接基础

上编写的专业篇志稿篇目，更接地气，更具有操作性，是编写专业篇志稿的基本遵循。在对各专业篇志稿篇目汇总的基础上，经重新梳理调整，并经专家评审后形成的总纂篇目，更有整体性、科学性、特色性，是总纂的基本遵循。当然，随着总纂过程的推进，篇目还会作适当的调整。

在实际操作时如何驾驭篇目？必须深刻理解记述对象的学科体系与知识体系，居高临下，使篇目"不会缺"；必须熟悉现实情况，明白"应有"与"实有"，使篇目"不会虚"；必须准确把握事物的记述视角，区分主线与副线，避免交叉与重复，使篇目"不会偏"。

（二）要脚踏实地，重在"立地"——占有资料

地方志书是资料性文献，资料是地方志书的生命。修志人在实际操作中如何占有资料？资料的收集是以责任编辑与承编单位的有效对接为前提的。对接既是一种能力，更是一种态度与责任心。每个修志人心里必须明白，资料收集对承编单位只能"依靠"，但千万不能"依赖"。资料收集必须"两条腿"走路，其路径可形象地分为"三个圈"。第一个圈是承编单位提供的；第二个圈是在责任编辑指导下承编单位收集的；第三个圈是责任编辑亲力亲为收集到的。资料收集主要在前期，但也贯穿于整个修志过程。

（三）知行合一，重在"架桥"——掌握志体

每位修志人既要当先生，又要当学生，做到"能讲、能写、能编"。在编写的过程中，要始终让承编单位的撰稿人明白写什么、怎么写，并能按照志体的"套路"，架起"天"与"地"之间的"桥"，从而编写出一卷卷沉甸甸的志稿，最终汇成一部高质量的富有特色的志书，让读者看得明白，有所收获。

（该文载于《越地春秋》2016年第2期）

干事 与 求是

新一轮修志中强化对接环节的实践与思考

　　"对接"原意是指两个或两个以上航行中的航天器靠拢后接合成为一体，泛指互相接触、沟通。在现实社会中，接触与沟通意义上的"对接"是重要的工作方式与方法，尤其在新一轮修志工作中对接环节有着独特的作用与意义。新一轮修志与上一轮修志相比，有着迥然不同的背景与环境，一些新问题与新变化考验着修志人，需要进行各个层面上的创新。绍兴在新一轮修志过程中，续修《绍兴市志》编辑部用了半年多时间强化了资料收集阶段前的对接环节，有效地整合修志资源，取得了事半功倍的阶段性成果。新一轮修志中的对接环节可分为横向对接和纵向对接。本文主要围绕续修《绍兴市志》的实践，就新一轮修志中编辑部与相关承编单位的纵向对接进行思考，以提出一些有意义的结论。

一、新一轮修志面临的形势与强化对接环节的必要性

（一）从政府主导到多元参与的体制变化，决定了新一轮修志面临"众手修志"的格局

　　《绍兴市志》续志的时间断限为 1979 年至 2010 年，这一时期正

是我国由计划经济向中国特色社会主义市场经济转变的历史时期。一方面，国家管理机构的设置和职能发生了很大变化，方志工作者面临着与上一轮修志完全不同的资料收集环境，原来行之有效的资料收集途径受阻。上一轮修志时，各级政府对人财物等资源的控制较为全面，涵盖了社会的各个方面，行政手段切实有效。因而，上一轮修志采取由各级党政部门提供基础资料的方式，能够保证资料来源的全面性。而启动新一轮修志时，资源的配置大多由市场调节来实现，有些传统的政府管理部门被撤销合并，有些部门随着业务的变化和规模的扩大作了拆分，不少公共事业的管理被推向市场，新成立的机构则失去了原有的行政职能。另一方面，这一时期城乡面貌和居民生活也发生了巨大变化，社会结构和社会运行机制空前复杂，新事物、新问题层出不穷，新的社会团体、民间组织等纷纷涌现，传统的档案馆、图书馆等渠道已经不能涵盖志书的所有内容。有的社会变化，如居民生活状况，没有现成的资料，需要组织专门的调查；有的企业在急剧的产权、股权变化和经营地点的变更中发生了资料散失，需要征集口述资料。以上两方面的变化给修志的资料收集工作带来了很大的困难，甚至出现有关内容找不到主管单位或者承编主体的尴尬局面，这都说明上一轮修志时收集资料的方式，已经不能适应新一轮修志的要求，必须构建"众手修志"的格局。

（二）"地方志书每20年左右编修一次"的规定，决定了新一轮修志面临"新手修志"的现状

编修地方志是一项专业性非常强的工作。地方志百科全书式的内容要求，对于修志人员的专业素养、业务水平、知识面的广度和深度、文字能力及对地情的把握、行业的了解都有比较高的要求，因此理想的修志队伍应该是专家修志或者是"老手"修志。但是为了全面、客观、系统地编纂地方志，2006年国务院颁布的《地方志工作条例》明确规定："地方志书每20年左右编修一次。"在上一轮修志20年后，原来参与修志的人员已基本退休，新一轮修志启动时方志队伍"青黄不接"严重断档，修志任务大多只能由"新人"承担，只有不到10%的人曾参与过上一轮修志。这支队伍中的绝大多数人对编修地方志的重要性认识不足，而且多是"半路出家"，有的没有经过方志理论培训和修志实践，业务能力、知识水平参差不齐；有的在专业领域存在着知识结构的"短板"，突出表现为方志系统人员大多是文史专业的，缺少经济、社会等领域的专门知识，更缺乏复合型、通识型人才。

（三）修志前期编辑部与承编单位的力量配备，决定了新一轮修志面临"以少对多"的态势

续修《绍兴市志》编辑部担负着志书的总体设计、篇目拟定、分类指导、总纂审定及出版发行等工作，其人员由市地方志办公室的工作人员和外聘人员组成，人数较少。而相对应的是此轮修志承办单位（部门）多达127个，修志专职人员为175人，兼职人员达510人。编辑部对志书编修的总体思路、目标任务能否转化为承编单位编撰人员的自觉认知和行动，是修志成功的关键前提。同时，编辑部与承编单位在志书编修的整个过程中，工作分工各有侧重。征集资料、撰写资料长编和专业志试写等任务主要由承编单位和撰稿人来完成，编辑部则对承编单位和撰稿人进行经常性指导和督查。

总之，新一轮修志与上一轮修志面临截然不同的形势，"众手修志"的格局、"新手修志"的现状与"以少对多"的态势造成了新一轮修志过程中的一些困难与问题，这都需要通过强化修志编辑部与承编单位的对接去克服和解决，修志过程中对接环节的重要性愈加凸显。

二、新一轮修志中对接环节的主要内容

在新一轮修志过程中，续修《绍兴市志》编辑部按照地理、经济、政治、文化、社会五大部类，组建了相应的五个编辑组。然后以组为基本单位，主动出击，与各承编单位进行了全方位的对接。

（一）认识上的对接，解决"为何修志"的问题

对接环节首先要从提高认识，形成共识做起。一方面加强地方志的宣传，反复强调修志工作的重要意义，在广大承编单位和修志人员中树立明确的修志使命：编修地方志不是一件可有可无的工作，而是一项认识过去，服务现在，开创未来，具有长远社会效益的事业。另一方面借势借力，借助行政和法律手段明确修志工作地位。通过绍兴市委、市政府正式发文将编修地方志工作列入政府工作目标考核项目，开展《地方志工作条例》的学习培训，要求各承编单位领导高度重视，把修志工作作为当前和今后一个时期的政治任务，强化依法修志意识，切实加强领导，进一步增强撰稿人的工作责任感。

（二）分工上的对接，解决"谁来修志"的问题

一是进一步明确分工。尽管在启动阶段，承编单位的分工情况已由正式文件规定而明确，但在实际操作时还是需要就"社会分工"作进一步的对接。如有的是事先情况不明而造成分工错位的，需及时加以纠正归位；有的是内容交叉的，需及时明确牵头单位，由牵头单位对交叉内容进行整合；有的是无法明确牵头单位的，则按照各自"职能"，以"铁路警察各管一段"的方式加以明确；有的是随着修志的深入而不断挖掘和充实的新内容，也需要及时明确。针对难以落实具体责任单位的志书记述内容，通过服务外包或者课题招标等对接形式，选择具备较强专业素养和科学态度的科研机构或者有研究基

础的专家学者承担资料收集、研究和编写任务，并制定相应的评审考核机制，确保课题质量和进度。同时，要拓宽思路，采取措施让广大人民群众参与到修志事业中来，如可向社会公开征集改革开放以来的图照、故事、人物传记、回忆录等作为对志书内容的有益补充；通过动员行业协会参加修志工作，补充经济类等相关领域的内容。二是督促承编单位组建修志班子和队伍。在对接过程中，编辑部既要帮助物色、推荐人选，又要督促检查，力争使承编单位尽快建立起一支专兼结合、"老中青"结合、熟悉情况、文字功底较好、责任心强的修志团队。

（三）篇目上的对接，解决"怎么修志"的问题

篇目上的对接，是修志过程中对接环节的核心和重点。在新一轮修志正式启动前，续修《绍兴市志》编辑部已有了经多方讨论评审、较为成熟的篇目。这一轮的篇目在"科学分类"上考虑得较为周全，但在"符合行业现实的改革发展情况""体现地方特色"等方面往往还有较大的调整空间。为此，要着重在两个层面上对篇目进行多次有效的对接，增强篇目的科学性与可操作性。一是篇目的调整。对于有绍兴地方特色和时代特征的内容作进一步增强，对于遗漏的、残缺的内容补齐补全。二是篇目的细化。指导承编单位在原来篇目的"章、节"基础上，进一步细化至"目"以下。

三、新一轮修志中对接环节的主要形式

（一）"点上走访对接"

续修《绍兴市志》编辑部主动出击，各编辑组在资料收集之前，就对启动动员、任务布置、篇目细化调整、人员配置等进行了数轮"地毯式"全覆盖的走访对接。一方面通过面对面地交流，宣传修志工作的重

要性，获得承编单位的理解和支持。另一方面，就篇目调整细化、资料收集、资料长编和专业志稿的编写等进行"一对一"的对接指导。这样既容易形成共识加快修志的进程，又能提高承编单位修志人员的业务能力和编辑团队的沟通互动能力，同时也能获取关于承编单位实际情况的第一手资料，对全市修志工作整体情况有了更加全面感性的了解和理性的把握。

（二）"面上整体对接"

在点上走访对接基础上，还要注重面上整体对接。一是面向所有承编单位的"大"对接。采取组织"学习《地方志工作条例》，推进依法修志"报告会，举办"地方志资料收集"和"资料长编编写"培训班，编印"修志简报"等形式，推动修志工作的整体进度。二是面向部类内的所有承编单位的"中"对接。如有的部类召开了修志工作交流汇报会，有的部类组织了修志工作现场观摩推进会，有的部类举办了修志工作交流培训会。三是面向部类内部某一方面关联性比较大的相关承编单位的"小"对接。如组织"宣传口"修志工作交流培训会、"民主党派与群团"版块的修志交流推进会、"开发区"版块交流培训会，另外还分别围绕"物流""电子商务""民营经济""婚姻家庭"等专题召集相关承编单位开展交流研讨会。不同层面的面上整体对接，有利于解决一些共性的问题，有利于相互学习、启发、借鉴，有利于统一语言、文风等，也有利于现场协调，做到统分结合。

（三）"过程节点督促对接"

一是阶段性节点督促对接。修志可细化为若干个阶段，待修志推进到某一阶段时，续修《绍兴市志》编辑部会及时发出通知要求承编单位自查，编辑部进行复查，绍兴市地方志编纂委员会办公室开展督查。通过检查，发现问题，及时总结，形成"比、学、赶、帮、超"的竞争氛围,以实现修志工作的整体推进。二是年段性节点督促对接。编辑部借鉴政府工作目标责任制考核的经验,把编修地方志工作纳入政府的重点工作中,并对各承编单位开展年度考核,从加强行政管理力度上保证修志工作的有序开展。

四、新一轮修志开展对接的成效

通过续修《绍兴市志》编辑部和承编单位的共同探索实践,在对接过程中,取得了一些成效。

(一)对接促进了修志人达成共识

不同的承编单位撰稿人的知识背景和对修志的认知各不相同,即使是编辑部内部在许多问题的看法上也有不同,通过反复的对接沟通,有利于各个单位、各个编辑统一认识,达成共识。例如通过对接环节,编辑部和承编单位不断地沟通、研讨而形成的《绍兴市志(1979—2010)》篇目细化初稿,就在原先讨论稿的基础上更加专业化,更加全面化,也更富于操作性,获得了双方的认可;通过对资料全面性和客观性的反复强调,解决了承编单位对编写资料长编的疑虑,保证了专业志初稿资料来源的可靠性。

(二)对接解决了修志过程中的一些共同性问题

在修志过程中,承编单位存在许多共同性的问题,如修志经费列支问题、人员聘用问题、资料档案查找问题等。在对接过程中,续修《绍兴市志》编辑部充分了解承编单位的实际困难和需求,经收集整理形成专题报告,向绍兴市委、市政府报告,积极争取绍兴市委、市政府以及财政、档案等部门的支持,落实修志工作扶持政策,一揽子解决承编单位的人员聘用和修志工作经费等问题,简化在档案馆查看档案的手续,为承编单位和修志人员消除后顾之忧。

（三）对接推动了修志工作整体进度

通过不断地对接沟通，编辑部有效地掌握了各个承编单位的工作进度，从而可以通过"抓两头，促中间"等方式去整体平衡修志节奏，避免出现"跛脚走路"的短板，保障修志工作整体上按计划推进。

五、结论

结合续修《绍兴市志》编辑部的实践探索，对于新一轮修志的对接环节有了一些新的认识和看法。

（一）对接环节是修志过程中介于启动与资料收集之间一个相对独立的重要阶段

对接环节能有效整合修志资源，同时也能对修志过程中碰到的困难与问题作提前介入，对修志的整体情况和现状作广泛的调研与重新认识，对专业知识和方志业务作持续的学习与消化。对接环节是一个对篇目的不断调整与细化的过程，更是方志部门与承编单位在诸多方面形成共识的过程。

（二）对接环节具有反复渗透性，贯穿于整个修志工作全过程

虽然在新一轮修志的实践中，大规模的、集中性的对接工作会在全面开展资料收集工作以后暂时告一段落，但是分片、分行业的小型与个别的对接还将始终存在。无论是篇目的持续调整、细化和专业志稿的编写，还是分纂、类纂和总纂的合成定稿，对接还将贯穿其中。实践和认识的无止境、高度多元化和动态化的社会发展都决定了在修志过程中对接环节的持续性、反复性。

（三）强化对接环节是提高修志工作的效率性和志书质量的有力保证

"工欲善其事，必先利其器。"从绍兴新一轮修志的实践探索中可以

看出，把对接环节作为一个独立的、重要的修志阶段来对待，投入足够的时间、精力开展与承编单位的对接是必要的、有效的。强化对接环节的各项工作，创新对接的形式与内容，是保证修志工作效率和志书质量的重要基石。

（该文载于《浙江方志》2014年第1期）

新一轮志书编修过程中开门
修志的探索与启示

当前，以《全国地方志事业发展规划纲要（2015—2020年）》颁布实施为标志，地方志事业正处于从"一本书"向一项事业转变的时期。面对新形势、新任务、新要求，以精品佳志为标杆，加快推进志书编修主业，是地方志各项事业繁荣发展的基本前提和必要基础。但是从新一轮修志的特点来看，地方志机构普遍存在队伍建设上的短板。因此，新一轮修志应利用政府、社会、市场的资源参与修志，将实施开门修志作为补齐短板、提升能力、推进工作的重要方式。本文试图结合绍兴市新一轮修志的实际，从理论与实践结合的层面上对开门修志作些思考。

一、开门修志是新一轮志书编修的必然要求

（一）新一轮志书编修的断限处于当代期

《全国地方志事业发展规划纲要（2015—2020年）》指出："目前，首轮修志结束，第二轮修志进入关键时期，已出版7000多部省、市、县

三级地方志书……"，"到2020年，完成第二轮地方志书规划任务，省、市、县三级地方志书全部出版"。从浙江省周边地市及省内地市第二轮（新一轮）志书断限来看，如《扬州市志》《南昌市志》《济南市志》《合肥市志》《杭州市志》《湖州市志》等，其编修时间大致为20世纪80年代中期至2010年前后，上限最早的为1978年，下限最迟的为2013年。可见，新一轮志书编修对象的断限，基本处于改革开放和社会主义现代化建设新时期，属于当代史范畴。这就决定了本轮修志的资料收集处于静态与动态并存状态。静态是指部分资料已存入各类档案馆或专业馆。动态是指部分资料还处于使用或整理之中，尚未进入档案室。其中，部分甚至是"活"的"口头"资料，还没有形成书面记录。这给资料收集工作带来了困难，相对封闭、单一的传统资料收集方法遇到了挑战。

（二）新一轮志书编修的对象处于变革期

《地方志书质量规定》要求，志书的篇目设置要合乎科学分类与现实社会分工（现行管理体制）实际。但是无论从学科分类还是社会分工看，新一轮志书编修都处于剧烈的变革期。从学科分类看，现代社会的学科门类越来越多，新学科、新领域层出不穷，而且学科、领域之间又趋于相互交叉、渗透、融合，跨学科、跨领域的综合性记述越来越多；从社会分工看，当前正处于社会转型、体制转轨、政府机构调整与职能转换期；这一特定的历史时期以及"内容完整，横不缺要项，纵不断主线"的志书记述要求，无论是对事物记述的完整性还是专业性都提出了新的挑战，这就有可能造成有的新事物、新领域，如"信息化建设"卷因为专业知识掌握不全不深而难以把握和记述；有的因职能的转变、机构的频繁调整，造成资料等遗失，而难以系统记述。

（三）新一轮志书编修的队伍处于断层期

由于各种客观原因，当前新一轮志书编修队伍以"老、小"为主体，处于"青黄不接"的断层期。以绍兴市为例，上一轮修志共有98个承编单位，293名编修人员。新一轮修志共有127个承编单位，685名编修人员（专职为175人，兼职为510人），其中参与过上轮修志的人员不到10%。因《地方志工作条例》规定"地方志书每20年左右编修一次"，以"老、小"为主体的修志队伍经过20年的岁月轮回，原先"老"的，经历"退居二线"后已全部退休；原先"小"的，已年富力强，成为单位部门的骨干，承担着相关单位的主业工作，一般不太可能再来从事修志工作。因此，新一轮修志只能无奈地重复着"昨天的故事"，还是以"老、小"为主体，只是不同的一批人罢了。这给修志工作带来了难度，"小"的因缺乏历史感，在编修时对事物的整体性、系统性难以把握；"老"的因已"退居二线"，在组织协调方面的功能已逐步弱化，无论在收集资料还是在组织编写上，往往显得"心有余而力不足"。同时，像修志编辑部的骨干及专业篇志稿的主笔类的领军式的专家更为稀少。上一轮的修志骨干因年龄、身体原因，面对需与时俱进地开展新一轮的高质量修志工作，往往显得力不从心，很少有人乐意参与。

二、在新一轮修志过程中开门修志的实践探索

在新一轮修志时，续修《绍兴市志》编辑部对开门修志的形式作了积极的探索，并概括为整体外包型和参与渗透型两种形式。

（一）整体外包型

整体外包型主要包括直接整体外包和间接整体外包两种形式。直接整体外包是指修志编辑部把修志的有关编写内容直接外包给相关的团队、专家。一是志体的外包。绍兴市本轮修志的篇目采用章、节体形式，共45卷。其中"风俗、方言"卷、"姓氏、家谱"卷等整体外包，由相关的专家、团队编写完成。二是记体的外包。为更好地体现绍兴水城的地方

特色，绍兴市创新编纂形式，在大事记后，新设了"重建水城纪事"专题大事记，并整体外包给绍兴市水利学会。同时，设立了"绍兴古城2500年记""绍兴城镇化述要""新绍兴人""绍兴人经济""绍兴文化产业纪略""绍兴钢铁厂破产纪实""兰亭书法节纪实"等专记，编辑部以课题招标的形式，外包给相关的团队和专家。三是传体的外包。人物传的编写（含人物补遗）整体外包给绍兴市乡土文化研究会，由其组织编写完成。四是图体的外包。本轮修志图体中的照片，除承编单位提供少量有用的照片外，其余的照片外包给绍兴市摄影协会，由其组织征集、提供并参与编辑。五是录体的外包。"丛录"卷采用整体分拆外包的形式，其内容由相关专家编写完成。同时把"购买生活品票证""1979—2010年国有企业变迁目录"等附录外包给相应的机构，由其组织调查，编写完成。间接服务外包，是指承编单位把修志编辑部分派的任务，整体外包给相应的团体、专家。如绍兴市经济和信息化委员会把"工业"卷的编写外包给了绍兴市越商经济研究会，绍兴市旅游委员会、市建筑业管理局分别把"旅游业"卷和"建筑业"卷的编写分别外包给了绍兴文理学院相应的分院和系科。

需要指出的是，整体外包在实际操作中并不是简单的"一包了之"，而是必须注重全过程的有效对接。一是要注重事前的对接。无论是通过约请还是通过公开招标的形式外包，供需双方都必须作面对面的沟通。要重点讲清楚志书的性质、志体的特点，特别是要强调所写内容必须占有完整、真实、系统的相关资料，具有足够的信息量和信息密度。同时，还要有一个初步的编写方案，明确基本的编写提纲（篇目）、文字容量、体裁及编写时间要求。二是要注重事中的追踪。其间要建立定期的对接追踪机制，双方就编写进程中出现的问题作及时对接，以便进一步形成共识，寻找对策，避免走弯路，提高效率，加快编写进程。三是要注重事后的评审。待成果基本形成后，编辑部要组织评审会，邀请有关专家、行家参与评审，并要求编写者积极吸收评审会提出的好的意见建议，对成果作进一步修改提高，直至符合志书的编写要求后，才给予结题。

（二）参与渗透型

相对于整体外包而言，参与渗透型主要是指专家、行家全方位参与编辑部主持实施的修志工作的主要环节，为修志工作提供智力支持，而不是独立地去完成某一方面的修志内容。

1. 参与编纂方案的制定

围绕志书定位、编纂思想、整体框架、体例结构、编纂要求、实施步骤、工作体制、保障措施等方面，反复征求多方多地专家意见建议。

2. 参与编目的设置与调整

一是注重对初次篇目设置的评审。对编辑部起草编写的篇目组织评审，邀请市内专家参加评审会，编辑部在吸收专家意见建议的基础上，认真加以修改提高，以更好地体现科学分类，并作为承编单位篇目对接与资料收集的基本遵循。二是注重对二次篇目的调整。随着修志工作的展开，编辑部的责任编辑逐一与承编单位的主笔及行家就篇目作再次对接，虚心听取专家特别是各行各业专家的意见，使篇目更加符合社会分工实际、更加接地气、更具有操作性，为专业篇志稿的编写提供基本遵循。三是注重对总纂篇目的汇总与评审。从科学性、整体性、创新性、特色性的高度对以专业篇志稿为基础形成的篇目再作一次全面的汇总与梳理，邀请市内外专家审读，在此基础上对篇目作再次调整，形成相对稳定的总纂编目。这样做一方面是为了吸收专家意见，提高篇目的品位；另一方面是为了实现"关卡前移"，努力做到问题早暴露，并力争在总纂之前把涉及篇目的问题解决好，避免在志书评审时出现"倒拔蛇"的被动现象，为修志赢得时间。

千事与求是

3. 参与专业篇志稿的评审

专业篇志稿是志书的有机组成部分，是"众手成志"的关键环节，是编纂一部高质量地方综合志书的基本保证。绍兴市在新一轮修志时强化了专业篇志稿的评审环节，采用三级评审的方法，也为广大专家、行家参与评审提供了一个很大的平台。在初审时，各承编单位的编写班子需广泛征求现职领导、有关业务处室负责人，及熟悉本行业业务与历史的老领导、老同志、老专家等的意见，对照标准对编写的卷（章、节）志稿从内容到形式上进行评议修改。在联审时，以卷为基本单位，由牵头单位组织实施，邀请熟悉本行业的老同志及专家、学者参加。牵头单位主笔需综合和吸收评审会的各种意见，对专业篇志稿进行修改统稿、形成送审稿。在复审时，由编辑部负责把关，重点是邀请行家、专家、学者就特色卷、亮点卷、关注卷、薄弱卷再次进行审读与评审，以达到"主攻重点，补其短板，带动一般"的效果。

4. 参与志书的评审

志书合成后，严格落实浙江省方志办制定的三级评审方法，邀请更高层面的专家学者参与评审，并综合吸收评审会的各种意见、建议，真正把新一轮的绍兴市志打造成一部具有时代特征、地方特色、编写特点的地方志书。

三、新一轮修志过程中开门修志的主要成效

在新一轮修志过程中，续修《绍兴市志》编辑部通过采用开门修志的方式，补齐了队伍的短板，推动了志书编修工作，取得了显著成效。

（一）提高了志书质量

一是能提升志书的资料性。志书是资料性文献，资料是志书的生命。任何事物都有一个产生、发展、消亡的过程。相应地从社会分工的角度

看，对事物"产生"和"消亡"阶段的管理往往显得较为薄弱，乃至"空白"。而从修志的角度，往往表现为该时间段的资料用传统的手段很难收集，这就必须发挥社会和市场的力量，通过开门修志来弥补这一短板。如"信息化建设"卷及"新绍兴人"、"绍兴人经济"、"购买生活品票证"专记等资料，大多是通过开门修志而获得的。二是能增强志书的著述性。课题是增强著述性的一种有效载体。课题从特定的领域和视角切入，能提高志书记述的深度和广度，同时克服了以部门、行业分头编写复杂问题所带来的一些局限，提高了记述的综合性与系统性。绍兴市新一轮修志分批推出的20个招标课题，其成果都以不同的形式成为志书的有机组成部分，大多数转化成为专记的形式；有的直接转化成正文，以卷、章、节的形式出现；有的充实了综述、概述及小序的内容。这些无疑增强了志书的著述性。同时，经专家的多次审读与评审，篇目的整体性、严谨性、创新性有了很大的提升，这也增强了志书的著述性。三是能体现志书的特色性。志书的特色性主要体现在地方特色、时代特征、编纂特点上。绍兴作为江南水乡，有"东方威尼斯"的美称，本轮修志在大事记后创造性地设计了"重建水城纪事"这一版块，作为编写的特色与亮点，并整体外包给了绍兴市水利学会。又如能体现绍兴特色的"旅游"卷、"建筑业"卷、"人物"卷、"丛录"卷也通过整体外包，由专家团队编写，加大了记述的深度与广度，更好地彰显了特色。

（二）加快了编写进程

在志书编修过程中，通过开门修志，借势借力，社会力量承担了部分修志业务，客观上减少了编辑部的编修工作量，加快了志书编修。如绍兴市新一轮修志，约10%的文字篇幅是由社会力量完成的。另一方面，通过专家、行家的大面积参与指导，特别是专业篇志稿通过三级地毯式的评审，整体质量有了明显的提升，为后期的总纂阶段顺利推进打下了良好的质量基础，客观上也为编辑部在编纂时整合资源，通过"主攻重点，补其短板，带动一般"的方式，又好又快地推进整体修志工作创造了条件。

（三）弘扬了方志文化

通过开门修志，一方面客观上扩大了修志队伍，在参与中形成修志合力，在参与中营造良好的修志氛围，达到了"调动多方积极性，共修一本好志书"的目的；另一方面，大家在参与中学习，在学习中参与，通过会议、培训、讲座、研讨、评审及征集、外包等形式多方面宣传普及了地方志知识，弘扬了地方志文化。

（该文载于《浙江方志》2016年第1期）

高质量开展新一轮修志专业篇
志稿评审的探索与思考

专业篇志稿是"众手成志"的关键环节,是编纂一部高质量地方综合志书的基本保证。专业篇志稿质量的高低,直接决定着一本志书的质量与品位。在新一轮的修志过程中,续修《绍兴市志》编辑部从强化专业篇志稿评审特别是联合评审的环节入手,在整体提升专业篇志稿质量方面作了一些有益的探索与思考,取得了明显的效果。

一、"众手成志"所形成的问题

新一轮修志与以往修志相比最大的特征之一是"众手成志"。这里所谓的"成志",首先是指由承编单位编写出较高质量的专业篇志稿。这里所指的"众手",一是指参与编修志书的人数众多,如编修《绍兴市志(1979—2010)》涉及承编单位127个,参与修志的人员达到685人,其中专职175人(在编45人,聘用130人),兼职510人;二是指承编单位的编修人员新手众多。国务院颁布的《地方志工作条例》明确规定:"地方志书每20年左右编修一次。"以绍兴市为例，离上一轮修志20年以后，原来参加过修志的人员已基本退休，新一轮修志启动时方志队伍以新人为主，只有不到10%的人曾参与过上一轮修志。

在实践中，"众手成志"的状况造成了专业篇志稿编修过程中的诸多问题。

（一）"众手成志"造成对修志重视程度不一

部分参与修志的人员对"为何修志"的价值、"依法修志"的规定认识不到位，缺乏修志工作的责任感、使命感与自豪感。同时，由于重视程度不够，部分承编单位参与修志的人员专业素养不高，队伍缺乏稳定性，如有的单位2年时间里主笔人选更换了3至4次，给修志工作的专业性、连续性、规范性带来了难度。

（二）"众手成志"造成专业篇志稿的编写进度不一

《绍兴市志（1979—2010）》编纂动员大会于2012年10月召开，标志着新一轮修志的正式启动。按照《〈绍兴市志（1979—2010）〉编纂工作实施方案》的要求，各承编单位从2013年开始逐步进入资料收集、整理与资料长编编写阶段，2014年开始进入专业篇志稿编写与评审阶段，并要求7月底基本完成专业篇志稿初稿的编写。但从编辑部的督查、通报情况看，承编单位的修志进度整体上明显滞后，截至当年6月底，整体上只有60%的单位完成了进度的一半，其中有10家单位仅完成了进度的10%，9家单位只完成了20%，16家单位完成了30%，16家单位完成了40%。

（三）"众手成志"造成专业篇志稿质量参差不齐

从承编单位编写的专业篇志稿来看，无论在结构、内容、资料还是在体裁、行文上都存在着较多的问题，有的整体布局不够合理，结构不够严谨，归属失当，排列混乱；有的内容不够完整，重点不够突出，体现时代特征和地方特色不够；有的资料缺乏全面性、系统性，显得较为单薄；有的记述、行文不符合志体要求。从整体上看，大约只有15%的志稿基本符合要求，55%的志稿具有一定的修改空间，30%的志稿需要重新撰写。

总之，新一轮修志需要"众手成志"，但在实践过程中，既要扬"众手成志"之长，也要弥补"众手成志"之短，这就需要在修志过程中强化评审环节，提高专业篇志稿质量。

二、强化评审环节的具体做法

为进一步提高专业篇志稿质量，《绍兴市志（1979—2010）》专业志稿评审工作采用"三级评审制"的方式，首先由各承编单位对专业志初稿进行初审；然后，由牵头单位、承编单位和市志编辑部开展联合评审；最后，由市志编辑部组织复审验收。在"三级评审"过程中，着重强化了联合评审的环节。

（一）做足事先，夯实基础

为使联合评审取得实效，编辑部花了1个月的时间，在以下几个方面做足准备：一是质量上的准备。联审的志稿应具有一定的质量规范性要求，因此联审应当在初审的基础上展开。各承编单位的卷（章、节）由主笔进行全面的编辑统稿后，在承编单位分管领导的主持下，组织编写班子广泛征求承编单位的现职领导、有关业务处室负责人及熟悉本行业（事业）业务与历史的老领导、老同志、专家等的意见，对照标准，对编写的卷（章、节）志稿从内容到形式进行评议修改。初审着重审查志稿内容是否真实、完整、齐全，是否反映特点，时间、地点、统计数据、计量单位、人物名称、机构名称、引文、图表、照片等是否规范准确，并在记述的政治观点和专业知识上把关，是否符合志书体例、语言文字等要求。对初审中提出的修改意见，由各承编单位的主笔负责修改，再将修改稿送交专业篇志稿牵头单位和市志编辑部。二是分工上的准备。按照加强协作配合的要求，由牵头单位承担专业篇志稿的统稿、评审等工作，各承编单位积极主动对接和配合，对志稿进行有效的归集整合。市志编辑部加强对编纂工作的指导和协调，把"《绍兴市志（1979—2010）》专业篇志稿编写牵头单位表"以"两办"（中共绍兴市委办公室、绍兴市人民政府办公室）文件的附件形式下发，并加以明确。三是形式上的准备。以市地方志办公室的名义发文，明确主笔人选，并在会上颁发聘书，以增强主笔的责任感和积极性。举办主笔业务培训会，由市志主编对有代表性的专业篇志稿作点评，并对评审的作用、标准、环节、流程进行讲解，有关先进典型作经验交流与表态发言。组织评审现场会，编辑部选择具有代表性的"文化艺术"卷作为试点，开展现场评审，为联审工作的全面铺开起了一个好头。

（二）做明事中，规范操作

编辑部花了3个月时间对《绍兴市志（1979—2010）》除编辑部承担的5卷外的40卷专业篇志稿作了地毯式的逐一评审，并下发了《关于〈绍兴市志（1979—2010）〉专业篇志稿联合评审工作的补充通知》，明确规范操作。一是统一文本格式。下发"联审文本规范"，既附有"文化艺术卷"联审文本的"直观样本"，还有文字、表格的说明。如对"封面、目录、正文、图照、表格"等的要素与内容，及打印的字号、字体、位置都作了明确且具体的统一规定。二是统一文本的文字篇幅。明确专业篇志稿篇幅，初稿文字量约为志书相应部分成稿文字量的1.5倍，送审稿约为1.2倍。三是统一评审标准。在思想性方面，要求以辩证唯物主义、历史唯物主义和中国特色社会主义理论体系为指导，体现党的十一届三中全会以来的路线、方针、政策，符合国家宪法和有关的法律规定以及国家民族、宗教、统战、涉外、保密等政策，坚持实事求是的思想路线，全面客观系统地反映绍兴市自然和社会的历史与现状，特别是绍兴市改革开放的实践、经验与教训。在资料性方面，要求记述内容全面、系统、翔实，主体内容做到"横不缺要项，纵不断主线"，既要着重反映成绩与经验，又要体现不足与教训。重视以事系人，注意点、线、面记述手法的结合。注意选用本行业（事业）具有开创性、代表性、典型性和较高存史价值、使用价值的资料，尤其要重视对具有时代特征和专业特色的资料的选用。在规范性方面，按照《地方志工作条例》和《地方志书质量规定》的要求，做到篇目设置科学、归属得当、层次分明、排列有序、标题简明确切。综合运用述、记、志、传、图、表、录等体裁。文字按照国家关于出版物有关规定及《绍兴市志（1979—2010）行文细则》，行文使用规范的现代语文体，文风要求严谨、简洁、朴实、流畅，力戒套话、空话。四是统一评审流程。评审流程依次为：由牵头单位分管领导主持会议；由联审主笔介绍编写情况（承编单位主笔可作简要补充）；评委对专业篇志稿提出评议修改意见（主笔和评委可作适当互动）；由评审组组长提出联审意见。五是统一评委的组成。评委组的组成人数一般不超过5人，包括本专业领域的专家学者、熟悉本行业的老同志和方志专家，并推选1人为评审组组长。评委由牵头单位根据志稿内容的多少、涉及单位的数量及专业性的要求推荐，并报市志编辑部同意后确定。

（三）做深事后，注重质量

在联审的基础上，编辑部花了2个月时间，做好专业篇志稿的复审验收工作。一是明确复审验收标准。主要有篇目结构是否合理，门类层次领属是否得当；资料是否齐全、真实、准确，史实、数据是否相互抵牾；记述内容是否全面、完整、典型，重点、特色是否彰显；详略是否得当，与前志衔接、过渡是否合理，是否过多重复；思想性、保密性、专业性等方面是否有差错。二是明确复审验收方法。责任编辑分卷审读专业篇志稿送审稿，记录志稿优缺点、问题及修改意见，并再次与牵头单位和承编单位的主笔对接，达成修改意见，作进一步的修改提高。编辑部对专业篇志稿终审稿逐卷讨论研判，确定志稿质量等次（分为合格、基本合格和不合格三类），并形成复审验收意见。

三、评审的效果与思考

通过为期半年认真、严谨、有序的专业篇志稿评审工作，不仅取得了预期的效果，也使大家对评审工作有了更深的理解。

（一）评审工作重在发挥编辑部与承编单位的积极性

志稿的评审工作是由编辑部和承编单位共同参与的双边活动。为使评审工作取得预期的效果，不仅要发挥好编辑部的主导作用，同时也要发挥好承编单位的主体作用。编辑部的主导作用主要体现在评审方案的制定，评审技能的培训，评审工作的实施，评审节奏的把控，评审质量的把关上。承编单位主体作用发挥的关键是要做好"要我评审"的外在要求向"我要评审"的自觉行动转变，主要体现在承编单位以积极的态度看待评审，不把评审当作负担，而是当作提高专业篇志稿质量的必要环节；以积极的姿态组织参与评审，按各自分工，做到"守土有责"；以虚心的态度看待评审的意见，把评审当作对专业篇志稿的"集体会诊"；以主人翁的姿态修改志稿，积极吸收消化评审中专家提出的意见建议，反复打磨修改，尽力写出合格的专业篇志稿。

（二）评审工作是整体提升专业篇志稿质量的重要环节

评审的过程是编辑部与承编单位领导、编写人员和评委的一次面对面的再对接过程。特别是处于"第三方"的评委，对修志工作的态度以及具体的评审意见更易被承编单位所接受。编辑部、承编单位和编写人员能在更高的层面上就"为何修志""何为修志""怎么编写出高质量的志稿"等问题达成共识。同时，在评审的过程中还形成了"比、学、赶、帮、超"的氛围，加快了修志进程。如在评审涉及部门较多的"经济管理"卷时，参加评审的承编单位分管领导被评委专家的敬业精神所感动，志稿质量相对较好的单位表示要做到精益求精，力争出精品；相对较差的单位则认识到差距，强调要加强领导，充实力量，迎头赶上，不拖后腿。更为重要的是，通过面对面的评审和指点、相互的比较、反复的修改，志稿的质量得到了整体的提升。以绍兴市评审修改后的专业篇志稿质量来看，约有15%的稿件属"上乘之作"，有75%达到了"合格和基本合格"的标准。值得一提的是，有些问题如果在专业篇志稿编写阶段没有及时发现并给予解决，而到了总纂时是很难解决的，如内容上涉及重要事项及相关资料的缺失等，而这些问题往往会成为影响整本志书质量的"短板"。通过严格的评审环节，实现"关口前移"，能够及时发现此类问题并加以解决，从而保障了整本志书的质量。

（三）评审工作是加强修志队伍建设的重要平台

无论是编辑部的责任编辑还是承编单位的编写人员，评审工作既是推进专业篇志稿编写的重要环节，也是锻炼培养人才的良好平台。通过面对面的评审，编辑人员的相互学习、相互启发，特别是能从专家评委身上学到评审的方法与技能，把握评判专业篇志稿质量高低的尺度，掌握专业篇志稿编写的思路、方法及要求等，真正实现"干中学""学中干"，在实践中培养一支"能评、能编、能写"的编修队伍。同时，在评审过程中，还能从承编单位的编写人员中发现一批修志人才。随着专业篇志稿评审的结束，志书编纂便进入总纂阶段，工作的重心也将从承编单位转移到了编辑部。这样在评审过程中，涌现出来的热爱修志事业、熟悉修志业务的优秀人才便可以充实到市志编辑部去，以壮大编辑队伍，又好又快地推进市志的总纂工作。

（该文载于《浙江方志》2015年第6期）

服务大局　履行职责
努力做好党史资政工作

　　近年来，绍兴市委党史研究室认真贯彻落实中央《关于加强和改进新形势下党史工作的意见》和省委有关精神，坚持以"围绕中心、服务大局"为根本方向，以"以史为鉴、资政育人"为根本任务、以"加强党史队伍建设"为根本保证，靠存史立家，资政兴家，团队建家，努力提高党史工作的科学化水平。特别是在资政方面，绍兴市委党史研究室作了些有益的探索，取得了一些有影响力的成果。

一、做好资政工作，是党史工作的题中之义

（一）从党史研究室的职能看，资政是党史工作的根本任务之一

　　存史、资政、育人是党史研究室的基本职能。资政，就是要通过深入的研究成果，用党的丰富历史经验为党和政府提供决策咨询。党史工作的成效大小，归根到底要用资政和育人的实际效果来衡量。因此，我们要进一步提高对党史资政工作的认识，发挥资政成果对理论创新的借鉴作用、对党委和政府决策制定的参谋作用、对组织群众动员群众实施

决策的助手作用、对经济社会发展的促进作用。

（二）从党史部门自身发展的角度来讲，做好资政工作是主动取得支持，赢得良好发展环境的需要

党史工作者不仅要静得下心，潜心研究，同时也要敞开大门，"围绕中心、服务大局"，发挥专业优势，积极开展资政研究，为当地党委、政府提供智力支持、历史借鉴、咨询服务。只有这样，才能提升党史部门自身的影响力，才能赢得应有的地位与尊重。

二、积极有为，做好资政工作

（一）精心谋划，做好资政的"节庆"文章

2011年，为纪念中国共产党成立90周年，市委党史研究室编纂出版《红色印记——绍兴党史要览》《红色征程——绍兴党史画卷》《红色地标——绍兴党史胜迹》系列红色丛书；制作了20期《寻访红色地标》电视专题片，在绍兴电视台新闻栏目中播出；在绍兴网上推出"90年辉煌历程看绍兴"专栏，历时3个月，每天介绍一位党史人物、一个红色地标、一个革命故事，并推出网友"红色地标之旅"，在社会上引起了较大的反响。

2012年，为迎接党的十八大召开，市委党史研究室制作了绍兴市首张"红色地图"——绍兴市党史胜迹分布图；举办了《寻访红色地标牢记党的宗旨——绍兴市党史教育基地巡礼》展览，在全市进行了巡展。基于绍兴大城市发展的规划思路，2012年，市委党史研究室把一个综合资政课题的成果——当代中国城市发展丛书"绍兴"卷加以出版，从历史与现实的结合上为领导决策提供服务，并获得了"全国党史部门党史优秀成果奖"著作类二等奖。

2013年，为庆祝中国共产党成立92周年暨中共绍兴地方组织成立

90周年，组织开展了"五个一"系列教育活动。市委党史研究室于7月1日在《绍兴日报》推出了《彩云追月，寻访红色经典》8个版面的专刊。2013年，是绍兴"撤地建市"30周年，市委党史研究室推出"撤地建市：点燃绍兴人的大城市梦""绍兴城市发展30年大事记"等资政文章，为绍兴的区划调整造了声势。2013年，也是毛泽东同志批示推广"枫桥经验"50周年，市委党史研究室承办了全省党史系统的纪念座谈会，并组织撰写了《50年来"枫桥经验"的发展与启示》等一批资政文章。

2014年，为庆祝建党93周年，市委党史研究室成立了绍兴市党史系统中共党史宣讲团，先后走进机关、农村文化礼堂开展党史宣讲，受到了党员干部群众的一致好评。

2015年，为纪念抗战胜利70周年，市委党史研究室策划出版一本绍兴抗战图志、一个首日封、一张红色地图等"七个一"的系列纪念教育活动。

（二）履行职能，写好资政的"命题"文章

写好"命题"作文，主要是指承接上级领导布置的资政任务。2013年，市委党史研究室首次承担由市委主要领导下达的综合性研究课题——"绍兴突围——绍兴成功应对国际金融危机纪实"。绍兴在成功应对2008年国际金融危机后，有很多经验、做法需要总结，也具有存史的价值。市委把这个课题交给市委党史研究室，一方面体现了市委领导对党史工作的重视和信任，另一方面也是对市委党史研究室工作的考验。大家发扬干中学、学中干的精神，举全室之力，主动取得金融、政法、经信、国资等部门和所属6个县市区的支持，经过近1年的努力，形成了包括大事记、专题、重要文件选编等40多万字的综合材料，为市委决策及全市经济转型升级、科学发展提供资政服务。

（三）即时跟进，做好资政的"配合"文章

即时跟进，是要围绕当前当地党委、政府的中心工作、热点工作，及时有效地开展资政研究，提供资政服务。

自2013年省委、省政府作出推进农村文化礼堂建设的决定以来，绍兴市各级党史部门发挥优势，积极作为，主动当好农村文化礼堂总体建设的设计员、具体建设的施工员、先进文化的宣传员、工程建设的验收员。2014年4月28日，省委党史研究室《党史研究参考》第4期专题刊发了绍兴党史部门《服务大局 履行职能 当好"四员" 助推农村文化礼堂建设》的做法和经验，引起省委领导的高度重视。时任中共浙江省委常委、宣传部部长，省委常委、秘书长分别作了肯定性批示。

2014年，在开展第二批党的群众路线教育实践活动之际，市委党史研究室动员全室党员干部在认真学习《之江新语》的基础上，收录该书中的诗词古语共99条，并以诗词古语、出处、原文、注释、心得的形式加以浅解，汇编了《〈之江新语〉诗词古语浅解》一书。该书在绍兴市开展的党的群众路线教育实践活动中发挥了很好的作用，在广大党员干部中产生了很好的反响，也得到了时任省委常委、秘书长等的充分肯定。时任省委党史研究室主要领导、中共绍兴市委主要领导都作了批示。中国共产党历史网以"浙江省绍兴市委党史研究室编印《〈之江新语〉诗词古语浅解》"为标题进行了专题报道。

2014年，围绕省委、省政府"五水共治"及绍兴市委、市政府"重构绍兴产业、重建绍兴水城"的重大战略，市委党史研究室启动了《绍兴水城治水纪事》资政课题研究，为有关方面提供历史借鉴和咨询服务。

三、做好资政工作，需要不断总结提高

资政工作永远在路上，绍兴市委党史研究室通过近几年的探索和思

考，有了一些粗浅的体会。

（一）要善于谋划，明确资政方向

谋划党史资政，首要的任务就是抓好选题。党史资政研究选题一定要以现实问题为中心，以党委和政府正在做的事情为中心，紧紧围绕党委总体工作布局和经济社会发展大局，抓住党委工作的热点、难点和重点问题来谋划，着力形成对党委决策有启迪、对指导全局工作有帮助、对推动面上工作有借鉴意义的研究成果。

（二）要善于沟通，争取资政任务

重点是向上沟通汇报，主动请战。党委和政府的需要与党史部门的优势是党史资政的最佳结合点。要自觉听从党委指挥，全面履行职能，积极主动地围绕党委中心工作来谋划、开展资政工作。自身开展的重要工作要主动报告；党委重大部署要主动配合；对与党史工作有关的重大项目要主动争取。要围绕党委高度关注的重大问题，及时收集、选择、报送对党委和政府决策具有重要参考价值的选题，争取党委和政府下达任务。

（三）要善于组织，增强资政合力

要加强资政研究团队建设，注重发挥集体的力量。要靠团队建家，努力打造"学者型"班子，关心年轻干部的成长，培养好人才梯队；党史部门人手少、任务重，更加需要建立统分结合的工作机制，做到既能守土有责，又能集体协作。

（该文载于《足迹》2015年第2期）

党史育人工作的实践与思考

——以绍兴市党史系统纪念抗战胜利70周年为例

2015年，为纪念中国人民抗日战争暨世界反法西斯战争胜利70周年，绍兴市党史系统以"铭记历史、缅怀先烈、珍爱和平、开创未来"为主题，发挥优势，上下联动，开展了一系列纪念教育活动，成效显著，既弘扬了伟大的抗战精神，也对党史育人工作作了有益的探索。

一、绍兴市党史系统开展抗战纪念活动的基本情况

围绕纪念抗战胜利70周年，全市各级党史部门立足实际，及早谋划，精心组织，着力推动抗战研究成果转化，不断创新形式与载体，开展了一系列内容多样、形式直观的纪念活动。

（一）内容上突出地方性与多样性

为开展好纪念活动，绍兴市委党史研究室从立足地方特色入手，努力满足群众多样化的需求。一是出版专题书籍，全市党史系统先后出版了《绍兴抗战图志》《上虞抗战风云录》《嵊州抗日史》《新昌县抗日战

争时期人口伤亡和财产损失资料汇编》等书籍。二是开辟纪念专栏，8月至9月，绍兴市委党史研究室与绍兴日报社联合推出每周一版的"纪念抗战胜利70周年——抗战记忆"专栏和《卧薪尝胆渝雪耻——纪念抗战胜利70周年》特刊，与绍兴广电总台开设"我的抗战"和"绍兴抗战故事"专栏。县（市、区）级党史部门在相关媒体上也推出了《越地春秋》抗战专辑和"镜像历史——抗日战争在新昌"专栏。三是举行抗战图片展，举办了"抗日烽火——纪念绍兴抗日战争胜利70周年图片展""绍兴县抗日烽火图片展""上虞抗战史迹图片展""诸暨抗战烽火图片展""勿忘国耻，圆梦中华——嵊州市纪念抗战胜利70周年图片展""铭记历史，开创未来——新昌县纪念抗日战争胜利70周年图片展"等。绍兴市委党史研究室还制作了抗日战争胜利70周年纪念封一枚，内置纪念抗日战争胜利70周年邮票。四是进行党史宣讲，绍兴市党史宣讲团先后赴越城区越都社区、浙江华汇集团、塔山中心小学、柯桥区平水镇中学、新昌县图书馆宣讲，并在新昌县电视台以访谈形式宣传新昌抗战历史。五是开展寻访活动，先后开展了寻访任光、何云烈士足迹和"寻访抗战老兵"活动。诸暨市修建了6块抗战纪念碑，并重新对新四军浙东游击纵队金萧线人民抗日自卫支队史迹陈列室进行了布展。六是推进新媒体宣传，通过"绍兴发布"政务微博、微信平台发布纪念抗战胜利70周年信息；通过绍兴网特别策划"不屈的人民英雄城市——绍兴抗战记忆"大型专栏。七是召开座谈会，召开了纪念抗战胜利70周年座谈会，还主办了"为了永恒的记忆——绍兴市纪念中国人民抗日战争胜利70周年电视经典诵读会""抗战歌曲大家唱"歌咏晚会等。

（二）形式上突出直观性与互动性

内容决定形式，形式对内容具有反作用。为了让纪念活动真正吸引人、感染人、教育人，绍兴市委党史研究室从讲究形式出发，坚持在"三性"上下功夫，主要通过图片展、图志、红色地图及纪念邮票等载体在直观性上作探索；通过诵读会、歌咏会和故事会在生动性上动脑筋；通过寻访、访谈、新媒体宣传及书籍首发仪式，在互动性上求突破。例如，在寻访何云烈士足迹活动中，寻访团成员走进山西省沁县南里乡后沟村《新华日报》华北版旧址大院时，74岁的退休教师杜广义动情地说道："他拿着水桶和扁担，给村民打水，拿着西药，给村民治病，没有半点儿官架子……"听着老人的讲述，在场的人员无不为之感动。《绍兴日报》以《太行山上办报人——寻访何云烈士》为题对此作了整版报道，读者纷纷来电，表示深受教育。纪念活动中通过对亲历的再现、真情的表述，让人可读、可听、可看、可信、可敬。

（三）组织上突出系统性与协调性

年初，全市党史部门就把组织开展纪念抗战胜利70周年作为2015年的重点工作。一方面，在组织实施时突出系统性，做到事先精心计划，把活动的指导思想放在弘扬伟大的爱国主义精神、伟大的抗战精神和开拓创新的时代精神上，党史部门的角色定位放在发挥优势、扩大影响、树立形象、锻炼队伍上。在活动设计上注重思想性、地方性、群众性的统一，做到事前精心谋划，事中精心组织，事后精心总结。另一方面，在组织实施过程中，加强与有关单位部门的沟通协调，形成合力。尤其是善于与新闻媒体合作，营造舆论氛围，注重借势借力、借势造势，发挥优势、合作共赢。

二、绍兴市党史系统开展抗战纪念活动取得的成效

至2015年9月中旬，绍兴市纪念抗战胜利70周年系列活动基本结束，取得了多方面的成效。

（一）拓展了受众面

受众面多寡是开展党史教育活动成功与否的基本指标。在举办纪念抗战胜利70周年系列活动过程中，为拓展受众面，全市党史部门重点把握"三个主要"：一是把握好主要时段。从8月15日至9月3日是抗战胜利宣传教育活动的主要时段，在这个时段，做到活动不间断，并高潮迭起。二是运用好主要媒体。报纸、广电、网络等是广大群众接受信息的主要渠道，全市党史系统积极利用这些渠道，扩大受众的社会面。例如，绍兴市委党史研究室和绍兴网策划"不屈的人民英雄城市——绍兴抗战记忆"专栏，共播出18期，受到广大网民欢迎。此外，还借助政务微博、微信平台等新媒体，有效扩大了受众面。三是设置好主要场所。绍兴市、上虞区、新昌县把图片展分别安排在博物馆、文化艺术馆、图书馆举行；诸暨市、嵊州市把抗战图片展览放在了城市广场；柯桥区在区行政中心、区公共服务中心和全区的农村文化礼堂开展图片巡展；上虞区在城市广场举办歌咏晚会。选好活动场所，是扩大活动受众面最为直接的方式。

（二）增强了有效性

为增强纪念活动的教育效果，全市党史部门重点在两个方面下功夫：一方面是选好内容。内容是教育活动成败的关键因素。全市党史系统努力在内容的"供给"和受众的"需求"之间寻找平衡点，在内容取舍上精益求精，选好素材，不厌其烦地把好审查关。另一方面是提高参与性。全市党史系统图片展览、赠书仪式、宣讲、访谈时，适当设置了互动环节，接受观众、听众的提问，进行面对面的交流，绍兴日报社还设置了热线，方便读者参与互动。总之，绍兴党史部门围绕抗战胜利70周年开展的系列纪念活动，使广大市民普遍受到了一次党史、抗战史的教育。

（三）扩大了影响力

围绕抗战胜利70周年，绍兴市党史系统的纪念活动内容丰富，形式生动，富有地方特色，比较"接地气"，容易被大众所关注和接受。同时，整个纪念活动持续时间长达半年之久，分成预热、高潮、尾声三个阶段，形成了持久的、浓郁的"抗战"宣传教育氛围。整个纪念活动还自始至终得到了新闻单位的大力支持与配合，通过传统媒体和新媒体的多方介入，突破了"时空"的束缚，扩大了影响力。

三、开展党史育人工作的思考

围绕纪念抗战胜利70周年，全市党史部门开展的系列活动，不仅成为党史育人工作的一次成功实践，更引发了大家对党史育人工作的理论思考。

（一）从扬其长的角度看，党史育人要建立在党史研究基础之上

巧妇难为无米之炊。党史研究是党史育人的前提和基础。要做好党史育人工作，必须深化党史研究，离开党史研究，党史育人就会成为无源之水，无本之木。这就决定了党史研究是党史部门的主业、正业和最大的优势。为此，党史部门要坚持不懈抓好深化党史研究这个第一位任务，不断推出质量好、水平高、权威性强的党史基本著作、编年史、专门史和党史专题等研究成果，不断提升党史研究的整体水平。绍兴党史系统纪念抗战胜利70周年的系列教育活动之所以能够取得较好的社会效果，其中一个重要原因就是建立在党史基础研究之上的。绍兴市党史部门近年来，不断深化地方抗战史研究，出版了一系列研究成果，如《绍兴抗战》《抗战八年在绍兴》《越都抗战风云录》《上虞八年抗战》《新昌抗日战争史事》等。2007年前后，全市党史部门开展的"抗战期间人口伤亡和财产损失调研"工作，更是对绍兴抗战资源进行了深度挖掘，征

集到大量新的图片资料、统计数据、证人证言等，并形成了一批重大惨案、重要战斗的研究成果。这些本土的、厚重的、最新的研究成果使党史育人工作"言之有物"，并给人一种"耳目一新"的感觉，大大提高了育人的效果。

（二）从着其力的角度看，党史育人重在探索党史研究成果的转化利用之上

党史育人工作就是把党史研究成果转化为育人成果的过程。育人工作要更好地发挥作用、取得实效，就要处理好继承与创新的关系，不断创新方法、手段、载体、途径，增强党史育人工作的吸引力和感染力。

一是让其"放大"起来，提高覆盖力。党史部门要改变那种自我欣赏、自我循环、自我封闭、自说自话的状态，创新理念和思维形式，拓宽领域，创新形式，让研究成果走出书斋、走出学术的象牙塔，走向广大的人民群众，更多更好地转化为优良的育人品牌，并通过广播、电影、电视、报刊、讲座、展览、展映、研讨会、知识竞赛、文学艺术等载体和手段，"放大"党的历史，提高党史育人的覆盖力。

二是让其"鲜活"起来，增强吸引力。党史育人工作要与时俱进，在实践中大胆创新，促进党史研究成果的转化。现代科技发展日新月异，网络等已经渗透和影响到社会生活的方方面面，党史部门要适应时代发展新要求和人民群众新需求，充分利用互联网、移动通信终端等新媒体，采用动漫、影视等形式，深度挖掘党史成果的表现形式，增强吸引力。绍兴党史系统在纪念抗战胜利70周年的系列教育中，借用传统媒体和新媒体的优势，采用生动直观、互动性强、喜闻乐见的形式，使原本"躺"在资料库里的党史"动"了起来、"活"了起来，增强了党史的吸引力。

三是让其"亮丽"起来，提升感染力。在育人活动中，不仅要通过技术手段使其"鲜活"，更要通过深入挖掘和赋予其生动语言使党史内容"亮丽"起来。一方面，要深入挖掘和灵活运用党史资料中蕴含的真实可信的历史细节，依靠原始、鲜活、生动、准确的党史资料，平实地还原历史、再现历史，使成果令人信服、更加亮丽。另一方面，要注意使用清新晓畅、通俗易懂的语言进行成果转化，努力做到言之有物、言之有据，史论结合、论从史出，深入浅出、雅俗共赏。这样才有可能产生心理、情感上的共鸣，增强成果转化的成效；才有可能虽在做宣传教育，但却不使人感觉是在做宣传教育。绍兴市委党史研究室通过寻访任光、何云两位英烈的足迹，再现了两位英烈生前的工作、生活以及牺牲的场景，并且以富有文学色彩的写作风格，使整个宣传报道显得深情款款，极具感染力，达到潜移默化感染人、教育人的目的。

（三）从补其短的角度看，党史育人重在借势借力之上

党史部门的传统优势是资料积累与研究，同时受制于人员少、任务重、渠道窄等因素，为了扩大党史教育活动的效果，必须借势借力做好工作。

所谓"借势"，主要是指利用党史重大事件和重要人物等纪念活动的契机，搞好党史育人工作。党史工作离不开当地党委的重视与支持。然而，党史工作毕竟不太可能成为地方党委、政府经常性的中心工作和首要任务。为此，党史部门一定要抓住重大节庆、纪念日这个"势"，积极有为，争取党委的重视与支持，因地制宜、因时而宜地推出一系列党史育人成果，及时主动满足大家所需，这是党史部门的职责所在。另外，借助重大纪念活动，开展党史育人工作，也是不断提升党史部门影响力的有效途径。

所谓"借力"，主要是指党史部门要创新工作方法，协调各方力量，整合社会资源，形成工作合力。在开展党史育人工作中，既要充分发挥党史部门的职能作用，又要注重有关部门和社会各方面协调配合、通力合作。采取"内外结合、借梯上楼、优势互补、强强联合"的工作方法，建立党史育人工作协作关系，真正做到"开门办史"，构建起"大党史"格局。这样才能做好党史育人工作，才能使得党史育人工作取得应有的效果。

（该文载于《足迹》2015年第6期）

干事与求是

以系统观念推进地市级党校高质量发展

党的十九届五中全会审议通过的《中共中央关于制定国民经济和社会发展第十四个五年规划和二〇三五年远景目标的建议》，将"坚持系统观念"作为"十四五"时期我国经济社会发展必须遵循的五项原则之一，指明了提高社会主义现代化事业组织管理水平的方向，意义十分重大。

党校作为党领导的培养党的领导干部的学校、党委的重要部门、培训党的各级领导干部的主渠道、党的思想理论建设的重要阵地、党和国家的哲学社会科学研究机构和重要智库，在实际工作中，应始终坚持系统观念，善于运用系统思维，勇于创新系统方法，遵循党校教育规律，推动党校系统达到最佳效能，实现高质量发展。地市级党校是全国党校系统的重要组成部分，对增强全国党校系统整体性功能起着桥梁纽带作用。对省级党校而言，地市级党校具备更贴近基层社会现实的优势，能为其教学研究提供实地调研支持和典型案例补充；对处于同一地域的县级党校而言，地市级党校拥有规模相对更大、素质相对更高、学科相对完备的教研队伍，对推动县级党校整体办学水平提高具有示范引领和指导带动作用。因此，研究以系统观念推进地市级党校高质量发展的路径，具有重要的现实意义。

一、地市级党校系统构建

系统观念是马克思主义基本原理的重要内容，是经过实践检验被证明行之有效的根本性、基础性的思想和工作方法。运用系统观念剖析地市级党校，要把握好整体性、协同性和开放性原则。

（一）从整体上看："雁行模式"驾驭系统

整体论是系统观念的首要观点。系统是由若干相互联系、相互作用的要素按一定层次和方式组成的、具有特定功能的统一整体。坚持系统观念，要求在认知事物时立足整体，明确系统整体之于构成要素的统领和支配地位，把整体效用和功能发挥作为系统所有活动的出发点。从全局上看，地市级党校系统可以概括为"雁行模式"：以党的建设为"雁头"，引领正确办学方向；以教学培训和科研咨询为"双翼"，激发不竭前进动力；以服务保障和队伍建设为"双足"，提供坚实办学基础。"雁头"引领、"双翼"共振、"双足"并驱，确保党校整体系统朝着"发挥干部培训、思想引领、理论建设、决策咨询作用，为新时代坚持和发展中国特色社会主义服务"的整体目标奋进。

党校各项工作都要从整体出发谋划布局。一方面，整体处于统领和支配地位，各要素不能凌驾于整体之上，党的建设、教学培训、科研咨询、服务保障和队伍建设都是党校事业发展系统的组成要素和有机构成，每一项要素都不可能脱离整体，获得孤立的发展与成长。另一方面，五大要素是党校系统不可或缺、相互作用的组成部分，对于维持党校系统整体功能都发挥着重要作用，必须相互促进、协调发展，任何一项要素成为短板、弱项都会影响系统整体发展。

（二）从结构上看：要素协同优化系统

协同论是系统观念的核心观点。结构是系统中诸要素按一定秩序、一定比例、一定层次、一定形式发生相互联系、相互作用的具体方式。坚持系统观念，要求在处理问题时，从要素结构上研究事物的运动与发展，找出规律、建立秩序，实现整个系统的优化。党校系统主要由五大要素构成，其在系统中各自占据独特地位、发挥重要作用：一是以党的建设为方向引领，坚持"党校姓党"正确办学方向；二是以教学培训为中心工作，提供高质量的教学产品；三是以科研咨询为基础支撑，提供高水平研究成果和高层次办学；四是以行政后勤为重要保障，提供高标准的办学设施和科学化、规范化、精细化的管理服务；五是以队伍建设为持续驱动，提供高素质的人力资源保障。

只有自觉协调五大要素间的结构关系，才能推进党校系统功能达到最优。一方面，系统整体功能的优化首先要求五大要素性能的优化，在各自领域砥砺奋进、创新有为。值得指出的是，在党校系统发展的不同阶段，要素的自身发展情况各不相同，存在波浪式前进、螺旋式上升的情况。另一方面，能否达到系统整体功能最优还取决于要素间形成的结构是否合理和协调，结构不合理、相互掣肘的要素会造成功能内耗，弱化系统整体功能；结构合理、协同发展的要素结构会形成合力，优化系统整体功能，并反过来进一步促进各要素性能的提升。因此，要通过调整和优化结构，形成五大要素相互配合、相互促进的局面，协同推进党校系统整体目标的实现。

（三）从环境上看：开放交流发展系统

开放论是系统观念的基本观点。任何存在的系统都不可避免地与外部环境和其他系统发生千丝万缕的关联。坚持系统观念，要求在处理系统和环境的关系时，保持系统的有益开放，通过开放，从外部环境获取促进系统发展的资源反馈，推动系统进步、保持系统活力。从环境上看，党校系统所面临的环境可以分为外部环境和内部环境。从外部环境来看，较高层系统如市域系统、省域系统，相邻系统如党政系统、高校系统、社科理论系统，以及较低层级系统如市县党校系统，共同构成了党校系统的外部环境。系统通过与外部环境的有益互动和交流联系，不断获得物质、信息、政策等资源要素，以增强发展核心竞争力，赢得更多发展机遇。从内部环境来看，包括制度环境和文化环境。制度环境即通过制定科学合理的规章制度和严格公正的实施，规范教职工行为和办事规矩；文化环境即通过思想政治建设和校园文化建设，培育提炼党校基本精神和核心价值观，逐步树立被广大教职工所认同、遵循和维护的价值体系和思维模式，使教职工从中受到激励和鼓舞，增强团队凝聚力和集体归属感。

开放是系统发展的必要条件，但不是充分条件。一方面，开放有利于保持系统活力和影响力，在与外部环境和其他系统的交流互通中，党校系统不仅能够吸收有益资源以加快自身发展，同时亦能输出产品推动外部环境和其他系统进步以提升自身影响力。另一方面，开放并不会必然导致系统发展，若从外部环境引入有害因素，或是形成了混乱的内部环境，反而会危及系统自身。因此对党校系统而言，在开放过程中必须坚持底线思维、筑牢思想防线、提高防控能力，高度警惕和坚决抵制外部环境中一切可能危及党校系统健康运转的风险因素。同时不断加强内部建设，形成和谐有序的内部环境，促进党校事业健康发展。

二、以系统观念推进地市级党校高质量发展的绍兴实践

近年来，中共绍兴市委党校（绍兴市行政学院）（以下简称绍兴党校）坚持以系统观念统筹推进党校整体发展，探索和践行"雁行模式"，以

干事与求是

"党校姓党"原则为牵引和带动，协调推进高质量教育培训、高水平资政服务、高标准办学保障、高素质队伍建设，注重整体发展、注重要素协同、注重环境营造，已转向高质量发展阶段，学员获得感、教职工归属感和荣誉感不断增强，党校影响力不断提升。

（一）整体目标明确，形成系统合力

绍兴党校高举习近平新时代中国特色社会主义思想伟大旗帜，全面贯彻习近平总书记关于党校办学治校系列重要指示精神，运用系统观念，围绕"红色学府、新型智库、示范窗口"目标，整体发力，持续开展"两建设两提升"工程[①]，在注重高质量发挥干部培训、思想引领、理论建设、决策咨询作用的同时，深入挖掘和融入地方特色，推进系统整体高质量发展。绍兴党校坚持把中长期规划编制实施作为整体谋划、战略布局、整体推进党校工作的重要抓手，已连续组织实施三轮学校5年发展规划。"十三五"发展规划提出的各项任务顺利完成，实现了进入省内一流、国内知名的地市级示范党校行列的目标。2018年以"优秀"等次通过省首批市县党校（行政学院）办学质量评估，被评为2019年度绍兴市工作目标责任制考核优秀单位，在2019年度和2020年度"企业评部门、群众评行风"活动中，社会评价分别列市级部门第2位和第9位，在浙江省党校系统连续三次被评为"成绩突出集体"。

（二）要素齐头并进，推动高效协同

1. "党性铸校"：党的建设高站位

绍兴党校积极发挥党建引领作用，始终坚持"党校姓党"的正确办学方向，认真履行全面从严治党主体责任，落实校委班子成员"一岗双责"要求，全面加强作风建设、党风廉政建设，切实强化意识形态工作

---

① "两建设两提升"工程即实施人才队伍建设、办学设施建设，提升教学培训品质、科研咨询品质。

责任制，修订完善《落实意识形态工作责任制实施细则》，营造风清气正心齐劲足的政治生态。党建工作以"围绕中心、强化队伍、服务群众"为核心任务，以"五星示范、双优引领"为抓手，积极推进清廉机关建设，促进党建和业务工作深度融合。高标准开展党的群众路线教育实践活动、"三严三实"专题教育、"两学一做"学习教育、"不忘初心、牢记使命"主题教育、"庆祝新中国成立70周年"系列教育、党史学习教育、"庆祝中国共产党成立100周年"系列教育等活动，支部战斗堡垒作用进一步加强，组织凝聚力进一步提升，为党校整体发展提供了坚强的政治和组织保证。

2. "品质立校"：教育培训高质量

绍兴党校坚持以教学培训为中心，以实施"教学品质提升年"活动为载体，深化"用学术讲政治"教学改革，制定出台和修订完善各项教学管理制度，建立涵盖训前、训中、训后的制度体系，保证教学运行的顺畅，有力推动教育培训实现"三化"。一是专题教学精品化。突出理论教育和党性教育的主业主课地位，把学习习近平新时代中国特色社会主义思想作为中心内容和首要任务，创新推出"习近平同志考察绍兴重要讲话和批示指示精神解读""绍兴改革开放40年""青年领袖人物的成长之路""清白泉·廉洁家风大讲堂"等系列课程，多渠道实施"一人一精品·一室一样板"工程，着力打造"名士乡·胆剑魂"教育培训品牌，专题课程向精品化方向不断发展。二是实训教学课程化。强化教研室主体责任，加强现场教学基地开发管理，在全省同级党校率先编辑出版《现场教学教程》《党性教育必修课》干部教育本土教材，充分发挥了"当代史教育当代人，身边事教育身边人"的即时作用；坚持问题导向和效果导向，积极创新探索教学方式、方法，综合运用讲授式、案例式、模拟式、体验式、研讨式、访谈式等教学方法，设计开发"模拟法庭""心理团辅"等特色项目，做到教学相长、学学相长。三是社会培训特色化。根据本地特色和教学需要，成功打造"新时代'枫桥经验'与基层社会治理""基层党建引领乡村振兴""绍兴水文化与治水实践""绍兴实体经济发展与新旧动能转换""阳明文化"等特色化培训品牌，实现与全国30个省（区、市）的培训合作，社会培训成为宣传绍兴的重要窗口。

3. "特色兴校"：科研咨询高水平

绍兴党校充分发挥科研咨询的基础支撑作用，以智库战略、课题带动战略和精品战略为基本战略，搭建开放型、竞争性、高层次、有特色的科研资政体系，形成一批与绍兴经济社会发展相适应的高水平成果，不断提升党校学术地位和社会影响力，有力推动科研咨询实现"三化"。一是课题系列化。以高端课题申报为抓手和导向，充分发挥课题研究的引擎驱动作用，建立选题引导、申报辅导、立项督导的全过程管理服务机制，成为全国唯一一家连续3年获得国家社科基金项目的地市级党校，已形成以国家级课题为龙头、省部级课题为重点、地厅级课题为主体的学科领域较为完备的课题体系。二是资政特色化。高度重视发挥新型智库作用，着力打造既有学理支撑，又具有可操作性、体现地方特色的资政成果，连续15年组织编写的《绍兴蓝皮书》、连续35年组织编写的《绍兴研究》和连续13年组织编写的《领导决策参阅》已经成为绍兴党校建设开放型科研体制机制的重要窗口、绍兴地方经济社会发展的历史记录器、市情研究的资料库和党委政府决策的智库源，在全市具有较高的学术影响力。三是教研咨一体化。以课题为纽带，不断畅通教学专题、科研课题、实践难题的融通和转化渠道，积极引导教师将研究成果转化为教学课程、转化为领导决策、转化为思想引领、转化为教研能力，推动教学培训、科学研究与决策咨询相互促进、协同发展，实现"教学出题目、科研做文章、成果进课堂进决策"。基于国家社科基金项目和省社科规划重点项目成果转化和应用的三门专题课程，分别获得全省党校系统第五届、第六届精品课和全省社会主义学院精品课竞赛一等奖，成为高端课题孵化为精品课程的典型范例。

4."文化塑校"：校园环境高品位

绍兴党校把"良好的学习环境和文化熏陶是'无言之教'"这一理念贯穿党校办学设施改善和服务管理提升全过程，5年来共投入资金上亿元，办学条件显著改善，校容校貌焕然一新，建成具有党校特征和地方特色的校园环境。一是树立党校学习文化，高标准改善办学设施条件。党校本质上是一所学校，良好的校风和学风是党校事业健康发展的基本保证。绍兴党校实施了教学楼综合改造提升工程，先后改造研讨室、功能性教室、报告厅、教学楼主入口等设施，新建心理健康关爱中心、模拟法庭和情景模拟教室，形成功能完善、布局合理、适应新时代干部教育培训的现代化教学设施；实施学苑宾馆、专家楼、高配房和教工餐厅改造工程，改善食宿条件；注重融入"勤学、乐思、律己"的学习文化，有利于提升学员学习的主动性、强化党校学习的严肃性。二是融入红色地域文化，高品位塑造人文环境。党校不同于普通学校，"红色文化"是党校教育的文化底色。绍兴党校注重把红色元素和地域文化相结合，引入校园人文环境，"让雕塑传神、草木开口、墙壁说话"。实施校园"显山露水"工程、学校大门入口景观改造、环校修学绿道等项目，优化校内路网循环；形成马克思文化广场、绍兴籍早期革命志士先烈群像雕塑、狮牛广场、清廉广场、求是厅、若耶轩、崇德亭、善湖等一系列具有绍兴特色、红色基因、姓党特质的文化景观带；设立校园文化标语，定期更新校园宣传窗，拍摄党校形象宣传片，探索设定统一的党校视觉形象识别系统；启动实施体育馆和党性教育知行馆项目，使学员和教职工在潜移默化中感受红色精神的深沉内涵和厚重力量，激发庄重神圣的使命感，从而提升思想境界、塑造高尚人格、增强学习工作的自觉性。三是强化"整体智治"文化，高起点升级数字化管理服务能力。绍兴党校加大信息化和数字化的投入力度，实施数智党校2.0平台建设，开发综合性业务管理平台，推进浙政钉办公系统、省委党校（行政学院）红色学府网与绍兴党校管理服务"三位一体"，实现学校工作协同化、流程化、智能化，提升整体智治水平。积极探索直播课堂，推行线上线下相结合的融合教学模式，实施学员"码上管理"，专门编制"十四五"数字化改革工作方案，有序推进数字驾驶舱系统、5G直播平台、校园物联网、党校"文化云"等项目建设。四是打造"用心极致"的工匠文化，高质量提升服务保障水平。后勤工作的本质是服务，学员进入党校，不仅要从课堂中汲取知识，还要在校园的日常管理和服务中获得体验。绍兴党校着力打造"用心极致"的工匠文化，推广运用ISO标准管理体系，加强人员业务培训，开展精细化服务，餐饮、住宿均保持绍兴市食品卫生A级单位、绍兴市公共场所监督质量A级单位，学员对后勤服务满意率始终保持在98%以上。值得指出的是，绍兴党校在优化校园物质文化环境的同时，注重培育校园精神文化环境，通过思想政治建设、制度建设等培育党校人特有的精神风貌和团队核心价值观，形成风清气正、求是创新的校园风尚。

5."人才强校"：队伍建设高素质

绍兴党校坚持以队伍建设为持续驱动力，深入实施"人才强校"战略，切实抓好人才的引进、培养、使用和激励工作，高素质人才队伍稳步壮大，人才结构不断优化，人才发展环境和氛围进一步改善，推动党校系统的核心竞争力、战斗力和社会影响力不断提升。一是精准引才，人才规模不断壮大。2015—2020年共引进和招录全日制硕士研究生以上学历人员18名，其中博士研究生10名、硕士研究生8名，招录公务员16

名，人才队伍规模从2015年的82人增加到2020年的102人。二是战略育才，人才结构不断优化。2015—2020年先后选派3名教师到高校、科研院所进修访学，25名青年教职工去机关、基层实践锻炼，提任县处级领导干部2名、正科级干部8名、副科级干部13名，晋升职级25人次。从学历结构看，到2020年，拥有博士14名，教职工中具有研究生学历或硕士学位以上文化程度的占比在60%以上，专职教师中具有研究生学历或硕士学位以上文化程度的占比达96%以上。从职称结构看，2015—2020年专业技术人员中有9人获得中级专业技术职务，晋升副高以上专业技术职务8人，到2020年，具有高级职称的教职工有23人，其中正高5人，副高18人。从年龄结构看，一批优秀年轻干部脱颖而出，35岁及以下的中层干部占比达到33%。三是科学用才，人才环境不断改善。积极探索人事制度改革，建立分层分类培养管理的开发机制、客观公正的考核评价机制和科学有效的激励保障机制，有效激发各类人才的工作热情和创新活力，全面提升整体素质，大力促进教研人员教研咨一体、党校干部学干研一体化成长，形成教职工干事与成才一体、教职工个体职业与党校整体事业一体发展的良好氛围。

（三）开放合作共享，营造良好环境

1. 善抓机遇，赢得有利外部条件

绍兴党校紧紧抓住《关于加强和改进新形势下党校工作的意见》《干部教育培训工作条例》和《中国共产党党校（行政学院）工作条例》（以下简称《条例》）等颁布实施的有利外部环境，积极争取地方党委、政府支持。2016年，在市委的关心支持下，获得创设教研奖励基金、高层次人才引进配套、事业单位人员绩效工资参照办法等较好的政策保障；2017—2018年，利用全省党校系统办学质量创优评估契机，对学苑宾馆1、2号楼进行改造，完成为期3年的教学楼综合改造工程，获得教师在校内的市外培训班次讲课费列支等政策支持；2019年，在市委的关心支持下，实施体育馆、党性教育知行馆和环校园绿道照明三项重大工程。

2. 加强交流合作，拓宽办学路径

绍兴党校不断深化开放办学，加强与党校系统、党政系统和社科理论系统间的交流与合作，汲取有利于党校发展的资源要素，扩大社会影响力。一是加强党校系统间合作联动。教学培训方面，以开放视野、系统思维统筹党校系统间培训资源，培育大师资、打造大平台，提升教育培训质量。来自党校等系统的70余位专家学者受聘担任绍兴党校兼职教授；中国浦东干部学院、中共辽宁省委党校（辽宁行政学院）、中共扬州市委党校（扬州市行政学院）等20多家单位机构把绍兴党校列入异地培训基地，2015—2020年共有500多个班次到绍兴党校开展异地培训，累计培训人员近3万人。科研咨询方面，充分发挥党校系统整体优势，省市县三级联动，在课题研究、著作编写、学术活动举办等方面开展广泛合作，推进资源共享，实现优势互补；尤其是在"绍兴传统产业转型升级""'枫桥经验'与基层社会治理""阳明文化"等绍兴党校具有较高知名度和影响力的特色研究领域，形成一批汇聚省市县党校研究力量的创新研究团队；探索开展跨省域的资政交流合作，由绍兴党校发起成立、覆盖四省一市共15家地市级党校的交流合作平台——"长三角－珠三角党校智库合作联盟"已经连续举办4届论坛，取得一系列成果。二是主动对接服务党政系统。围绕中心工作，主动对接服务党委系统，常态化邀请党政系统的市情专家进行最新形势分析与政策解读交流，及时了解和掌握地方经济社会发展战略和政策需求，进一步提高服务党委、政府中心工作的有效性；全方位、多领域主动承接市委、市政府的重要研究任务，积极参与党委、政府的论证会和经济社会发展改革方案制定以及重大政策实施效果的第三方评估，通过校内外各类资政刊物，为省市党委、政府提供一大批时效性强、实践价值高的决策建议，积极发挥建言献策功能。三是深化与高校社科理论系统的交流合作。与北京大学、复旦大学、厦门大学、浙江大学等10余家知名高校、研究机构成为长期合作伙伴，2015—2020年累计合作办班65期；深化与南京农业大学、浙江工商大学、同济大学等高校的学历教育合作，搭建高端化研究生合作培养体系，2015—2020年累计联合培养研究生399名；与南开大学联合设立绍兴研究基地，与复旦大学开展课题合作研究，与地方高校联合开展学术论坛；与省市社科联、学会等社会团体、学术机构联合举办一系列影响较大、规格较高的学术活动，助推绍兴党校的学科发展、人才成长和队伍建设。

3. 凝心聚力，营造和谐内部氛围

绍兴党校的整体发展离不开全校上下的共同努力。学校发展方向准不准关键在校委班子，工作实不实关键在中层干部，质量高不高关键在教师团队，整体形象佳不佳则取决于每位教职工。一是坚持"从严治校、规范管理"。在广泛听取教职工意见建议的基础上，出台实施《关于推进从严治教的若干规定》《教学管理办法》《科研管理办法》《教研奖励基金使用管理办法》《事业人员考核实施细则》《参公人员考核实施办法》及《采购管理办法》等规范性文件，形成用制度管人管事的长效机制。同时注重培育制度文化理念，提升制度的执行力，使制度真正落到实处。二是坚持"共享聚力、文化聚人"。从教职员工最关心、最现实、最迫切的问题入手，出台《困难教职工补助实施办法》《关于关爱教职工的若干规定》等制度，以实际行动关心关爱全体教职工，共享党校发展成果；创建发展"阳明8号"①读书服务品牌，调动教职工阅读的积极性，营造书

---

① "阳明8号"品牌取自中共绍兴党校校址所在地：绍兴市越城区阳明路8号。

香校园的浓厚氛围；开展教职工摄影大赛、书画大赛和全市党校系统运动会、文化艺术节等文体活动，加强教职工间的交流互动，拉近处室岗位间的距离，展现教职工的活力和风采；通过举办教职工光荣退休仪式，增强教职工归属感和主人翁意识；通过办学质量评估、评优评先和举办重大活动等契机，增强教职工的团队协作意识和对党校"荣辱共同体"的深刻认识，建立起"共事是缘分，干事是机遇"的团队文化，形成"想干事、会干事、干成事、不出事"的干事氛围和气顺心齐、风正劲足的政治生态。

三、深化系统观念，更好推进地市级党校高质量发展

从宏观的角度看，近年来，一些地市级党校虽然已经进入高质量发展阶段，但与《条例》赋予的职责使命相比，与党委、政府的期许定位相比，与学员不断增长的培训需求相比，还面临不少短板弱项。比如，名师名家、具备学术影响力的学科带头人相对偏少，辨识度较高、富有地方特色的精品课程和培训品牌依然欠缺，科研咨询成果与地方社会经济发展现实问题的贴合度相对不高，校园文化建设、智慧校园建设、数字赋能工作相对滞后，符合党校自身发展特点的教职工管理体系和办法有待进一步探索等。针对这些问题，应进一步深化系统观念，聚焦"三个导向"，提升"三个能力"，强化"三个赋能"，积极应对，奋发有为。

（一）聚焦"三个导向"，引领党校整体发展

地市级党校应将"高质量、特色化、影响力"作为党校整体工作的出发点和发展导向，贯穿工作的各方面和全过程。

第一，聚焦"高质量"导向。应紧紧把握"党校姓党"的根本属性，高标准建设队伍，高层次办学治校，高质量教育培训干部，高水平服务党和国家的事业发展。

第二，聚焦"特色化"导向。应突出党的理论教育和党性教育主业主课地位，打造富有特色的课程和培训品牌；充分挖掘利用地方元素，打造富有特色的学术团队；体现办学的层次性，打造富有特色的校园文化。

第三，聚焦"影响力"导向。应充分发挥科研咨询在党校事业发展中的基础支撑作用，提升开放办学水平，推进教研咨一体化，增强核心竞争力，提升服务保障力，全方位提升党校知名度与美誉度。

（二）提升"三个能力"，立足要素协同推进

地市级党校既是地方党委的重要部门，也是党领导的培养党的领导干部的学校，还是党和国家的哲学社会科学研究机构和重要智库。这就决定了地市级党校在办学治校过程中要把握好党建、教研、行政三条线的关系，使之真正形成合力，协同推进党校高质量发展。

第一，提升党建引领力。把牢正确的政治方向，坚定不移坚持"党校姓党"根本原则，全面贯彻落实习近平总书记关于党校办学治校系列重要指示精神，以党的政治建设为统领，全面从严治党、从严治校，增强"四个意识"、坚定"四个自信"、做到"两个维护"，胸怀"两个大局"，切实提高政治判断力、政治领悟力和政治执行力。全面提升党的建设质量，推进党建工作与业务工作高度融合。通过党建引领，确保正确的办学方向、科学的办学理念和良好的校风学风，推动党校高质量发展。

第二，提升教研支撑力。突出教学工作中心地位，进一步深化"用学术讲政治"教学改革，强化学科建设，优化教学布局，改善教学供给，创新教学方式，规范教学管理，提高教学水平，努力打造在党校系统、培训机构中具有竞争力、辨识度的教育培训品牌。强化科研咨询的基础支撑作用，整合资源，打造富有特色的学术团队，加强对习近平新时代中国特色社会主义思想和重大现实问题研究，加强决策资政服务和为党

委、政府重大活动服务两项工作提质增效。推进教研咨协同发展。科研是教学和资政的"源头活水"，教学是科研和资政的"转化形式"，资政是教学和科研的"服务目标"。地市级党校要根据教师个体差异从制度建设上实行分类管理、"量身定制"、精准施策，努力为教师提供适度宽松的环境，倡导教师在职业生涯的不同阶段，根据自身特点和发展定位，在阶段性目标选择上有所侧重，使教师在各自擅长的领域都有发展空间和晋升希望，更好形成教研咨相互促进、共同提高的良好氛围。

第三，提升行政保障力。行政管理是党校各项工作运转的重要保障，应当按照管理科学化和服务规范化的要求进行改革，提升管理水平、服务质量和保障能力。围绕教学科研中心工作，推进数字化改革，坚持统分结合、共同参与、循序渐进的原则，科学制定实施方案、整合数字资源、提升服务功能，以数字化改革赋能党校事业发展；同时，充分发挥党校"智治"的引领示范作用，使党政领导干部沉浸式体验到数字化改革带来的迅捷与便利。贯彻落实《条例》相关要求，进一步探索和建立符合党校发展特点的教职工管理体系。推进干部队伍"学干研"一体发展，锻造一支"勤学、善思、能干、会讲"的高素质干部队伍。

（三）强化"三个赋能"，营造开放和谐环境

地市级党校既要立足校内、苦练内功，又要开放办学、汲取营养，营造开放和谐的内外环境，不断增强学员的获得感和教职工的归属感，提升党校的竞争力和美誉度。

第一，以产品服务保障赋能学员获得感。坚持全要素教学理念，打造优质的教研产品、创设优良的办学设施、提供精细的服务保障，把党校建设成为学风浓厚、校风严谨、功能齐全、环境优美、智慧高效、保障充分的学校，使学员在党校真正能够学有所思、学有所获、学有所得。以弘扬和践行社会主义核心价值体系为主线，以"党建+""红色+"引

领校园文化建设，营造具有党校特征和地方特色的文化氛围，打造宜学、促学、优学、感染力强的校园人文环境，不断提高学员对党校工作的满意度和认可度。

第二，以对外开放合作赋能党校存在感。加强对党校职能定位、教育规律和工作成效的对外宣传，营造良好外部氛围，使地方党委、政府对党校功能有更加全面深刻的认识，从而进一步重视和加强对党校工作的领导和支持。强化与外部其他系统的交流与合作，建设校内、校外两支师资队伍，挖掘本土、市外两类培训资源，促进主体班次培训和社会班次培训融合发展，不断提升党校系统对外部环境和其他系统的影响力。

第三，以制度文化建设赋能全员归属感。制度不仅是党校有序运转的保障，也是党校文化的载体。以制度建设树立党校"弘扬什么精神、提倡什么做法、反对什么行为"的价值导向，推动制度从文本走向文化，转变教职工被动接受为主动认同，最终内化为行动自觉。坚持以人为本，健全和落实促进个体职业与整体事业一体化发展的体制机制，不断畅通各类人才的职业发展通道，培育"爱家乡、爱党校、爱岗位""忠诚、求是、和谐、创新"等具有党校鲜明特征、符合党校发展要求的理念共识，不断提高全员归属感，促进教研队伍与参公队伍融合发展，形成团结协作、奋发有为的团队文化。

（该文收录于中共绍兴市委党校编著《新时代伟大工程的绍兴探索》，浙江人民出版社2021年版）

干事 ⑤ 求是

绍兴市委党校探索"雁行模式"
推进高质量发展

"风翻白浪花千片,雁点青天字一行。"在中国传统文化里,大雁代表高洁的形象,象征高尚的追求,承载高远的理想。近年来,中共绍兴市委党校(绍兴市行政学院)坚持以系统观念办学治校,以行稳致远的大雁为喻,将"党校姓党"比作"雁头"引领,将教育培训和科研智库比作"双翼"共振,将办学保障和队伍建设比作"双足"发力,立高质量发展之志向,行协同推进之举措,择稳健翱翔之姿态,探索出一条具有大雁特质、地方特色的高质量办学之路,形成了新时代地市级党校发展的"雁行模式"。

一、"雁头"把向:党校姓党引领高质量发展

中共绍兴市委党校(绍兴市行政学院)认真贯彻落实习近平总书记关于党校办学治校系列重要指示精神和《中国共产党党校(行政学院)工作条例》,把党校姓党作为党校办学治校的根本原则和一切工作的根本遵

循，把旗帜鲜明讲政治融入党校工作全过程和各方面。

第一，紧密围绕党委中心工作。坚持把"围绕中心、服务大局"作为党校姓党的根本体现，自觉在学习研究宣传阐释习近平新时代中国特色社会主义思想上走在前列，深入学习贯彻习近平总书记考察浙江时的重要讲话精神，落实好市委对党校工作的部署要求，高质量组织实施全市县处级领导干部学习贯彻党的十九大精神、"不忘初心、牢记使命"主题教育等轮训，主动围绕传统产业转型升级、数字化改革、统筹推进疫情防控和经济社会发展等问题建言献策，多项办班成果和决策建议得到市领导批示肯定，为绍兴忠实践行"八八战略"，奋力打造"重要窗口"，加快实现"四个率先"，走出争创社会主义现代化先行省的市域发展之路贡献党校力量。

第二，持续推进校风学风建设。坚持以政治建设为统领，认真组织开展"不忘初心、牢记使命"主题教育、党史学习教育和庆祝中国共产党成立100周年系列教育活动等，引导教职工切实增强"四个意识"、坚定"四个自信"、做到"两个维护"，不断提升政治判断力、政治领悟力、政治执行力。坚持从严治校，严格执行《关于推进从严治教的若干规定》《关于从严管理教职工的若干规定》《关于进一步加强学员管理的若干规定》等制度，大力弘扬学习之风、朴素之风、清朗之风。认真履行全面从严治党的主体责任，加强党风廉政建设和作风建设，强化意识形态工作责任制，提高机关党的建设质量，努力营造风清气正、心齐劲足的政治生态。

第三，编制实施五年发展规划。坚持把中长期规划编制实施作为全局谋划、战略布局和整体推进党校工作的重要抓手，已连续组织实施三轮学校五年发展规划。"十三五"发展规划提出的各项任务顺利完成，实现了进入省内一流、国内知名的地市级示范党校行列的目标，正朝着"建设更高质量、更具特色、更有影响的地市级党校，综合实力位居全国同类校院'第一方阵'前列"的"十四五"发展目标迈进。五年规划把强化对县级党校的业务指导纳入其中，坚持通过带授教师、人才培养、学科共建、资源共享、课题合作、智库合建等方式加强系统建设。

根据党校的职能和定位，中共绍兴市委党校（绍兴市行政学院）在办学治校过程中，不仅突出党建的引领力，而且十分注重发挥学术的支撑力和行政的保障力，提升办学层次，促进学校高质量发展，扩大学校影响力。学校以"优秀"等次通过浙江省首批市县党校办学质量创优评估，在浙江省党校系统连续3次被评为"成绩突出集体"；获2019年度绍兴市工作目标责任制考核优秀单位；在2019年度和2020年度绍兴市"企业评部门、群众评行风"活动中，社会评价分列市级部门第2位和第9位。

二、"双翼"共振：教育培训和科研智库驱动高质量发展

"质量兴则党校兴，质量高则党校强。"绍兴市委党校坚持把质量作为生命线，突出理论教育和党性教育的主业主课地位，强化科研和决策咨询的基础支撑功能，切实推进教育培训和科研资政品质提升，使学员有更多的获得感、学校有更多的存在感。

第一，狠抓教育品质。一方面扎实推进"用学术讲政治"教学改革。把教育培训的时代性、针对性和有效性放在首要位置，出台《关于推进"用学术讲政治"教学改革的意见》，修订《教学管理办法》，创新教育培训模式模块及教学方式方法。例如，为提高年轻干部解决实际问题能力，创新实施"2+2"双提升培训模式，即2个月理论教育，突出习近平新时代中国特色社会主义思想在绍兴的生动实践；2个月调查研究，深入深圳等地党政机关、现代企业沉浸式跟岗调研。这一培训模式生动体现了"把自己摆进去、把工作摆进去"的教学理念，实现了教学方式的系统集

成和教学内容的精准有效。同时改革教学质量评价体系及课堂准入机制，提升教育培训品质，对教研人员授课采用"70% 学员评价 +30% 校外专家评价"的多主体考核方式，制定实施《教案审核与新课认定制度》和《教学项目（模块）创新认定办法》，并实施黄牌提醒、红牌停课机制。另一方面，着力打造"名士乡·胆剑魂"教育培训品牌。高质量开发"习近平同志考察绍兴重要讲话和批示指示精神解读""习近平新时代中国特色社会主义思想指引下的绍兴实践""绍兴改革开放40年""青年领袖人物的成长之路""清白泉·廉洁家风大讲堂"等地方特色课程。结合党史学习教育，系统开发绍兴历史赋予和基层创造的红色资源课程，根据新发展阶段的需要重点开发绍兴在探索智造强市、内外循环、城市发展、整体智治等时代命题课程。结合学习《习近平在浙江》采访实录特别是《习近平总书记指导绍兴谱写新时期的"胆剑篇"》开发专题课程，编辑出版《党性教育必修课》《现场教学教程》等本土教材，并新建集参观、体验、沉浸、互动于一体，富有地方特色的党性教育主题馆——知行馆。富有特色和辨识度的教育培训品牌的打造产生了辐射效应，"新时代'枫桥经验'与基层社会治理""基层党建引领乡村振兴""新发展理念引领传统产业转型升级""绍兴水文化与治水实践""阳明文化"等培训专题，吸引了全国30个省（区、市）20余万名学员前来培训，学校也成为中国浦东干部学院、中共辽宁省委党校（辽宁行政学院）等20多家单位的异地培训基地和中共浙江省委党校（浙江行政学院）、同济大学、南京农业大学、浙江工商大学等学校的在职硕士集中教学点。

第二，强化科研资政。一方面，积极推进教学科研咨询一体化。把科研工作和决策咨询作为服务教学质量、服务党的理论创新、服务党委政府决策的基础，以深化对习近平新时代中国特色社会主义思想的阐释和重大现实问题的研究为重点，深化科研体制机制改革，在以"国家级

干事与求是

课题为龙头、省部级课题为重点、地厅级课题为主体"的课题体系带动下，理论建设和决策咨询齐头并进，形成"教学出题目，科研做文章，成果进课堂、进决策、进期刊"的良性循环，实现教学、科研与决策咨询相互促进、协同发展。学校连续3年获得国家社科基金项目，连续6届获评浙江省党校系统优秀科研工作组织奖，连续10年在浙江省党校系统理论研讨会成绩位列地市级党校第1名。基于国家社科基金项目和浙江省社科规划重点项目成果转化和应用的3门专题课程分别获得浙江省党校系统第五届、第六届精品课和浙江省社会主义学院精品课竞赛一等奖。另一方面，聚力建设新型特色智库。及时出台《关于加强智库建设的方案》，修订完善《科研管理办法》，配套出台《教研奖励基金使用管理办法》，用制度的"指挥棒"引导和鼓励教研人员加强对重大现实问题的研究，实现理论研究与应用研究并举。积极搭建智库成果展示平台，连续15年编辑出版《绍兴蓝皮书》，连续35年编写学报《绍兴研究》，连续13年组织编写专送市领导的《领导决策参阅》。"十三五"期间，共完成资政研究报告146篇，其中3篇上报中办、国办，4篇获省主要领导批示肯定，75篇获市领导批示肯定；出版《新时代"枫桥经验"与基层治理现代化》《绍兴"十三五"创新发展智库研究报告》《新时代伟大工程的绍兴探索》等专著。特别是新冠疫情暴发后，学校迅速组织力量开展专题研究，形成《提升基层公共卫生治理能力》《新冠肺炎疫情下稳定社会民众心态的建议》《疫情下的社会民众心态调查》等十余篇资政成果，被《学习时报》《浙江社科要报》《决策参阅》等重要报刊和资政刊物采用。智库建设有力推动了党校在"围绕中心、服务大局"中以更大的担当实现更大的作为，2020年承担6项市主要领导点题的课题，其中1项成果获国务院发展研究中心肯定，同时承担了市级综合部门委托课题10余项。

三、"双足"发力：办学保障和队伍建设支撑高质量发展

绍兴市委党校坚持贯彻新发展理念，运用系统方法，注重提高"全要素生产率"，努力向体制机制、管理服务、开放合作、人才队伍等要效率、要动力、要活力，夯实办学根基。

第一，强化办学保障。一是积极争取政策支持。对照《中共中央关于加强和改进新形势下党校工作的意见》《中国共产党党校（行政学院）工作条例》及浙江省市县党校办学质量创优评估的要求，学校客观分析优势与短板，明确发展定位和方向，得到市委高度重视。绍兴市委多次专题研究党校工作，在人才引进政策、教研奖励安排、办学设施改造、机构设置调整等方面给予保障支持。如科研课题经费纳入财政预算；设立教研奖励专项基金；党校引进高层次人才适用市人才新政，相关经费由市财政统筹，子女义务教育享受教育绿卡政策；引进急需紧缺人才，可以特设岗位，不受总量、等级和结构比例限制；党性教育主题馆、体育馆等建设工程项目资金由财政保障等。二是数字赋能管理服务。近五年来，学校共投入资金上亿元，办学条件显著改善，成为设施完善、环境优美的红色学府。同时，加大信息化和数字化的投入力度，实施数智党校2.0平台建设，开发综合性业务管理平台，推进浙政钉办公系统、中共浙江省委党校（浙江行政学院）红色学府网与中共绍兴市委党校（绍兴市行政学院）管理服务"三位一体"，实现学校工作协同化、流程化、智能化，提升了整体智治水平。积极探索直播课堂，推行线上线下相结合的融合教学模式，先后完成县处级领导干部学习贯彻党的十九届四中全会精神轮训班部分课程的线上直播，以及东西部扶贫干部培训班、驻企服务员业务培训班等班次的线上培训任务。实施学员"码上管理"，学员的需求调研、培训报到、课程学习、食宿安排、学业成绩和教师评价等

相关信息均可通过扫描二维码获取，学员满意率保持在98%以上。为提升数字思维、数字应用，学校专门编制"十四五"数字化改革工作方案，有序推进数字驾驶舱系统、5G直播平台、校园物联网和党校"文化云"等项目建设。三是开放办学拓展资源。借力"外脑"，与北京大学、清华大学、复旦大学、浙江大学、中国浦东干部学院、深圳市经理进修学院等数十家高校院所合作办班，特聘来自高校系统、省级党校及省市部门和企业的近百位专家学者任兼职教授，提升教育培训专业化水平。搭建平台，发起成立由4省1市共15家党校参与的"长三角－珠三角党校智库合作联盟"，设立南开大学"司法与社会研究中心绍兴研究基地"，与高校联合举办"高质量发展下城市经济学研究与城市治理创新""绍兴传统产业提升发展论坛"等学术活动，并引导鼓励教研人员积极参加各级各类学术活动。市县联动，整合提升全市现场教学基地，开发培育"枫桥经验"诞生地、周恩来祖居、梁柏台故居、阳明故里等38个"可看、可听、可议、可鉴"的规范化现场教学基地，并与绍兴市委组织部联合评选出13门现场教学示范课程。同时加强与周边兄弟党校的合作，精选"重走一大路"、"红船精神"、"两山"理论、现代服务业等现场教学基地，实现教育培训资源提档升级。

第二，加强人才队伍建设。强化"党校发展方向准不准关键在班子，工作实不实关键在中层，质量高不高关键在教师，形象佳不佳关键在教职工"的队伍建设理念，制定实施《校务委员会议事规则》《关于进一步规范中层干部选拔任用工作的实施办法》《关于教研人员到党政机关或基层挂职锻炼的实施办法》《编外用工管理规定》等制度，实行分层分类培养管理、全员全面提升素质，努力培养造就一支忠诚干净担当的高素质党校教职工队伍。建立健全激励约束机制，研究制定《绩效工资实施方案》《教研奖励基金使用管理办法》《教学业绩考核和津贴发放办法》《关于关爱教职工的若干规定》等文件，激发教职工干事创业的激情。实施"名师名课培育工程"，强化教研室主体责任，推动"一室一样板·一人一精品"计划，梯度培养学术带头人、中青年骨干和新引进教师。注重培养特色学术团队，绍兴传统产业转型升级研究创新团队、社会心态和社会治理研究创新团队入选全市重点文化创新团队，"枫桥经验"与市域治理现代化研究团队在全国多地讲学研学，其中两名教师走上中央党校（国家行政学院）讲台为中青班学员授课。优化人才队伍结构，适时引进专业和岗位所需人才，学校"十三五"期间共引进博士研究生12名、硕士研究生8名，现有高级职称23人（正高5人），35岁以下年轻干部占学校中层干部的33%；注重完善岗位交流、师徒结对等培养机制，先后选派28名教职工进修访学、实践锻炼。倡导"共事是一种缘分，干事是一种机遇"的机关文化，每年定期举行隆重的教职工光荣退休仪式，增强党校人的自豪感和归属感。加大对年轻干部的培养力度，倡导以研的精神从事工作，力促教研人员教研咨一体化、党校干部学干研一体化成长，形成教职工干事与成才一体、教职工个人职业与党校整体事业一体发展的良好氛围。同时，在编外员工中开展"凝聚力建设工程"。

"海阔凭鱼跃，天高任鸟飞。"中共绍兴市委党校（绍兴市行政学院）将秉持系统观念，与时俱进，守正创新，不断深化"雁行模式"，着力打造竞争力强的教育培训品牌、支撑力强的科研资政品牌、感染力强的校园环境、服务力强的数智平台和战斗力强的人才队伍，推动学校高质量、特色化发展并以更加昂扬奋发的姿态翱翔在新发展阶段的广阔天空之中。

（该文载于《学习时报》2021年5月24日）

后　记

关于编写《干事与求是》一书的缘由有二：一方面，是由于我的职业生涯是从高校起步的，为适应"做学问"的环境，自己便不自觉地养成了学习与思考的习惯。这一良好的习惯在我的职业生涯中得到了传承与发扬，使我能结合岗位工作实际，让求是成为一种行事方式，能以研究的精神从事工作，从理论与实践相结合的层面上作些思考，写些文章。经过40年的努力，我在不同刊物上已发表50余篇文章。另一方面，5年多的史志工作经历，特别是受编修《绍兴市志（1979—2010）》的影响，我有了较强的"存史"意识。更为重要的是，我有幸生活在改革开放的时代，恰逢急剧变迁的社会，由此，才有了以亲历者的角色，通过"以人系事"的手法，把发生在身边的一些具体的、鲜活的历史片断记述下来的想法。

本书围绕"干事与求是"这一主题，由求学、求索、求是三大编构成。其中，求学为基础，求索为核心，求是为升华，三者统一于改造客观世界和主观世界之中。

书中求学编的文章，大多是应母校之约逐篇完成的；求索编的文章，大多是在中共绍兴市委党校（绍兴市行政学院）工作期间利用假期写作完成的，写作时间较为集中；求是编的文章，选自我职业生涯中在不同工作岗位上发表过的一些代表性的文章，时间跨度相对较长。从中共绍兴市委党校（绍兴市行政学院）常务副校长岗位退下来后，我对求学、求索编中的部分文章作了较大的调整与修改，还续写了部分文章；对求是编中的部分文章作了文字上的修改和格式上的相对统一。在此基础上，对全书作了统稿。

实践是认识的来源，也是写作的基础。书中所记述的相关内容，特别是所取得的成绩、自身的进步和成长，既是跟老师的教育与栽培、组织的关心与培养、同事的支持与配合分不开的，也是跟父母的教育、家人的支持分不开的。特别是我的爱人陈瑛女士，为了使我能够全身心地投入事业，主动承担孩子的培养和大量的家务工作，影响了其自身事业的更好发展，在此表示衷心的感谢！

本书在编写过程中还得到了许多老领导、老同事的鼓励、帮助与支持。他们不仅提供了一些珍贵的资料，而且提出了许多有价值的意见建议。也得到了我曾经工作过的单位和部门的支持，特别是得到了中共绍兴市委党校（绍兴市行政学院）同事们的大力帮助与支持，校办公室原主任母小琴、研究室主任葛斐等为本书的文字打印、校对、编写出版等作了大量的具体工作，在此一并表示感谢。我在绍兴师专工作时的老领导、前辈陈荣昌先生为本书的编写提供了具体指导与帮助，对文章的修改提出了许多很好的意见建议，在此表示衷心的感谢。同时，还要由衷感谢为本书题写书名的浙江省文联副主席、省书法家协会主席赵雁君先生，为本书提供部分照片的绍兴市摄影家协会主席袁云先生，还有赠送书法作品的著名书法家沈定庵先生。

本书在出版过程中，得到了国家行政学院出版社的大力支持，在此表示衷心的感谢！由于作者才学有限，书中定有不少疏漏和不足之处，敬请读者批评指正。

何云伟

2023年11月